迟子建 / 著

迟子建作品中学生阅读

蓝本

非虚构卷

人民文学出版社

图书在版编目（CIP）数据

迟子建作品中学生阅读．蓝本／迟子建著．-- 北京：
人民文学出版社，2025．-- ISBN 978-7-02-019037-9

Ⅰ．I217.2

中国国家版本馆 CIP 数据核字第 2024LW0607 号

责任编辑　薛子俊　李义洲
责任校对　刘佳佳
责任印制　王重艺

出版发行　人民文学出版社
社　　址　北京市朝内大街166号
邮政编码　100705

印　　刷　北京中科印刷有限公司
经　　销　全国新华书店等

字　　数　226千字
开　　本　890毫米×1290毫米　1/32
印　　张　10.5　插页3
印　　数　1—10000
版　　次　2025年1月北京第1版
印　　次　2025年1月第1次印刷

书　　号　978-7-02-019037-9
定　　价　42.00元

如有印装质量问题，请与本社图书销售中心调换。电话：010-65233595

目录

第一辑 人

我说我	003
带笞帚的小鸟	006
父亲的肖像	010
悼三姨夫	014
傻瓜的乐园	018
哑巴与春天	021
采山的人们	024
暮色中的炊烟	029
木匠与画匠	034
玉米人	038
摆旧书摊的老伯	041
从富春江到硕荬馆	044
看花的姿态	056
一个人和三个时代	060

第二辑 事

年画与蟋蟀	077
寻石记	082
照相去	084
露天电影	088
看不见的邮差	093
风雨总是那么的灿烂	096
花季的乞讨	100
寒冷也是一种温暖	102
原来姹紫嫣红开遍	106

第三辑 物

农具的眼睛	115
会唱歌的火炉	119
苍苍琴	123
故乡的吃食	127
油茶面儿	131
家常豆腐	134
北方的盐	137
山水豆花	140
哀　蝶	144
照妖镜	147
木器时代	150

第四辑

游

鲁镇的黑夜与白天	157
周庄遇痴	163
寻道都江堰	168
今日水犹寒	172
土著的落日	176
最是沧桑起风情	178
阿尔卡拉的王冠	182
光明于低头的一瞬	186

第五辑

景

寒夜生花	193
美景,总在半梦半醒之间	196
冰 灯	199
春天是一点一点化开的	202
谁能让我带走星空	204
上个世纪的飞雪和溪流	208
雪山的长夜	212

第六辑 情

伤怀之美	219
萤火一万年	224
泥泞	227
是谁扼杀了哀愁	230
黄沙蔽天时	233
那个唱着说话的地方在哪儿	237

第七辑 理

一只惊天动地的虫子	243
时间怎样地行走	247
足球不可演绎	250
光与影	254
红颜读书郎	258
朗诵与逆向思维	261
必要的丧失	265

第八辑 读书谈

枕边的夜莺	271
"红楼"的哀歌	274
一脉清流消逝	278
拾贝壳的人	282
多美的夜色啊	287
好书如寂寞开放的樱花	291

第九辑 写作谈

我的梦开始的地方	297
心在千山外	303
一个作家应该谢谢什么	306
失去了"热血",作家还剩下了什么	310

第十辑 演讲录

用文字收拢时代速度的缰绳	317

第一辑

我说我

我生来是个丑小鸭，因为生于冰天雪地的北极村，因此不惧寒冷。小时候喜欢犟嘴，挨过母亲的打。挨打时，咬紧牙关不哭，以示坚强。气得母亲骂我："让你学刘胡兰哪？"

我幼时淘气，爱往山里钻，爱往草滩钻，捉蝴蝶和蝈蝈，捅马蜂窝，钓小鱼，采山货，摘野花，贪吃贪玩。那时曾有一些问题令我想不明白：树木吃什么东西能生长？树木为什么不像人屙出肮脏的屎尿来？鱼为什么能在水里游？鸟儿为什么能在天空中飞？野花如何开出姹紫嫣红的色彩？如今看来，这些问题我仍旧没想明白，可见是童心未泯，长进不大。

父亲是小学校长，在哈尔滨读的中学，在五六十年代人烟稀少的大兴安岭，他就是秀才了。他吹拉弹唱样样都行，喜欢喝酒，顶撞上司，清高自负，极其善良。因为喜欢曹子建的《洛神赋》，就想当然地把我的名字冠以"子建"二字，幸而我还能写点文章，否则迟家若是出了个叫"子建"的农夫，他起的名字就是一个笑话了。父亲毛笔字写得好，在永安小镇时，每逢春节他都要铺开红纸，饱蘸笔墨书写对联。他鼓励已上初中的我编写对联，我欣然从命，有一些被他采纳后龙飞凤舞地写在纸上，贴在寒风凛冽的户外。看到门楣上贴着的对联内容是由我胡诌的，我便沾沾自喜了。那算是我最早的作品，编辑和发表者是父亲，我没有一文的报酬，读者只限于家人和左邻右舍。

我喜欢小动物，养过一只毛色发灰的野猫，将它的腿缚在椅子上，否则它就乱窜乱跳，比老虎还要威风。我还养过狗。当然，这是些有兴趣的收养。最无聊的是养猪养鸡，这些家禽家家户户都养，没什么特点，尤其是猪，它食量惊人，放学后不得不出去给它采菜回来烀食，把人累得头晕眼花的目的无非是让猪长膘，之后把它杀掉当成美餐分食，而食物又化成了田地的肥料，这样循环往复地一想，便觉无趣，觉得人是世界上最无聊的动物。

大自然亲切的触摸使我渐渐对文字有了兴趣。我写作的动力往往来自于它们给我的感动。比如满月之夜的月光照着山林，你站在户外，看着远山蓝幽幽的剪影，感受着如丝绸般光滑涌动的月光，内心会有一种湿漉漉的感觉，这时候你就特别想用文字去表达这种情感。我爱飞雪，爱细雨，爱红霞漫卷的黄昏，爱冰封的河流，爱漫漫长冬的温存炉火。直到如今，大自然给了我意外的感动后，我仍会怦然心动，文思泉涌。

我出身的家庭清贫，但充满暖意；我出生之地文化底蕴不深厚，但大自然却积蓄了足够的能量给予我遐想的空间；我的祖父和父亲早逝，亲人的离去让我过早感觉到人世间的沧桑和无常。我明白一朵云聚了会散，一朵花儿开了会谢，河水总是向前流，春夏秋冬，日月更迭，周而复始。大自然的四季轮回，令我们每时每刻都能感受到，让我们明白它们是万古长青的，而人生的四季戛然而止后，我们还看不到人的轮回，只能用心灵去体悟、发现和领会。我渴望着年事已高时能做到"不说人间陈俗事，声声只赞白莲花"，能够在老眼昏花时看到人生真正的绚烂境界，那将是一种大喜悦、大感动。

对于生活，我觉得庸常的就是美好的。平常的日子浸润着人世间的酸甜苦辣的情感，让你能尽情品咂。对于文学，我觉得应持有朴素的情感，因为生活是变幻莫测的，朴素的情感能使文学中的生活焕发出某种诗意，能使作家葆有一颗平常心和永不褪色的童心，而这些在我看来都是一个作家最应具备的素质。

画自己很难，因为人是渴望完美的动物，画自己难免要不由自主地美化。作家在自述中描述自己，表达自己的情感，也难免会沾染上某种虚荣习气，因此还是不多说为好，免得娇纵了自己。

记得一九九七年我迁入新居后，曾站在阳台看楼下空地上的那一排排死寂的仓棚，心想若是把它们拆了，建一座花园该有多好。天遂人愿，去年果然是将那些仓棚一扫而空，修了花坛和凉亭。然而它带给人的并不是赏心悦目的感觉，而是持之以恒的喧闹。孩子们在花坛四围奔跑嬉闹，凉亭常有打牌的吆喝声。最近，一个精神病患者又看上了这块风水宝地，每日捡了垃圾箱的破布，披挂在肩上，坐在凉亭的石凳上，吃着随便捡来的剩饭，满面尘垢地望着往来的居民，心无旁骛地笑。楼下的小花园倒不如先前的那些仓棚能给人带来安宁和遐想了。理想与现实究竟有多远？我想要多远就有多远。

1999年

带箸帚的小鸟

去年冬天,老天也不知有什么喜事,把大兴安岭当作了欢庆的道场,每隔七八天,就向那里发射一场礼花般的雪花。我在哈尔滨,一早一晚给母亲打电话请安时,她常常对我说:"咱这儿又下雪了!"她从来都用"咱"来形容我自幼长大的地方,因为在她眼里,不管我走多远,那儿才是我真正的家。

她最初报告雪的消息时,语气是欣喜的;可是后来雪越来越大,她就抱怨了。她足不出户,可她的儿女们要上下班,雪天行路的艰难,她是知道的;而且雪来得频了,寒流入侵,室温开始下降,这对于腰腿不好的她来说,实在不美妙。更重要的是,大雪封山后,鸟儿找不到吃的,成了流浪汉,一群群地在窗外盘旋。

我们在故乡的居室,靠近山脚。山下有河流、树丛和庄稼地,春夏秋三季,它们就是飞鸟的乐园。鸟儿喜食的粮食和虫子,在那里都可觅到。想必吃得美吧,这时节的鸟儿,活泼明丽极了。

可是大雪封山后则不一样了,鸟儿可食的东西,都被掩埋住了!别看雪花是柔软的,它们一旦形成规模,积雪盈尺,那就成了一堵封在大地上的白色石墙，鸟儿尖利的喙也奈何不了它。

母亲怜惜那些鸟儿，她异想天开，打开窗户，将小米撒到户外的窗台上，打算喂喂它们。

自从撒了谷物，她每天起床后的第一件事，就是奔到窗前，看外面的小米是否还是原样。

开始的几天，母亲在电话中跟我嘟囔："你说那些小鸟多傻呀！飞来飞去的，也不知低头看看窗台！你说它们眼睛不好使了，鼻子也不好使了？怎么就闻不到米味呢？"

我在电话这端直乐，逗她："小鸟可能嫌小米不好吃吧？"

母亲的声音提高了："那它们还想吃什么！"

话虽这么说，母亲又在窗台摆上了另外的食物：葵花子。

几天后的一个早晨，我正美美地睡回笼觉呢，母亲兴冲冲地打来电话报告："小鸟来吃米啦——吃了一大片！"

母亲说，天还没亮，迷迷糊糊中，她听见窗外有鸟儿叽叽喳喳叫。她并没太理会，以为它们不过如往日般一掠而过，哪想到是在享用窗台上的小米呢。

打这天起，小鸟就成了我们家族的一员，母亲在电话里，几乎每天都要聊到它们。母亲说来吃米的鸟儿的队伍，逐日扩大，想必这是它们互相吆喝的结果。她还虚拟着鸟儿们之间的通话："哎，这家有米吃，快去吧！"说是这样一传十，十传百，小鸟越来越多。原来两把米够它们吃一天的，现在得好几捧了。弟弟去粮油店，特意买了袋小米，专供喂养。我吓唬母亲，说山中的小鸟要是都知道她的窗台上有米可吃，估计一天一袋米都不够。母亲豪迈地说："让它们可劲吃，吃不穷！"

在我想来，母亲喂鸟，也有点"还债"的意思。多年以前，姐夫在春天时，喜欢张网捕鸟。捕到的鸟，用开水秃噜掉毛，再用剪子铰了它们的腿，用盐渍了，油炸吃了。母亲说那时她没有阻止姐夫捕鸟，还吃它们，犯了大罪！她的腿摔伤骨折过两次，本来是路面的冰雪作的祟，可她偏说这是动剪子铰小鸟的腿，遭了报应了！所以母亲喂养找不到食物的鸟儿，我们姊妹都积极支持，起码这对她的心理，是个莫大的安慰。

大兴安岭很少有这样的奇寒，连续多日，气温都徘徊在零下四十摄氏度。由于每天早晨开窗给鸟儿撒食，而室内外温差有六十多摄氏度，母亲受了风寒，咳嗽起来。从此，她撒米时，要戴上帽子，围上围巾。母亲告诉我，小鸟儿很胆小，总是天不亮就过来吃食。等人们起来，它们就无影无踪了。我说在它们的经验里，居民区里的粮食，都是诱饵，贪吃后往往丧失自由，所以警惕性高。兴许再过一段，它们白天也会来的。还真被我说着了，没过多少日子，母亲欣喜地说小鸟白天也来吃食了，它们吃饱了，还在窗台上蹦蹦跶跶的，朝窗里望呢。

窗里当然有可望的了。母亲爱花，在窗台摆了一溜儿盆花。杜鹃、仙鹤来、兰花，还有我叫不上名字的一些草花，红红白白地开了满窗台。我想小鸟儿在户外望着那些花时，一定很疑惑：这家人，大雪天的，怎么过着春天的日子呢？

鸟儿赏花的时候，母亲也在窗前悄悄赏它们。它们在不经意间，也成了她眼里的春色了！置身于一个鸟语花香的世界，想来母亲是不会寂寞的。

有一天，母亲神神秘秘地对我说，因为小鸟来得太多，吃得太多,外面窗台上积了厚厚一层鸟粪。爱洁的姐姐,有天抱怨起来,说是开春时,还得清理窗台上的鸟粪,实在麻烦。母亲说真奇怪,姐姐说完那话,第二天早晨起来,她发现窗台上的鸟粪,差不离都消失了!好像知情的鸟儿听着了那话,连夜把鸟粪给打扫干净了。她问我,是不是夜里刮大风给吹没影的?我说不大可能,因为鸟粪遗落的一瞬是新鲜的,它们会被寒风牢牢地冻结在窗台上。再肆虐的风,到了窗台都是强弩之末,不可能吹落鸟粪。母亲感慨地说:"那还真是小鸟自己打扫的呀。"

　　在我眼里,小鸟的爪子就是笤帚。想想看,每只鸟都绑着一双小笤帚,它们清理起窗台上的鸟粪,当然是一夜之间的事情啦。

2011年

父亲的肖像

我记忆中最寒冷的冬日,是一九八六年的腊月,年仅四十九岁的父亲突发疾病,与亲人永别在年关。看着躺在棺材中唇角依然挂着一缕微笑的他,我想父亲是不是像熊一样,跟我们捉个生命的迷藏,冬眠了呢?熊冬眠前要拼命补充能量,扫荡山林可食之物,肚子吃出孕妇状,可是父亲发病后大都处于昏迷状态,难以进食,他走得令人心碎的消瘦,又不像去冬眠的样子。而次年春天熊苏醒了,山林又有熊迹了,他却还沉沉睡着,大地上再也寻不到他的脚印了。

父亲的墓地在故乡的山下,离他工作了一生的山镇学校很近。每至清明、中元节和春节,我们都要去给父亲上坟。无论冬夏,森林里鸟语不绝,所以我们在祭奠时说给他的话,总有回音。

父亲走了三十二年,他的影子却从未从我们心底和梦里消失。父亲盛年离世,他留给我们的形象,也就儒雅潇洒,从无老态。我还记得父亲过世后,我初来哈尔滨工作,去探望抚养过父亲几年的四爷爷,他见了我,也不顾我是女孩家,扯着一条白毛巾,失望地擦着泪说:"你不随你爸啊,你爸小时那个好看!你爸找的你妈,是一般人啊!"四爷爷是第一次见我,那时我二十多岁,不算漂亮,但也不丑吧。而父亲自二十世纪五十年代因贫穷不能继续求学,自愿报名去了大兴安岭参加开发建设,再没回过哈尔滨。四爷爷记忆中父亲最后的形象,是他不到二十岁的模样。记得我将四爷爷的话转给孀居的母亲时,她直撇嘴,要知她年轻时算是美人呢。而姐姐弟弟不无调侃地对我说:"咱家还数你好看呢,四爷爷要是见了我们,不得哭迷糊啊。"只能说四爷爷为了强调父亲的英俊,不惜嘲讽他的骨肉。

但不久前我突然接到故乡一封来信,说明父亲在别人眼里是其貌不扬的。写信者是父亲的生前同事,说是见到了父亲的几位学生,他们忆起父亲的几段往事,觉得很有意义,所以整理给我。

其中一位回忆说,他十岁随父亲来到大兴安岭永安时,这里还没学校,所以他过了上学年龄却无书可读。一九九六年,新学校在永安东头开建了,他满心欢喜,每天都跑过去看。领着工人建校的校长姓迟,一个瘦弱的小伙子,个子不高,面貌寻常,和工人一起光着膀子举着土坯垒墙,满脸流汗,灰头土脸的。而最终落成的茅草苫顶的土教室,课桌也是土坯垒的,粗糙不堪,椅子则是用原木锯成的木墩。那时没有本子,他们每人发一块石板,用粉笔写字,而身为校长的父亲,一个人承担好几门课的教学。

我向母亲求证这些细节,她说的确如此。父亲从哈尔滨高中毕业,是当年大兴安岭的人才了,所以一个人得兼多门课。而他建学校的时候,我才两岁,正是流着涎水傻呆呆啃手指的年龄,记忆还没发芽呢。

父亲的学生还回忆到,一九七〇年清明节,父亲带领学生去烈士墓扫墓。仪式结束，忽然间天昏地暗，暴雪袭来，学生们被狂风吹打得站不稳，父亲连忙让学生趴倒在地，然后再一个一个将他们转移到桥洞。待暴风雪止息，父亲吓坏了，一会儿看看这个的脸，一会儿摸摸那个的头，生怕暴风雪伤着了学生。

这个事情虽然感人，但老实说，我对此毫无记忆。一看年份，时年六周岁的我，已被母亲从永安送到漠河乡的姥姥家，所以父亲带领学生扫墓的事情，我自然不知。

能和记忆重叠上的，是信尾记叙的一件事，说是永安学校第一届小学生毕业时，父亲从家里端了一盆新烀的土豆和新炒的黄豆，师生们吃着土豆，嚼着黄豆，开着毕业式。这确实是父亲的风格。父亲喜欢把家中吃食拿给别人，也常把他喜欢的孩子带到我们家吃饭。姐姐讲过一件有趣的事，她参加工作后，有一天突然回家，发现不是饭点，我家灶台前却蹲着三个陌生的小家伙，一人捧个饭碗，吃得热火朝天的。饭碗里是大米饭，灶台上是一盘炒鸡蛋，是我们家平素都不舍得吃的。这三个孩子是新来我们山镇的，因为家里生活拮据，孩子们穿得破烂，肚子里也没油水。姐姐说父亲这是趁母亲出去干活，我和弟弟在暑假中跑出去疯玩，在家偷着做给他们的。

父亲的善心和慷慨，本是人性的阳光，但投射回来的，有时却是阴霾。他欣赏人才，有一年从教育局要来一位大学毕业生为我们山镇学校做教师。因为学校还没建起教工宿舍，他就让这位新教师携着家眷，在我们家一住两年，吃一锅饭却分文不要，直到他们有了宿舍搬出。其后永安学校规模不断扩大，大学毕业生来此做教师的，就不止一人了。记得有一年涨工资，身为校长的父亲，把仅有的一个指标，给了另一位大学毕业的老师，因为先前住过我家的老师已涨过一次，谁知这位老师认定还应该是他调资，找父亲去闹。父亲没满足他的要求，他对他的恩情，也就被一笔勾销。父亲自此很难过，常说有的知识分子真是难交，你对他一百个好，只要一个不顺他意，你就成了他的敌人了。

父亲做了二十年山镇学校的校长，直到辞世。我在永安学校读的小学和初中，也在大兴安岭师范毕业后，分配回母校，成为他麾下的一员，那时土教室早被红砖瓦房的教室取代了。我最初学写小说的时候，悄悄告诉给他，谁知他立刻告诉给母亲，带着惊喜和揶揄的口气，说："咱家二小姐要写小说啦！"

我记得父亲最沮丧的一件事情是，北头有户人家多子多女，他们的父母不许所有孩子上学，只派去两三个，其余的在家跟他们干活，父亲几次三番上门相劝，可家长认定，一家有几个识数认字的就够了。父亲许诺减免部分孩子的学杂费，他们依然不允。以致后来他们看见父亲远远过来了，赶紧关门闭户。父亲无计可施，曾想让能接受教育的那几个孩子，回家将知识传与兄弟姐妹，可他们没一个好成绩的。父亲每每说起，痛心不已。

我很感激这封故乡来信，唤醒了我对往事的一些回忆，父亲的学生帮我勾勒了他肖像的另一侧面。如今永安学校不复存在，但校址还在，我们家半塌陷的老宅还在。我很担心父亲的灵魂出游时，对着空荡荡的校舍会伤感，怎么不闻读书声了呢？看见我家荒草萋萋的老院也会伤感，家里的烟囱咋不冒烟了呢？

父亲大约明白大地没他的春天了，他不再醒来。

2018年

悼三姨夫

我的三姨夫是一个老实巴交又内秀又怪僻的人。他近三十岁才娶到我三姨。他年轻时开拖拉机，后来开汽车，再后来便给单位烧锅炉。终日被烟熏火燎着，他肤色很黑，很粗糙。

三姨夫长得瘦高瘦高的，一双细眯的眼睛总是透出和善和笑意。他喜欢鼓捣一些小玩意，如把卫生所用过的小药瓶捡回来洗净，用万能胶将它们巧妙地粘连在一起，做成一盏精致台灯的底座。他还能在透明玻璃上画风景画，只是他把松树和荷花画到了一处。三姨夫还会拉胡琴，这也是无师自通，他还能做面鱼、做灯笼。总之，我觉得他是一个内心世界极其丰富的人。

三姨夫不大爱说话，不嗜烟酒，最怕人劝他喝酒。他不知怎么很怕过年，按照我三姨的说法，一到过年他就"耍熊"。年三十的团圆饺子他通常是不吃的，要躺在土炕上蒙头大睡，任你如何喊他都不理睬。而且他也不换新衣，就穿着平素穿的旧衣旧裤，皱巴巴的，仿佛别人虐待他。然而过年前他通常还是兴味十足的，他糊灯笼，剪挂钱，买炮仗、春联和年画，还能帮助我三姨做一些有趣的面食。他用各种模子扣出小鸟、蝴蝶、鱼的图案。然而到了除夕他的情绪却一落千丈，不吃不喝，不言不语，仿佛大众的快乐就是平庸的快乐，他不屑介入这快乐似的。

我爸爸在世时深知三姨夫的这种怪癖，所以总在年三十的当天打发我到三姨家去。三姨夫比较喜欢我，我一来他便从炕上起来，给我抓瓜子、花生和糖果，还领我去欣赏他糊的灯笼。他喜欢做走马灯，走马灯的八面侧壁上都贴有各种剪纸图案，微风一吹，走马灯唰唰旋转，气派至极。他爱美，而且唯美独尊，这在那一带的人中是极其独特的。一般来说，我只能缓解三姨家年三十时白天的气氛，三姨夫会张罗着弄一桌子菜，并且让我喝酒。那时我才十几岁，让喝就喝，通常是黄昏时喝得两腮绯红踩着雪回到家院。父母亲便询问三姨家过年的气氛，我便炫耀自己给他们带来的快乐，带着一份酒足饭饱后的得意。父亲和母亲便放了心，剁饺子馅剁得更有力，点灯笼的则打起了快意的口哨。然而到了年初二，三姨来串门的那一天，她通常是带着两个孩子来，三姨夫没有来。那时我便有些难过，觉得自己在外交上彻底失败。

我父亲去世后，我们全家迁到了县城。虽然离老家远了一些，也不过是十几里的山路。有一年汛期，河水猛涨，整个县城被浓雾包围着。向晚时分，三姨夫突然开着汽车来敲门，隔着门就喊："这么大的雾，你们还待在家里，快坐车走吧。"

三姨家地势极高，假使我们县城全部淹了，那里也安然无恙。当时我和姐姐正闹别扭，坚持不走，气得他直叫着我们的乳名说："小燕、迎灯你们真犟，你看看这么大的雾，你们就不走吧。"

后来我和姐姐都笑了。他从来不强迫人，我们不走，他也就不再坚持，他就是这么个人。

　　我参加工作后很少有机会能见到三姨夫，但是每年回家过春节总要去看他。他依然和善有怪癖，只是一年比一年苍老。去年冬天，他忽然来到哈尔滨，投奔他侄子的公司来开车，说是要挣些钱给他越来越大的两个儿子花。他的大儿子在天津当兵，小儿子上技工学校。他还存着老观念，为他们将来娶媳妇时攒些钱。等我过完元宵节返回哈尔滨去看他时，他正准备出车。他又黑又瘦，依然很和善地笑望着我，充满怜爱。他住在一间十分简陋的有六个人合住的工棚里，这使我很难过。阴历二月二的那一天，我便打电话请他来我这儿过节。他来了，穿一件平时不常穿的黑色呢子大衣。看到我生活得不错，他说他放了心了。吃饭时，我和他喝了两瓶啤酒，说到生活的种种艰辛，他的眼里竟有了星星点点的泪花。

　　饭后，我给他倒了杯茶，他坐在沙发上，书柜中的一些小摆设吸引了他，他欲去看，他在通向书橱的那块圆形羊毛花地毯前犯了踌躇，他大概怕弄脏了地毯，虽然说他当时穿着干净的拖鞋，他大步地跳了一下，跃过了地毯，这一跳使我格外心痛。

　　由于种种不痛快，他在哈尔滨没有多久便回了老家。之后他很快来了一封信，说为我感到荣耀，并且婉言劝我尽快找个人结婚。那封信错别字满篇，但是每一个字的笔画都是精心画过的，可以看出他是花了大力气写的。

　　五月的某一天，我情绪忽然有些极端反常，我心慌意乱，不由自主地惦记起老家。给家打了长途，接电话的是我姐夫，他的声音有些不大对头，他说："三姨夫出了事了。"

　　我问："他怎么了？"

姐夫说:"让车撞了。"

我以为他还活着,便问:"撞得怎么样?"

姐夫说:"今天刚圆完坟回来。"

我竟一句话也说不出来了。我欲哭无泪。当天我早早就下了班,一个人回到舒适的家,躺在床上,看着对面的沙发,想着三姨夫当时从沙发跃过那块地毯的情景,我痛哭失声。

以往我春节回家时,会看到健在的父亲和三姨夫。后来父亲去世了,我便看父亲的坟。现在三姨夫也去了,今年春节回去也只能去看他的坟了。我是多么不愿意看到亲人们的坟啊。

1995年

傻瓜的乐园

傻瓜成傻的原因各不相同,但他们成傻后的快乐却是相同的,喜欢游逛,喜欢笑。

我童年生活的山村不过百户人家,但却有六七个傻子,他们的存在,曾给处于游戏年龄的我带来无尽的快乐。在我看来,我们那个四面环山的村子就是他们生活的乐园。

我家的后一趟房,有一个傻子,他叫大肥。他也是那几个傻子中唯一不出门的一个。大肥长得又白又胖,他整天躺在摇车里,除了吃,就是睡,连翻身也不会,别人说他出生后就没长骨头。夏天时,他的家人爱把他的摇车吊在院子的稠李子树下,我在自家的后屋常能听见他的哭声,他哭的声音不是婴儿的那种奶声奶气,而是跟大老爷们一样地粗着嗓子号,也难怪,虽然他看上去只有两三岁的样子,但他已经有十来岁了。我喜欢悄悄溜到大肥家去拉他的手,他的手软得跟豆腐一样,浑身雪白雪白的。我一拉他的手,他就笑。他本来就爱流涎水,一笑涎水就更多了,简直跟从山涧流下的泉水一样,弄得脸颊湿漉漉的。因着这涎水的缘故,他的脖子终日围着一条毛巾，使他看上去像个放懒的伙夫。大肥的家人很忌讳我们去看他，所以一旦被他的家长发现，就会被呵斥出去。周围的邻居都说，大肥是个怪物，说他活不长。他果然没有活长，十几岁时就死了。夏天时在晴朗的夏夜听不到后院大肥的哭声，我很难过。仿佛是眼看着一个神话破灭了，觉得生活黯淡了许多。

我最怕的傻子，叫二毛。他像恶狗一样具有攻击性。他很喜欢在街巷中穿行。他总是穿着灰秃秃的衣裳，胡子拉碴的。他独自走着时始终笑嘻嘻的，但他见到某些人时就会愤怒。有时他会突然揪住一个人大打出手。所以一看见二毛从前方走来了，明明他满脸的笑容，我还会飞也似的朝家奔，关门闭户，敛声屏气地看着二毛经过。二毛也怪，你越躲他，他就越狂躁，他会把紧闭的门拍得山响，吓得我的心突突地跳，喘气都不匀了。虽然怕二毛，但还特别想见到他，见到他呢，就得掌握好和他的距离，看够不够逃跑的，我可不想被他像猫捉老鼠一样给摁在爪下。和二毛的相遇，因为有着冒险的成分在里面，就有些惊心动魄的意味了。二毛最终的结局怎么样，我不知晓，有人建议他的家长，给他说个媳妇，说那样他的病就会好了。但到我离开那个小山村为止，二毛还是独行着的，没见他的身边有小媳妇陪伴着。

最有情趣的傻子，叫傻仨。傻仨是我同学的弟弟，他在家排行老三，大家都叫他傻仨。据说他是得了脑炎后变傻的，原来他是一个极伶俐的孩子。他喜欢唱歌，唱的是什么谁也不清楚。他不像二毛那样有攻击性，但村子里的小孩子还是怕他，一见傻仨来了，就像小鸡被老鹰围困似的四处奔逃。傻仨认得我，他远远地见了我就会喊我的名字——迟子弹，他发不好"建"的音。我一听他叫我迟子弹，就气得火冒三丈，我会撺着他，声言要揍死他，傻仁就一路朝家逃，边跑边喊："妈呀，迟子弹要打我！"傻仁最忌讳家人说他傻，据说谁要说他傻了，他就会把家里的挂钟和收音机给拆卸了，拆完之后，再把每个零件各就各位地安上，收音机照样能说话，挂钟也照旧有板有眼地行走，让我们这些不傻的孩子都佩服得五体投地。我离开小山村多年后，有一次重归故里，在街巷中又看到了傻仁。他分明已经是个大人了，个子高了，眼睛还是那么的明亮，我以为他早把我忘了，谁料他定定地看了我半晌，突然指着我大叫："妈呀，迟子弹！迟子弹！"说着回头就跑。好像我手里真的端着一杆枪，子弹已经上膛，要把他的脑壳击碎似的。听母亲说，傻仁也死了，听说是冻死的。

最浪漫的一对傻子，是大潘和二潘。他们是一对双胞兄妹。他们的父母是表兄妹，属于近亲结婚。大潘二潘非常能干活，他们夏季时跟着父母去田间劳作，冬季时拉着爬犁上山拉烧柴。他们喜欢手拉着手在林间小路上游荡，采野花啊，折松树枝啊什么的。我们在林间戏耍时常常能看见他们的身影。他们见了我们喜欢"啊啊"地叫着打招呼，很友好。人们都说，大潘二潘这么好，干脆就让他们结婚算了。可他们的父母并没有那么做。他们形影不离的样子让那些常常会反目为仇的兄弟的家长非常的羡慕，他们都说还不如生对大潘二潘那样的兄妹呢！前些年母亲对我说，大潘的消息她不知道，倒是二潘，她嫁了人，听说还生了一个大胖小子呢！

2005年

哑巴与春天

最惧怕春风的，莫过于积雪了。

春风像一把巨大的笤帚，悠然扫着大地的积雪。它一天天地扫下去，积雪就变薄了。这时云雀来了，阳光的触角也变得柔软了，冰河激情地迸裂，流水之声悠然重现，嫩绿的草芽顶破向阳山坡的腐殖土，达子香花如朝霞一般，东一簇西一簇地点染着山林，春天有声有色地来了。

我的童年春光记忆，是与一个老哑巴联系在一起的。

在一个偏僻而又冷寂的小镇，一个有缺陷的生命，他的名字就像秋日蝴蝶的羽翼一样脆弱，渐渐地被风和寒冷给摧折了。没人记得他的本名，大家都叫他老哑巴。他有四五十岁的样子，出奇的黑，出奇的瘦，脖子长长的，那上面裸露的青筋常让我联想到是几条蚯蚓横七竖八地匍匐在那里。老哑巴在生产队里喂牲口，一早一晚地，常能听见他铡草的声音，嚓——嚓嚓，那声音像女人用刀刮着新鲜的鱼鳞，又像男人抡着锐利的斧子在劈柴。我和小伙伴去生产队的草垛藏猫儿时，常能看见他。老哑巴用铁耙子从草垛搂下一捆一捆的草，拎到铡刀旁。本来这草是没有生气的，但因为有一扇铡刀横在那儿，就觉得这草是活物，而老哑巴成了刽子手，他的那双手令人胆寒。我们见着老哑巴，就老是想逃跑。可他误以为我们把草垛蹬散了，他会捉我们问责，为了表示他支持我们藏猫儿，他挥舞着双臂，摇着头，做出无所谓的姿态。见我们仍惊惶地不敢靠前，他就本能地大张着嘴，想通过呼喊挽留我们。但见他喉结急剧蠕动，嗓子里发出"呃呃"的如被噎住似的沉重的气促声，但他却说不出一句话来。

老哑巴是勤恳的，他除了铡草、喂牲口之外，还把生产队的场院打扫得干干净净。冬天打扫的是雪，夏天打扫的是草屑、废纸和雨天时牲畜从田间带回的泥土。他晚上就住在挨着牲口棚的一间小屋里。也许人哑了，连鼾声都发不出来，人们说他睡觉时无声无息的。老哑巴很爱花，春天时，他在场院的围栏旁播上几行花籽，到了夏天，五颜六色的花不仅把暗淡陈旧的围栏装点出了生机，还把蜜蜂和蝴蝶也招来了。就是那些过路的人见了那些花儿，也要多望上几眼，说，这老哑巴种的花可真鲜亮啊，他娶不上媳妇，一定是把花当媳妇给伺候和爱惜着了！

有一年春天，生产队接到一个任务，要为一座大城市的花园挖上几千株的达子香花。活儿来得太急，人手不够，队长让老哑巴也跟着上山了。老哑巴很高兴，因为他是爱花的。达子香才开，它们把山峦映得红一片粉一片的。人们说老哑巴看待花的眼神是挖花的人中最温柔的。晚上，社员们就宿在山上的帐篷里。由于那顶帐篷只有一道长长的通铺，男女只能睡在一起。队长本想在通铺中央挂上一块布帘，使男女分开，但帐篷里没有帘子。于是，队长就让老哑巴充当帘子，睡在中间，他的左侧是一溜儿女人，右侧则是清一色的男人。老哑巴开始抗议着，他一次次地从中央地带爬起，但又一次次地在大家的嬉笑声中被按回原处。后来，他终于安静了。后半夜，有人起夜时，听见了老哑巴发出的隐约哭声。

　　从山上归来后，老哑巴还在生产队里铡草。一早一晚地，仍能听见铡刀"嚓——嚓嚓——"的声响，只不过声音不如以往清脆，不是铡刀钝了，就是他的气力不比从前了。那一年，他没有在场院的围栏前种花，也不爱打扫院子，常蜷在个角落里打瞌睡。队长嫌他老了，学会偷懒了，打发了他。他从哪里来，是没人知道的，就像我们不知他扛着行李卷又会到哪里去一样。我们的小镇仍如从前一样，经历着人间的生离死别和大自然的风霜雨雪，达子香花依然在春天时静悄悄地绽放，依然有接替老哑巴的人一早一晚地为牲口铡着草料，但我们总觉得少了点什么。原来这小镇是少了一个沉默的人——

　　一个永远无法在春天中歌唱的人！

2005年

采山的人们

山在我眼中就是一个大的果品店,你想啊,春天的时候,你最早能从那儿吃到碧蓝甘甜的羊奶子果,接着,香气蓬勃的草莓就羞红着脸在林间草地上等着你摘取了。草莓刚落,阴沟里匍匐着的水葡萄的甜香气就飘了出来,你当然要奔着这股气息去了。等这股气息随风而逝,你也不必惆怅,因为都柿、山丁子和稠李子络绎不绝地登场了,你就尽情享受野果的美味吧。

除了野果,山中还有各色菜蔬可供食用,比如品种繁多的野菜呀,木耳和蘑菇呀,让人觉得山不仅是个大的果品店,还是一个蔬菜铺子。但只要你稍稍再想一想,就知道它不单单是果品店和蔬菜铺子了,你若在山中套了兔子,打了野鸡和飞龙,晚餐桌上有了红烧野兔和一道鲜亮的飞龙汤,山可不就是个肉食店嘛!

如果这样推理下去的话,也可以把山说成一个饮品店,桦树汁和淙淙的泉水可以立刻为你驱除暑热,带来清凉;而且野刺玫和金莲花的花瓣又可以当茶来饮用。不过,在那些勤劳、朴素的人的心目中,山也许只是一个杂货铺子,桌子的腿折了,可以进山找一根木头回来，用工具把它修理成桌腿的形状；秋季腌酸菜时找不到压酸菜的石头了，就可以去山中的河流旁扛回一块。而山在那些采药材的人的心目中又会是什么样子呢？一定是个中药铺子无疑！

山真的是无奇不有，无所不能。我们那些居住在山里的人家，自然就过着靠山吃山的日子。没有采过山的人几乎是不存在的。而由于我自幼就是个饕餮之徒，所以我进山采的都是与吃有关的东西。

野果中，最令人陶醉的就是草莓了。它的甜香气像动人的音乐一样，能传播到很远很远的地方。有的时候闻着它，比吃它还要美妙，所以常常是采了草莓果归来，会用线绳绑上一绺，吊它到窗棂上，让它散播香气。只一天的工夫，满屋子就都是它的气息了。

我记忆最深的野果，是都柿，它可以当酒来吃。都柿是一种最常见的浆果，它们喜欢生长在林间的矮树丛中，而且向阳山坡上的比背阴山坡上的要广泛。都柿秧都是矮株的，一尺那算是高的了，通常的只有筷子那般高，它们春天开粉色或者白色的小花，花谢便坐果，果实先是青的，像一颗颗的绿豆。随着阳光照临次数的增多和暖风持续的吹拂，都柿渐渐地长成芸豆那么大，并且改变了颜色，穿上了一身蓝紫色的衣衫，看上去气质不俗。这果实一进夏天就可吃，不过有点酸，到了晚夏时节，它就分外的甘甜了。它的浆汁可以染蓝你的嘴唇，而且，它是浆果中唯一能把人醉倒的，你吃上一捧、两捧甚至是一碗也许还心明眼亮的，但如果你一连气吃了两三海碗的话，你就眯着眼打盹，等着见周公去吧。有一回我和几个小伙伴去山中采都柿，我挎了一只维得罗（当地人对一种底小肚大口深的小铁桶的称呼，由俄语音译而来），我们很幸运地找到了一片都柿甸子，都柿稠密不说，品质也上乘，又大又甜的，我一边往维得罗里采,一边往自己的口中采,等维得罗满了的时候,我已吃花了眼。但见那片都柿还有许多未被摘取的沉甸甸地压在枝头,它们一个个眼儿妩媚地多情地望着我,似乎在等待我的亲吻。没有器皿再盛它们了,干脆就把自己的肚子当维得罗算了,我坐在都柿甸中,美美地吃了起来,直吃得舌头麻木了,目光发飘了,小伙伴吆喝我该出山回家了,这才罢休。由于吃醉了,我步态飘摇,挎着的维得罗就像只魔术盒子一样,在我眼前一会儿发出蓝色的幽光,一会儿又发出玫瑰色的柔光,再一会儿呢,发出的是银白色的冷光。我像傻瓜一样嘻嘻乐着,被都柿的魔法给彻底击中了。我还记得好不容易上了公路,太阳已经西沉了,我觉得自己是踩着一条金光大道回家,很得意。在路口迎候着我的家人,远远看见了我蛇行的步态,知道我是吃醉了,而我迷离恍惚的样子遭到了同伴的耻笑。

  采山也不总是浪漫的。比如有人采都柿时招上了草爬子,就很倒霉。草爬子专往人的软组织里叮,而且有一些是有毒的,能置人于死地。你采山归来,若是觉得腋窝和腿窝发痒,就绝对不能掉以轻心了,要赶紧脱光了衣服仔细检查,否则它会钻进你的皮肉中去。我就见邻居的一位大娘让草爬子给叮在了腋窝的地方,她抬着胳膊,她的家人擎着油灯照着亮儿,用烟头烧那只已把触角探进皮肉中去的草爬子。我发现一些坏东西很怕火,比如狼,比如草爬子,怪不得传说中做坏事的人死后要下地狱,原来地狱中也是有火的啊。

  当然,被草爬子和蛇袭击的毕竟是少数,而且你可以在上山前采取预防措施,如将裤腿和袖管系牢,让它们无孔而入,所以不必在采山时过分地提心吊胆。当然,也有人在采山时出了大事故的。比如一个姓周的年轻男人,他采木耳时遇见了熊,尽管他聪明地躺下来装死，爱吃活物的熊丧失了吃他的欲望，但它还是在离开前拍了他的脸一下，大约是与他做遗憾的告别吧。熊掌可非人掌，这一巴掌拍下去，姓周的半边脸就没了，他丢了魂魄不说，还丢了半边脸和姓名，从此后大家都叫他周大疤瘌，因为他痊愈后凹陷的那半边脸满是疤痕。

还有一个采山人是不能不说的，她姓什么，我们并不知道，她丈夫姓王，大家就叫她老王婆子。她个子矮矮的，扁平脸，小眼睛，大嘴，罗圈腿，走路一拐一拐的，屁股大如磨盘，所以你若是走在她背后，等于看一头跛足的驴拖着磨盘在行走。老王婆子平素不爱与人往来，不是待在她家的屋子里，就是劳作在菜园。她是个山里通，知道什么节气长什么，更知道山货都生长在什么地方。她采山，永远都是单枪匹马的。她采木耳最拿手，只要是阴雨连绵了两三天，一晴了天，她就进山了。谁也不知她去哪里了，可她晚上总是满载而归，颤颤巍巍的肥厚的黑木耳能晒满房盖，让过路者垂涎欲滴、羡慕不已。不过你要是打探她在哪儿采回来的，她总是很冷淡地说"山里"，她说的也没错，但其实等于白说。曾经有人悄悄在她采山时尾随到她身后，可她进山后总是能巧妙地把他们给摆脱了，那些宝贝山货的栖息之地成了永远的谜。为了这，她在我们那个小镇的名声和人缘都不好。老王婆子的命运最后也是悲惨的，她未到老年就得了半身不遂，瘫倒在炕上，再也无法采山去了。很多人解气地说，这是报应，让最能采山的自私的人进不了山，她等于是看着金山，却无法把它揽在怀里，那种凄凉和痛苦可想而知了。

关于采山人的故事还有很多，比如各自都有家室的男女互相看上了，在小镇里没机会成就好事，就借着采山的由头，去绿树清风中偷情，被人给撞见；再比如一个受婆婆欺负的小媳妇不敢在家中发泄不满，上山后择一个无人的地方，就是一通哀哀地哭，让听到的人以为鬼在号；再比如采山人迷了山，两天两夜下不来山，他的家人就组织亲戚举着火把上山寻找，而迷山的人呢，他却迷在离村落不足一里的地方，如同被灌了迷魂汤，就是分不清东南西北了，成为大家的笑料。那些老一辈的采山人，大都已经故去了。他们被埋在他们采山经过的地方，守着山，就像守着他们的家一样。

2005年

暮色中的炊烟

炊烟是房屋升起的云朵，是劈柴化成的幽魂。它们经过了火光的历练，又钻过了一段漆黑的烟道后，一旦从烟囱中脱颖而出，就带着股超凡脱俗的气质，宁静、纯洁、轻盈、缥缈。无云的天气中，它们就是空中的云朵；而有云的日子，它们就是云的长裙下飘逸着的流苏。

那时煤还没有被广泛作为燃料，家家户户的火炉吞吃的，自然就是劈柴了。劈柴来源于树木，它汲取了天地万物的精华，因而燃烧后落下的灰烬是细腻的，分解出的烟也是不含杂质的，白得透明。

如果你晚霞满天的时候来到山顶，俯瞰山下的小镇，可以看到一动一静两个情景，它们恰到好处地组合成了一幅画面：静的是一幢连着一幢的房屋，动的则是袅袅上升的炊烟。房屋是冷色调的，而炊烟则是暖色调的。这一冷一暖，将小镇宁静平和的生活气氛给完美地烘托出来了。

女人们喜欢在晚饭后串门，她们去谁家串门前，要习惯地看一眼这家烟囱冒出的炊烟，如果它格外地浓郁，说明人家的晚饭正忙在高潮，饭菜还没有上桌呢，就要晚一些过去；而如果那炊烟细若游丝、若有若无，说明饭已经吃完了，你这时过去，人家才有空儿聊天。炊烟无形中充当了密探的角色。

一般来说，早晨的炊烟比较疏朗，正午的隐隐约约，而黄昏的炊烟最为浓郁。人们最重视的是晚饭。但这只是针对春夏秋三季而言的。到了冬天，由于天气寒冷，灶房的火炉几乎没有停火的时候，家家的炊烟在任何时刻看上去都是蓬勃的。这时候，我会觉得火炉就是这世上最大的烟鬼，它每时每刻都向外鼓着烟，它吞吃的那大量的劈柴，想必就是烟丝吧。

炊烟总是上升的，它的气息天空是最为熟悉的了。但也有的时候气压过于低，烟气下沉，炊烟徘徊在屋顶，我们就会嗅到一种草木灰的气息，有点儿微微的涩，涩中又有一股苦香，很耐人寻味。这缕涩中杂糅着苦香的气息，常让我忆起一个与炊烟有关的老女人的命运。

在北极村的姥姥家居住的时候，我喜欢趴到东窗去望外面的风景。窗外是一片很大的菜园，种了很多的青菜和苞米。菜地的尽头，是一排歪歪斜斜的柞木栅栏，那里种着牵牛花。牵牛花开的时候，那面陈旧暗淡的栅栏就仿佛披挂了彩带，看上去喜气洋洋的。在木栅栏的另一侧，是另一户人家的菜地，她家种植了大片大片的向日葵。从东窗，还能看见她家的木刻楞房屋。

这座房屋的主人是个俄罗斯老太太，我们都叫她"老毛子"。她是斯大林时代避难过来的，早已加入了中国国籍。北极村与她的祖国，只是一江之隔。所以每天我从东窗看见的山峦，都是俄罗斯的。她嫁了个中国农民，是个马夫，生了两个儿子。她的丈夫死后，两个儿子相继结了婚,一个到外地去了,另一个仍留在北极村,不过不跟她住在一起。那个在北极村的儿子为她添了个孙子,叫秋生。秋生呆头呆脑的,他只知道像牛一样干活,见了人只是笑,不爱说话,就是偶尔跟人说话也是说不连贯。秋生不像他的父母很少登老毛子的门,他三天两头就来看望他的奶奶。秋生一来就是干活,挑着桶去水井,一担一担地挑水,把大缸小缸都盛满水;再抡起斧子劈柴火,将它们码到柴垛上;要不就是握着扫帚扫院子,将屋前屋后都打扫得干干净净的。所以我从东窗,常能看见秋生的影子。除了他,老毛子那里再没别人去了。

那时中苏关系比较紧张,苏联的巡逻机常常嗡嗡叫着低空盘旋,我方的巡逻艇也常在黑龙江上徘徊。不过两国的百姓却是友好的,我们到江边洗衣服或是捕鱼,如果看见界河那侧的江面上有小船驶过,而那船头又站着人的话,他们就会和我们招手,我们也会和他们招手。我那时最犯糊涂的一件事就是:为什么喝着同一江的水,享受着相同的空气,烧着同样的劈柴,他们说的却是另外一种我们听不懂的语言,而且长得也和我们不一样,鼻子那么大,头发那么黄,眼睛又那么蓝?

那时村中的人很忌讳和老毛子来往,因为一不留神,就会因此而被戴上一顶"苏修特务"的帽子。她似乎也不喜欢与村中人交往,从不离开院门,只待在家里和菜园中。我到玉米地时,隔着栅栏,常能看见她在菜园劳作的身影。她个子很高,虽然年纪大了,但一点也不驼背。她喜欢穿一条黑色的曳地长裙,戴一条古铜色三角巾。她脸上的皮肤非常白皙,眼窝深深凹陷,那双碧蓝的眼睛看人时非常清澈。我姥姥不喜欢我和她说话,但有两次隔着栅栏她吆喝我去她家玩，我就跃过栅栏，跟着她去了。我至今记得她的居室非常整洁，北墙上悬挂着一个座钟，座钟下面是一张紫檀色长条桌，桌上喜欢摆着两个碟子，一只装着蚕豆，一只装着葵花子，此外还有一个茶壶、一个茶盅和一副扑克牌。这桌子上的东西展现了她家居生活的情态：喝茶，吃蚕豆，嗑瓜子，摆扑克牌。她的汉语说得有些生硬，好像她咬着舌头在说话。她把我领到家后，喜欢把我抱起，放在一把椅子上。我端端正正地坐着的时候，她就为我抓吃的去了。蚕豆、瓜子是最常吃的，有的时候也会有一块糖。我自幼满口虫牙，硬东西不敢碰，而她虽然已是个老人，牙齿却格外地坚实，嚼起蚕豆有声有色的，非常轻松和惬意。与她熟了后，她就教我跳舞，她喜欢站在屋子中央，扬起胳膊，口中哼唱着什么，原地旋转着。她旋转的时候那条黑色的裙子就鼓胀起来了，有如一朵盛开的牵牛花。她外表的冷漠和沉静，与她内心的热情奔放形成了鲜明对比。北极村的很多老太太都缠过足，走路扭扭摆摆的，且都是小碎步；而老毛子却是个大脚片子，她走起路来又稳又快。我那时把她爱跳舞归结为她拥有一双自由的脚，并不知道一双脚的灵魂其实是在心上。

那些不上她家串门的邻居，其实对老毛子也是关心的。他们从两个途径关心着她，一个是秋生，一个就是炊烟了。人们见了秋生会问他，秋生，你奶奶身体好吗？秋生嘿嘿地笑，人们就知道老毛子是硬朗的。而我姥姥更喜欢从老毛子家的烟囱观察她的生活状况，那炊烟总是按时按响地从屋顶升起，说明她生活得有滋有味的，很有规律。大家也就很放心。

冬天到来的时候，园田就被白雪覆盖了。天冷，我就很少到老毛子家去玩了。玻璃窗上总是蒙着霜花，一派朦胧，所以也很少透过东窗去看那座木刻楞房屋了。她家的炊烟几时升起，又几时落下，我们也就不知晓了。

老毛子在冬季时静悄悄地死了，她是孤独地离开这个冰雪世界的。那几天秋生没过来，人们是通过她家的烟囱感觉她出了事的。住在她家后一趟房的人家，每天早晚抱柴生火时，总要习惯地看一眼老毛子的烟囱，结果她连续两天都没有发现那烟囱冒出一缕炊烟，知道老毛子大事不好了。于是喊来她的家人，进屋一看，老毛子果然已经僵直在炕上了。

从那以后，我再也没有在暮色苍茫的时分看到过那幢房屋飘出炊烟，尽管村子里其他房屋的炊烟仍然妖娆地升起，但我总觉得最美的一缕已经消逝了。

2009年

木匠与画匠

去年装修新居,我从老家运来了一些樟子松板材,想让家里的书架、写字台和餐桌都使用天然的木料,我想看它们身上透露着的妖娆的花纹,我还想闻樟子松木散发出的那股独特的气息。在远离家乡的都市,有它们陪伴着我,我会觉得格外踏实、温暖。

事情并不像我想的那么简单。板材运来后,负责装修的工长对我说,这板材还要运到工厂进行切割和抛光,因为它们太毛糙也太厚了。而且,他说如今城里的木匠根本不会用这样的板材打家具,他们只会用市场出售的板板正正的细木工板。我跟工长说,我无论如何也不会用细木工板来打书架,让他一定想办法请一个能胜任这活的木匠。

板材先是被折腾到工厂进行切割,把长的截短,将厚的冲薄了,然后再把它们拉回来,一摞摞地堆在厅里。我以为这就万事大吉了,然而这板材似乎架子很大,不那么轻易让人在它身上动锯和刨子,没过一周,它们又来了毛病,也许是没有被充分烘干的缘故,材质开始变形,有的看上去凹凸不平,没办法,它们再一次被运进工厂,这次是给它们压光。回来后的它们果然平展多了。它们在这幢高楼中乘着电梯三进两出，好像在为我的故乡做着广告。在那段日子，许多居民对它们比对我还熟悉，他们都问我，这是哪里来的木材？那口气好像在打听一个野孩子的来历。

工长从他的家乡请来了一个木匠。木匠一见那些木材，就会心会意地笑了，说，城里的木匠看见这木材，准蒙。言下之意，只有他对付得了它们。在木匠工作的那些日子，我每天都跑到工地看他干活，我帮他选择板材，哪些适合做书架，哪些又适合做写字台的台面，真的有给木材选美的感觉。木匠用刨子刨木板的时候，我常捡刨花来看。又薄又软的刨花上有着奇妙的花纹，感觉拿在手中的就是牡丹巨大的花瓣。那一段时间我异常兴奋，画了很多的家具草图，一会儿让木匠给我打个茶桌，一会儿又让他给我打个板凳。等木工活大功告成的时候，我觉得对我来说家装中最重要的工程已经完成了。

童年的时候，我觉得木匠是天底下最幸福的人。当你家要打家具时，就得把木匠恭恭敬敬请到家中，给他们沏上茶水，炒上几盘好菜，备上一壶烧酒，好生地侍候着。木匠呢，他们大都很神气，因为他们不像其他人靠种地为生，他们是手艺人，因而说话就很冲，主人稍稍招待不周，他们就挑板材的毛病，把它们说得一无是处，什么材质糟了，花纹不漂亮影响他的手艺了等等，要中途撂挑子的样子。这时的主人就得赶紧检点自己的"毛病"，给他递烟，赔着笑脸，把伙食的档次提高上去，木匠这才会"复工"。所以木匠背着的工具袋，在我眼里高贵得不得了，因为靠着这些形形色色的铁家伙，他们就能吃上好饭。他们不仅吃得好，家具打好后，还能得到数目可观的工钱。我家的邻居就是个木匠,他家就常常吃细粮,让我羡慕极了,觉得木匠过的日子才是日子!

我们那时用着的家具,哪一个不是木匠亲手打出来的呢!想着木匠能让椅子长腿,能让桌子镶上抽屉,就觉得他们是有道理牛气的。

我童年时羡慕的人中,还有画匠。画匠多不是本村的人,他们从哪里来,我们并不知道。他们的肩上也像木匠一样背着帆布袋,不同的是,那里面装着各色颜料和各种画笔。不管人们家中贫穷还是富裕,都喜欢请画匠来家里画上一些画,在漫漫长冬里,那些画就是春天。画匠的活比木匠要轻巧多了,也艺术多了,他们把花鸟虫鱼画在炕琴上,画在门楣上,画在镜子上,画在椅背上,画在窗棂上。他们画的时候,我们这些小孩子喜欢凑在跟前围着看。画匠喜欢用艳丽、花哨的颜色,所以那画总是很惹眼,很热闹。画中一般是没有人物的,多数是唱歌的鸟、盛开的花朵以及肥硕金红的鲤鱼,所以那画看上去总是莺歌燕舞的。画匠在画画的时候,是住在主人家里的,主人也照样拿出好饭好菜好酒款待他们。他们走的时候,口袋里也会装上丰裕的工钱。那时我对画匠崇拜极了,想着一个人靠着画画就能混上好吃的,而且能自由自在地游荡,真恨自己那双把茶杯都会画歪的笨拙的手。

随着时光的流逝,生活的富足,木匠和画匠在那样的小山村已经消失了。城里的木匠,只会使用机械制造出的合成板材,他们大约连刨子都不会用。而画匠,即使有,也不是我所见过的那种带着传奇色彩的游走的人了,他们会有自己的一爿小店,等着上门来的生意。

在我的故乡，当年木匠打出的那些朴拙的家具和画匠描画的画，肯定还有幸存于某座老屋之中的，只是真正热爱它们的人少而又少了，让我们在回望岁月时，不由发出一声叹息。

2004年

玉米人

晚夏时节，玉米成熟了。街头做烤玉米生意的乡下人多了起来。

有一天，在离我家很近的中山路上，我遇见了一个卖玉米的人。他占据着很好的地段，背靠着沃尔玛超市和工人文化宫，在过街天桥下，用一个铁皮箍起的炉子，烤着玉米。玉米被竹签穿着，一穗穗地横在炭火上。他似乎害了伤风，不时地抽着鼻子。他的生意真不错，烤好的玉米很快被路人买了去，他便剥了新的玉米，接着烤。在他旁边，摊开着一个大网袋，那里面装着至少上百穗的玉米。

我不爱吃烤玉米，想买他几穗生的，回家去煮。我指着他烤着的玉米问："多少钱一穗？"

"一块五。"他转动着竹签，头也不抬地说。

"我想买四穗。"我说。

他抬起头，问了句："你能吃了四穗？"

"我要买生的，回家去煮。"我说。

他抽着鼻子，很干脆地说："不卖！"

我以为他怕我跟他讲价，于是安慰他说："我买生的，也按一块五一穗的钱给你。"

"那也不卖！"他坚决地说。

这让我大惑不解。我开导他："你卖熟的才一块五，而我买生的是一样的价，省了你的炭火，还省了你的力气，你怎么算不过来账？"

一听我嘲笑他不会算账，他沉下脸，指着我庄严地说："卖给你生的，那些要吃烤玉米的人，要是不够吃了怎么办？"

天哪，竟然是这理由！我在心底里骂着他"蠢货"，掉头而去。到了中山路与革新街相交的路口，我碰到了另一个烤玉米的人。这次，我以熟玉米的价钱，顺利地买了几穗生玉米。摊主显然明白这买卖划得来，很高兴，他笑着对我说："吃好了再来啊。"

我提着生玉米往回走的时候，又遇到了那个不卖给我生玉米的人。我站定了，示威性地晃悠着手中的玉米。他在招揽生意的时候，看到了我，也看到了那兜玉米，他张大了嘴，很惊恐的样子，好像我提着的，是一颗颗手雷。他别过身去，连打了几个喷嚏，然后回过头来，接着烤他的玉米，那么的安闲，那么的从容。

夏季过去了，街上烤玉米的人都不见了。有一天路过天桥，在苍茫的暮色中，我忽然想起了那个烤玉米的人，想起了他清瘦而黧黑的脸，以及他灵活地转动炭火上的玉米时的知足的神态。我忽然觉得他是一个身上洋溢着神灵之光的人。他为了一个信念，或者说是一种责任，拒绝唾手可得的利益，他这种固执，难道不可贵吗？

我想，好的写作者就应该像那个玉米人那样，可以笨一点，可以放弃一点现实的利益，可以甘心承受因坚持自己的信仰而带来的生意上可能的冷清。我愿意做这样一个玉米人，守着自己的炉子，守着炉子里心灵的炭火，为那些爱我作品的读者（哪怕是少数），精心焙制食粮。

2007年

摆旧书摊的老伯

有一天，离我楼下很近的街角出现了一个旧书摊。摆摊儿的是一个约莫六十岁的老伯，他微胖，穿件烟色灯芯绒上衣，戴顶呢毡帽。他卖的旧书放在用两个方凳支起来的宽大木板上。我在此买过有关中东铁路和东北抗日联军的书，使他一度以为我是做历史研究工作的。因为常去那里，所以他与我也熟识了，老远见到我就冲我微笑，有时他举着一册自认为有价值而非我莫属的旧书，可我看后却不感兴趣，他便显得十分沮丧。后来大约有几个月的时间他不再摆旧书摊，等他再出现时，书还是旧书，不过人看上去瘦了不少，而且腿脚极不利索了。那天我发现了杨慎《升庵全集》中的两册，问他价格，竟然比想象的高出几倍。我与他讨价还价时，他用凄凉的口吻说他刚刚患了脑血栓，如果不是需要钱，他无论如何不舍得卖它们。我心生愧意，忙把钱如数给他。从那以后，每每经过他的旧书摊，我都要停下来看看书，跟他聊上几句。

去年秋天，我因搬家而处理旧刊物，便又想起了那位老伯。如果把这些旧刊物送给他，他若能卖出一些，岂不是件快事？于是我把这几年的赠刊打点成捆,下楼去寻他的旧书摊。他听了我的想法后显得很兴奋,兴奋之中又有某种疑虑。我明白他以为我要把旧刊物卖给他,于是赶紧申明是白送。他在如释重负后又有一种忐忑不安的表情。我连忙安慰说,不然它们也是被我当废纸卖掉,他这才一瘸一拐地安心跟我来取刊物。

我帮着老伯把刊物送到旧书摊。他走路困难,我送完两趟,他还抱着一捆刊物气喘吁吁地在路上蹒跚。我对他说,像《收获》《花城》《钟山》这样的刊物,若有人买,不必降价太多,他点头称是。我还拈起载有苏童《我的帝王生涯》的那册刊物,对他说这样的刊物肯定能卖出去,因为在书店买单行本的价格远远高于旧刊物。接下来的几日的黄昏,我远远就可看见老伯的旧书摊前拥着许多人,旧刊物在人们手中像彩旗一样招展着,看上去热闹非凡。只是不知卖的情况如何,我有点惴惴不安。直到搬家的前一日黄昏我才鼓足勇气接近那个旧书摊,老伯见了我先是"哎呀"一声,然后就十分亢奋地告诉我,他已经卖了三十几元钱了。他说一定要给我一部分钱,我连忙谢绝,他便有些不知所措地抓起两本旧书硬往我手里塞,说是交换。为了使他心理平衡,虽然那书于我毫无用处,我还是拿了一本。我询问了一下,卖得最好的是《钟山》《收获》《花城》和《人民文学》。而质量平平的省级刊物仍然躺在那里无人问津。不出我所料,载有苏童长篇的那册刊物已经被买走了。

当我离开旧书摊时,老伯再三叮咛,嘱我搬家后常回来,他有了有关历史资料的旧书就给我留着。他看上去眼泪汪汪,而我的内心则有一种说不出的温暖。

这次处理旧刊物的活动，也算是对刊物在读者心目中的位置做了调查，这是一件极有趣和值得纪念的事。只是搬家之后，我再没去过那里。如今各类期刊又攒了一大摞，我便又想起了那位老伯，想着什么时候再把刊物送给他。但愿他仍穿着烟色灯芯绒上衣，戴着呢毡帽站在旧书摊前，看到我抱来的旧刊物时会露出由衷的笑容。

1997年

从富春江到硕莪馆

2018年5月,我到新加坡参加《联合早报》文学节,身为记者和作家的张曦娜女士前来接机。在去酒店的路上,她热心地问我,首度来此,想看什么景观,她来安排。我说最想寻访郁达夫当年在新加坡的寓所,张曦娜说恐怕你会失望,郁达夫在新加坡的住处未被保护起来,一处她去过,是一家商铺了;另一处稍微偏远,她也没去过。我说不管怎样,我都想看看。

我入住的富丽敦酒店位于城中心的金融商圈,毗邻新加坡河,离克拉码头很近。这座建筑像个古堡,近百年历史了,据说是英殖民地时期的邮局。这里曾有多少公函和家信辗转?有多少喜报和噩耗自此飞向不同的窗口?住在这里,有被装入大信封的感觉。

新加坡的日出很晚,次日七点醒来拉开窗帘,天还暗着。从窗口可望见右前方的金沙酒店,想来日出前的梦最美吧,那三幢平行的高楼的窗口大多黑着,只有顶层串联起这三幢楼的一叶扁舟似的空中花园,熠熠闪光,据说那儿有个著名的泳池。不知在那么高的地方游泳,是否会游到云里去?向左望去,可见榴莲壳造型的歌剧院的底部漫溢着乳黄的光影，仿佛流着蜜汁。而最夺目的，莫过于码头中的摩天轮，它装饰着彩灯，苍穹之下，远远望去，像一只镶嵌了七彩宝石的手镯，要献给谁的模样。想来月亮女神对人造的璀璨不感兴趣，一夜将去，未曾戴它一下，它也只好空举着。我洗漱完毕，烧壶开水，喝了杯热茶，回床上翻了一会儿书，再到窗前时，曙光初露，一片青蓝色的流云，腾起于晨曦之上，有头有尾的模样，像极了一头狮子，想到新加坡狮城的传说，我赶紧取了相机，将这惊人的一幕拉入镜头。

陪同我寻访郁达夫故居的是南洋理工大学的文科生伊婷。她先带我去牛车水——新加坡的唐人街，说是初来的游客没有不去那儿的，还有就是我想看的郁达夫最初的落脚点，就在牛车水附近。关于牛车水名字的来由，一说当年新加坡没有自来水时，原住民的饮水每日是由牛车载来供给的；一说当年清扫街市，是由拉水的牛车来完成的，无论哪种说法，水与牛车，都是核心元素，而我喜欢这个烟火气十足的名字。牛车水的店铺挤挤挨挨的，街巷上空点缀着呈之字形的红灯笼，宛如跃动的赤龙。我们先拜谒了两座庙——印度庙和佛牙寺，又逛了几家小店，然后穿过一个过街长廊，就看到一座五六层高的乳黄色建筑。它设计简洁，有着狭长密集的高窗，那些窗侧面望去，就像钢琴键盘凸起的黑键，这是郁达夫抵达新加坡的首站，旧时称南天旅店，如今是一家名为裕华国货的商场。推门而入，看到的是货架上各色的保健食品，其中不乏中药材，商场里弥漫着一股中药味，这倒有点像郁达夫笔下人物所涉足的场所气息——他写了那么多的病人。资料介绍说郁达夫住在八号房，可现在这里是一个仓库似的卖场，哪还寻得着八号？客房之间的间壁早已荡然无存，那种空虚的宽敞让人倍感苍凉。商场的生意比较冷清，店员过来打招呼，热情向我介绍货品，如果我告诉她我是为寻八十年前一个文人的足迹而来，她会不会递我一碗醒魂汤？

出了裕华国货，去一家新加坡久负盛名的肉骨茶餐厅吃过午饭，伊婷叫了计程车，我们奔向郁达夫的第二处住所，也是他住得较久的地方。我以为车程会在半小时以上，谁料一刻钟便到了。我很吃惊，问伊婷不会来错地方了吧，她笑着说新加坡本不大，言下之意，他们概念中的偏僻，实不遥远。

那片街区行人极少，有一处建筑正在维修，披挂着防护网，所以通向郁达夫寓所的路，一侧成了施工区域。据说这一带是旧时的墓园，新加坡寸土寸金，所以殖民当局开辟此地做公共住宅，有点类似中国的经济适用房。郁达夫受《星洲日报》社长胡昌耀邀请，携家眷来办《星洲日报》副刊，就居于此。位于中峇鲁路的郁达夫寓所，是幢低矮的灰白小楼，像一艘停泊在港口的白轮船。地处热带的缘故吧，二层阳台与房屋等长，跨度大，探出墙壁立面很多，想来那是人们喝茶纳凉的好去处。这里的窗户和我先前在裕华国货看过的相似，比较密集，或许居于赤道的人们热爱阳光，所以窗口花朵似的满墙开放；又或者这里曾是墓园，阴气重，所以开更多的窗口，让阳气升腾。

那幢小楼似乎还有住户，一楼的窗子披挂着白色护栏，这防盗的盾牌，倒很中国风。步入门洞，最触目惊心的是那青灰的水泥楼梯，逼仄、狭长、陡峻，从一层到二层有二十多级，而我熟悉的楼梯，通常十七八级。这样的楼梯，仿佛只为盛年之人而设置。而对于善饮的郁达夫来说，酒后归家，这楼梯间可曾是他借醉瞬时起舞、释放郁闷的隐秘所在？如果这里有老树，当记得郁达夫曾携王映霞和儿子郁飞，进出于此，记得这里的欢笑和眼泪。那对被誉为富春江上的神仙眷侣，在来新加坡前感情已出现裂痕，他们在此离婚，各奔西东。旧人离去，新人又至，虽说郁达夫对王映霞难以忘怀，但他情感的海洋一直电闪雷鸣，波涛滚滚，从未止息。面对着这座不闻人语的楼，想着它是郁达夫人生接近终点的驿站，我再打量它时，感觉这是一座灰白的纪念碑，而那险峻的台阶，像风暴中心层层涌动的海浪，将那凄风苦雨的岁月定格在这里。

郁达夫在新加坡期间，并未有震撼的作品出现，他这时期是一个以笔为枪的战士，所写多为政论文章，一些随感和旧诗。除却主观因素，个人情感受挫，不得不承认，环境的变化和时局的动荡，这惨烈的现实刺痛着他，也使他没有更大的精力和更从容的心境，进入缪斯世界。

我第一次读郁达夫的小说，是三十多年前在大兴安岭师范学校求学时。不到二十岁的我，读惯了现代文学史教材中那些凛凛正气的幽愤之作，听多了呐喊和疾呼，读到《沉沦》，有点怦怦心跳，好像在一片血光飞溅的战场上，发现了一枝独自芬芳的野菊，美得凄迷，它怎么可以宣泄青春期的我们都会有的坏情绪？那种唯美的堕落，伤感的消沉，立刻俘虏了我。记得教材参考读物中，还附有他另外的小说名篇《春风沉醉的晚上》和《迟桂花》，读后也一样喜欢。

做学生的时候，为应付各门功课，读过郁达夫的个别小说和散文，崇敬之余，并没有找来他更多的作品细读。毕业后分配回故乡，当了两年语文教师，因为开始陆续发表小说，所以两年后大兴安岭师范学校将我调回，让我到中文系执教。其本意是发挥我的长项,让我开写作课。但教写作课的老师对这门课极为不舍,而我以曾经的学生身份与教过自己的老师成为同事,本就压力巨大,所以当主管教学的领导跟我道出实情,我不能教写作课时,我说尊重老师的想法,我可开其他与文学相关的课。这样,中国现代文学史这门课,就落在二十三岁的我头上。以我的资历和阅历,这门课对我来说是太重了!我感觉一下子又回到了学生时代,必须勤学苦读。如果不对现代文学史教程中涉及的作家倾注亲人般的热情,你就无法开好这门课。事实证明,这门课程对我日后的写作,是一种默默的滋养。

如今的郁达夫,同张爱玲和萧红一样,被众多的海内外学者再发现再研究,早已是浮出海面的冰山,巍峨毕现,光华灼人。但在二十世纪八十年代中期,郁达夫在教材中所占位置并不突出。我因之前做学生时对他的作品印象深刻,教中国现代文学史后,便去图书馆把馆藏的郁达夫作品,悉数读了,愈发觉得他在中国现代文学史中的卓尔不群,理应席位更高。我未请示系主任,自作主张撰写教案,给郁达夫开了个专题。这在中文系来说,不是件小事,因为课时是固定的,我倾情介绍郁达夫,必然要对与之并列的一两位现代作家做课时减法,而这是违背教纲的。虽然有一些老师和学生,支持和褒扬了我的教学法,但教务处的人知晓此事后,还是找我做了谈话,说是教师要尊重教纲授课,不能以个人好恶改写教材。我口头做了检讨,心下却得意——反正我也讲完了。

十年前因为做首届郁达夫小说奖的终评委,我到过郁达夫的故乡富阳。记得初冬时令,一行人乘船游富春江时,天色灰暗,江水灰暗。我站在舱外,迎着冷风,望见江上有精灵般的水鸟翻飞,在苍茫中尽显生命的活力,无限感慨。富春江养育了郁达夫,而他就像这时令江面盘旋的水鸟,心事透明,渴望自由,颠沛流离,无论遇到什么风浪,从未停止过搏击的翅膀,直至生命的最后时刻。后来船停在一个小码头,我们上岸参观一处景观,路过一片桑园,桑树上是残枝败叶,听不见虫鸣鸟语,格外寂寥。天倒是晴朗了,阳光照耀着桑园,似乎想用它的金丝银线,将这颓败的桑园重新缝补了,还一个生机盎然的世界给我们看。可我却痴迷那水中的苍凉和岸上的萧瑟,因为它们跟郁达夫作品的气息是相通的。

  而就在两年前,我再次来到浙江,领取《钱江晚报》的一个年度文学奖。本以为行程与郁达夫是无关的,但主办方将与会者安排在翁家山的民宿,这等于展开《迟桂花》这篇像羊皮口袋一样朴实纯美的小说的袋口,将我们纳入其中,你不得不沉浸在《迟桂花》的氛围中。正是南国暮春时节,晴雨不定,翁家山忽而阳光明媚,忽而细雨霏霏。雾气时而罩住了山顶,仿佛给它戴了顶帽子;时而又在山脚摇曳,仿佛要给它缠一条腰带。尽管山上商贸气息浓了,茶庄林立,但翁家山空气清新,没有令人压抑的高层建筑,还是颇为宁静,有股说不出的清幽。记得作家萧耳带我们在翁家山看茶园,赏奇花,穿行在山岭间的她长发飘飘,一袭及膝的丝绸长裙随风舞动,简直就是画中人。我心想难怪郁达夫笔下的江南女子,那般风姿绰约。而我在一个微雨的午后,撑伞在翁家山闲走,经过一座小山时,看见山下立着的指示牌,赫然写着"烟霞洞",心下一动,《迟桂花》里翁则生和莲儿的家,不就在烟霞洞吗?于是拾级而上。登至顶上,却不见炊烟,一世界的细雨敲打着冷清的石级,山色迷离,感觉鬼魅正在湿漉漉的山谷游荡,说不出的阴森。而小说中的烟霞洞,活色生香，倒比现实的更真实似的，烙印在记忆中，这就是文学的魅力吧。

郁达夫在现实世界中，既是一个有民族气节的文人，也是一个率性多情的骑士，只要他中意的草原，不管领地属谁，他都会冲破藩篱，策马纵情驰骋。这固然可以看出他天性的自由，但也从另一侧面看出他的自负。"曾因酒醉鞭名马，生怕情多累美人"，已成为他诗作中的名句，人们对其中的"美人"，意有多解，但我更愿意将它理解为单纯的美人。郁达夫因热恋王映霞而抛弃结发妻子孙荃，孙荃自此诵经念佛，戒荤茹素，郁达夫等于践踏了一个无辜女人的青春和幸福。尽管郁达夫其后在经济上对孙荃仍有周济，但孙荃对婚姻的失望，可想而知。她的遭遇也令人想起鲁迅的原配夫人朱安，这两位旧式妇女的性情和遭遇，惊人相似。她们忠贞不贰，有着超常的忍耐力和大慈悲，只不过命运让她们上错了船。我这样说，并没有在道德层面，苛责那个时代受父母之命缔结姻缘而勇于解散的人。因为在人性层面，真爱是无罪的。但郁达夫的一生，不善于维系爱，也不会受困于爱，他几度婚姻，明明暗暗的情人不断，还是妓院中风雅的嫖客。他意气用事，读他杂文时，遇到他形形色色的郁达夫启事，我会暗笑。他也终因《大公报》上向王映霞发难的那则著名启事，将他人性中的弱点，一览无余地呈现给世人。这类启事，当然不如他写给沈从文的那封《给一位文学青年的公开状》令人动容和称道。但可看出，郁达夫是性情中人，他忧国忧民，愤世嫉俗，但儿女情长的不悦，也会令他拍案而起。一个不掩饰弱点的人，无疑是真文人。

郁达夫通晓五国语言，古典文学功底深厚，东西方文化在他艺术世界的自然碰撞与融合，使他的作品气质非凡，足以奠定他在中国现代文学史上不可撼动的地位。我喜欢郁达夫的小说，因为在虚构的世界中，他的主人公不戴镣铐，在人生之路上且歌且舞，敢于倾吐人性的苦闷，将哀婉缠绵和感伤之气推向极致。《迟桂花》这类小说，是郁达夫作品中，鲜见地体现人性明媚的作品。他更多的小说，则是在人性幽暗的隧道穿行——病痛与爱恋，百转千回地交集；生命的欢歌，总在死神的阴影中低回。

通读郁达夫小说的人，不需特别留意，就会在其中发现他小说的几要素：性，酒，病，女人，而其背景又多放在夜和雪中。在他堪称上品的几部小说中，"病"又成为叙述的不二助推器，如《微雪的早晨》中的"精神异常"的朱君，《迷羊》中在A城养病的"我"，《杨梅烧酒》中病后初愈的"我"与故人在湖滨小馆的夜谈；《马缨花开的时候》中的养病楼，《东梓关》中为治疗吐血病而寻访名医徐竹园的文朴，《沉沦》中患了忧郁症的主人公，甚至《春风沉醉的晚上》，人物也摆脱不了病的缠绕。而这"病"大都因"情"而生，大到国家之情，小到儿女私情。郁达夫是个善于写情的人，当然这其中不可避免地触及"性"，所以有人说他的小说是性小说。我以为这低看了他作品的文学价值，因为在写"情"的时候，郁达夫从未降低他作品的趣味和审美性。而他笔下因情而生的女人，莫不惹人怜爱和同情，《迷羊》里的江湖名伶谢月英，《春风沉醉的晚上》中纸烟厂的女工，《迟桂花》里的莲儿，《微雪的早晨》中的惠英，《蜃楼》里的黑衣少妇，等等。而郁达夫在写情时，除了男女之爱，也敢于书写隐秘的情感潜流，探讨同性之爱，比如《她是一个弱女子》和《茫茫夜》。

郁达夫有他个人的性格弱点和人格局限，但他是不吝惜剖析自己的，他的作品多用第一人称，男主人公也多为落魄文人，他们爱欲中的挣扎，抑郁中的眼泪，被他写得出神入化。他钟爱自然，富春江和西湖常是他作品的底衬。十年留学日本使他深受其文化影响，他的思想现代，而他作品的语言风格偏于古典，这使他的作品充满了张力之美。他是一个充满了正义感的人，读到他小说中发出的满含着忧国之情的一声声喟叹，你可能会以为它破坏了小说的和谐，但在一个悄无声息的时代，这样的喟叹是智者和勇者的心音，铿锵有力。无论研究者将他的成就归于创造社还是他短暂涉足的左联，也无论我们怎样不喜欢他性格中的个别东西，他都是一个把自己完全暴露在阳光下的大写的人，领受灿烂的同时，也必将遭遇拂面的尘埃。鲁迅对他的评价"白者嫌其已赤，赤者嫌其太白"，极为传神，至今仍是对我们这个纷争龃龉、缺乏包容、创造贫弱的浮躁文坛的犀利注解。在一个有病难言和无病呻吟的历史时期，郁达夫笔下的病与痛，无疑深具现实意义和艺术光辉。他作品的颓废和伤感，与逢迎阿谀之气背道而驰，他没有成为一个腔调的文学的俘虏，为后世作家树立了可贵的人性书写的标杆。

郁达夫在有生之年，几乎每到"九一八"这个令中国人耻辱的日子，都会发檄文声讨侵略者。他的母亲在日军攻陷富阳后，躲在夹墙中被活活饿死，身在福州的郁达夫在母亲灵堂起誓："此仇必报。"而他和母亲，死因又是那么惊人地相似！日军攻打新加坡时，郁达夫乘快艇撤退到印尼群岛，化名赵廉，开办酒厂，因为无意间暴露了自己通晓日语，被迫做过日本宪兵分队的翻译，他也因之保护了不少爱国志士。郁达夫生命的终点是在苏门答腊，按照他的挚友胡愈之先生的分析和后来一些历史资料的解密，他死于日本宪兵之手。那时抗战已经胜利，他喋血于和平开始的时刻，可见和平的黎明，摆脱不了血腥。而他的遗体，至今没有下落，所以坊间关于郁达夫之死的演绎，也不乏恶意揣测者。郁达夫灵魂有知，岂不呜咽！他的小说《薄奠》写了一个人力车夫的惨死，结局尚有一辆纸车的焚烧，来偿付人力车夫最卑微的底层梦想，而郁达夫永别于世界的那一天，却连这样的薄奠也不曾拥有！

郁达夫大约知道，这个世界再神圣的牌位，终将有被弃置角落的一天，所以他从不以神的面目示人。他的短篇《在寒风里》，透过一个破落的地主家庭分家的故事，入木三分地写出在财产和利益面前，道德的崩塌，亲情的沦丧。人们在争夺家产的过程中，原先被端正挂在厅堂的祖宗神堂，竟被扔在废物堆中，无人认领。最终男主人公约了家中的长工长生，乘列车将这神堂背到上海去，这也成了他分到的唯一财产。郁达夫在描述长生背着神堂上车时，有这样一段极其精彩的描写："因为他背上背着那红木的神堂，走路不大方便，而他自己又仿佛是在背着活的人在背上似的，生怕被人挤了，致这神堂要受一点委屈。"读之令人动容。却原来神堂在一个非本族的仆人眼里，仍具压迫力和生命力，而它在本该对它顶礼膜拜的子孙眼中，连木偶都不是了。郁达夫洞见了神的沦落，笃定要做一个热血的人。他也的确这样做了。

让我再回到五月的新加坡之行吧，在弥足珍贵的一周时间里，我去花卉博物馆观赏温室中的奇花异草，去圣淘沙的海边踏浪，去亚洲文明博物馆看中世纪的佛的造像，去美术馆看徐悲鸿那幅著名的画作《放下你的鞭子》——王莹当年在新加坡的街头，就是这样做抗日宣传的，而她的结局令人唏嘘。每至夜晚，我会沿着新加坡河散步，河畔酒吧街和克拉码头的霓虹格外绚烂，那浓重的光影倒映在河中，仿佛给这条河倾注了油彩，流也流不动的样子。河畔的花树太过繁茂，总让我疑心是假的。直到夜风起来，各色花瓣脱落，它们像一只只可爱的小耳朵，要来大地谛听什么秘密似的，我才确信那些花树是大自然的骄子。

要说新加坡之行最让我难忘的，是在牛车水参观新加坡原貌馆，这里真实还原了早期移民的生活图景，低矮的裁缝铺中悬挂着旧的花布，拥挤的学徒间似乎还弥漫着浓浓的汗味，车夫和木匠的小屋的席子上，堆卷着破败的铺盖和似乎刚用过的蒲扇——那个世纪的风，可曾因这蒲扇而一去不归？厨房粗糙的灰泥墙上，挂着出土文物似的铁锅、笸箩、笊篱，灶台上的炊具也都尘垢满面，几百年不用的模样，只有肮脏的洗手池里，堆着碗盆，仿佛谁刚用过饭，还没来得及清洗。在复原的这些做苦工和手工匠人的住屋里，桌子椅子、柜子箱子、镜子梳子、茶壶灯盏、衣裳鞋袜、暖水瓶电风扇，山水挂画和镜框镶着的老照片，甚至拖鞋和雨伞，一应俱全，再加上音响制造的那个年代的市井之音，使原貌馆充满了艰辛又朴素的生活气息。可有一间复原的小屋黑魆魆的，不着一物，探头一望，窄床上是一个枯瘦的老妇的造像，鬼一样恐怖，有游人说这是问米婆，送死者上路的灵婆。我缩回头来，看了看门侧的标示牌，原来这里复原的是死人巷的情景。硕莪巷是新加坡早期的死人街，处理丧葬事宜之地，而这间阴森黑屋，称为"大难馆"。因为有一种迷信的说法，认为人死在家里不吉利，所以大难馆应"死"而生，出现在硕莪巷，也就是死人街上。那些行将就木的人，会被送到大难馆等死，这里是看生命之花凋零、收纳人最后一口气的地方。

　　硕莪其实是一种可爱的棕榈树，又叫西谷椰子树，据说它寿命很短，不足二十年，而且一生只开一次花儿，开花不久便死。它的树干淀粉沉积，就是人们所熟知的"西米"，我们喝的珍珠般的西米露，就由这种淀粉加工而来，所以也有人称此树为"米树"，它是大自然馈赠给人类的干粮袋。谁能想到这种慷慨的树，这美丽的名字，会与死亡枝缠叶绕？

　　我站在硕莪馆的那个瞬间，联想起郁达夫的结局。他没有死在一个受难似的肮脏狭小的馆内，也是他的幸运吧。七尺之躯的男儿，岂能容生命在这逼仄阴暗之处谢幕？倘若他真的喋血于丛林，他在与这世界作别时，不知是晨曦渐起还是落霞满天的时刻？至少他在生命的最后时刻，认清了刽子手的嘴脸、战争的残酷和世情的险恶，他走得坦坦荡荡，明明白白。不可阻挡的风儿，会轻抚他的脸颊，为他做安息日的整容。而他的遗骸，会在大自然赐予的无边的硕莪馆中，遥听他生命源头富春江的水声，安详地随时光流传，褪掉血肉的袈裟，只剩一副清白的骨架，交付明月海涛，给这灾难深重的大地，烙印一个不可磨灭的生命框架。

2018年11月

看花的姿态

我是白先勇先生的读者。他的《永远的尹雪艳》和《金大班的最后一夜》，在我眼里就像两棵灿烂的花树。尹雪艳是株梅花，而且是雪光中的，极端的娇艳，又极端的朴素，香气淡淡，久经回味；金大班呢，是一簇夜来香，香气扑鼻，那在月夜下闪烁的花朵，恰如多情的眼，在半梦半醒间，温暖着迷茫的人。梅花不管多么经得起风霜，它终有花容不再的时候；夜来香呢，它也终归有寂灭的一天。可是白先勇先生用那支生花妙笔，让尹雪艳和金大班这两个花树般的人物，获得了地久天长的绚丽。

四月底，青岛的春天正热闹着，白先勇先生来到了中国海洋大学。我刚好在那里给人文学院的学生讲《额尔古纳河右岸》，得以相识。白先生初来青岛，可他似乎并没有特别的兴致看风景，他喜欢待在屋子里。王蒙先生请他出来参加活动时，他才会下楼。天凉时，他披着一件人字呢大衣，天暖时，则是一件中式便服。他闲闲的，淡淡的，似乎与春天有着某种隔膜。

我曾经看过白先生的《树犹如此》，是怀念他的同性朋友王国祥的,写得催人泪下,感人至深。文章中,他多次写到花和树。王国祥离去了,白先生家花园中的一棵高大的意大利柏树也随之枯死,花园荒芜了。那株青烟般消失的树,在花园中留下一个巨大的缺口,这道缺口,被白先生形容为"一道女娲炼石也无法弥补的天裂",其内心的苍凉之情,可想而知。我想白先生一定是因为看了太多繁华的"春",胸中弥漫着旧时光中花朵的沉香,才会在春光中如此的超然、安详。

但他还是爱花的。海大校园中的樱花开得正盛,那天我们去报告厅,路过一树又一树的樱花,他一再驻足观赏,叹息着:"太美了,太美了!"他看花的眼神是怜惜的。三月三,大家到崂山的太清宫去,在一处殿门前,逢着一丛朝霞般鲜润的花朵。我看了一眼,便说:"这是芍药。"白先生走过去,大叫:"不是芍药,是牡丹啊!"芍药和牡丹虽然在花朵上相近,但叶片却是不一样的。我仔细一看,哦,确实是牡丹。白先勇先生自从将汤显祖的《牡丹亭》搬上昆曲舞台后,对牡丹可谓情有独钟。对于即将要去北京参加青春版《牡丹亭》百场演出的白先生来说,这丛牡丹,无疑是老天为他写就的福音书啊。那丛牡丹姿态灼灼,开得恰到好处,飘洒,浓艳,馥郁,蓬蓬勃勃,没有一朵呈凋敝之态,白先生啧啧惊叹,连称:"不得了,不得了!"我对他说,将来第一百零一场的《牡丹亭》,去哈尔滨演出吧,那儿的市民爱好音乐。白先生笑着说,抗战时,他父亲(国民党高级将领白崇禧)打到了东北,可是蒋介石不让打!他说自己没有去过哈尔滨,当然希望有一天能带着《牡丹亭》到那里演出。

今年的哈尔滨酷热难当。这个时候,我会放下笔来"歇伏",以读书为主。好书是可以带来清凉的。

我从书架上将郑愁予先生赠送的三本诗集取下。去年十一月我在香港浸会大学时,郑愁予先生刚好由耶鲁大学到香港大学讲学。愁予先生的诗歌,韵律优美,婉约惆怅,在港台影响极大。他与白先勇先生一样,根扎在台湾,后来到美国发展,执教于名校。愁予先生爱酒,我在爱荷华时,聂华苓老师就跟我讲过他不少"醉酒"的趣闻。他和他夫人梅芳请我去兰桂坊,我感受到他爱酒之切。在那家俄罗斯人开的酒吧,他先是给我叫了杯鸡尾酒,然后又拉我进"冰屋子",披着大衣,在零下三十多度的环境中,品尝威士忌。梅芳女士悄悄对我说,愁予先生几年前做过心脏手术,医生建议他少饮酒,可他改不了。愁予先生喝酒之后,谈笑风生,出口就是诗,他的热情能把一个冰冷的人都点燃。有一天晚上,他请我和台湾作家刘克襄到港大他暂居的寓所去坐坐,一进去,他就举着一瓶酒对我说:"这是金门高粱酒,给你准备的,你带回哈尔滨吧!"我说我从香港出发,还要到北京开会,托运酒又麻烦,不如喝掉。愁予先生豪爽地说:"就听你的。"梅芳女士早已准备了几样下酒菜,我们围聚到桌旁,喝酒谈天。近午夜时,愁予先生举着杯,邀我到阳台看海。与其说是看海,不如说是赏月,那晚的月亮实在太明了。海上月光飞舞,好像海上生了一片白桦林。愁予先生无限感怀,轻轻地哼起歌来。那低沉而忧郁的歌儿在月色中回旋,宛如夜鸟的翅膀轻触着花树。

愁予先生的诗歌意象绮丽,比如他写长城:"长城像一个担夫担着群山,从地平线上彳亍走来。"他写"塔":"塔,乃天问的形式吗?"他写微醺的状态:"微醺是枕着山仰卧,全身成为瀑布;微醺是左手二指拈花,右手八指操琴;微醺,抬头满天的灯,低头满座的美人。"他写花:"百合花的嘴张得太大,像在惊讶。"他有一首诗的名字就叫《寂寞的人坐着看花》,读这首诗的时候,我忽然联想起了白先勇先生,想起他看花时那顾眷的神色。他们俩,虽然年过古稀,但他们身上那种美好的情感,从他们看花的姿态上,可以充分感受得到。

有一天,聂华苓老师来电,我跟她聊起白先勇和郑愁予,他们都是她的老朋友了,我说:"他们与我们这代人最大的不同,就是他们是风雅的人!"聂华苓叫道:"很对很对!"

是啊,我们这一代人,传统文化的根基浅,缺乏琴棋书画的浸染,对西方文化的认识也不够深刻。为什么我们可以写出好看的作品,却难写出有大品格的作品?我想是因为我们的文化底蕴还不足,境界还不够深远所致的。我们看花,是用眼睛;而他们看花,用的则是寂寞、沧桑的心。看花姿态的不同,作品所呈现的气象就大不一样了。我愿引愁予先生的几句诗,来为这篇小文作结:

> 我们常常去寺庙
> 常常去无人的海滩
> 常常去上坟
> 献野花给好听的名字

2007年

一个人和三个时代

"我是一棵树,根在大陆,干在台湾,枝叶在爱荷华",这是聂华苓先生为她自传体新书《三生影像》撰写的序言。如果说二十世纪是一座已无人入住的老屋的话,那么这十九个字,就是一阵清凉的雨滴,滑过衰草萋萋的屋檐,引我们回到老屋前,再听一听上个世纪的风雨,再看一看那些久违了的脸庞。

我认识聂华苓先生的时候,她已经八十岁了。也就是说,我是先逢着她的枝叶,再追寻她的根的。二〇〇五年,国际写作计划邀请刘恒和我去美国,进行为期三个月的交流和访问。八月下旬,我们从北京飞抵芝加哥,从芝加哥转机到锡达拉皮兹时,已是晚上十点了。从机场到爱荷华,还有一小时左右的车程。接我们的亚太研究中心的刘东望说,聂华苓老师嘱咐他,不管多晚,到了爱荷华后,一定带我们先到她家,去吃点儿东西。我和刘恒说,太晚了,就不去打扰了,改日再去拜访吧。刘东望说:"她准备了,要你们一定去,别推辞了。"十一时许,汽车驶入爱荷华。聂华苓就住在进出城公路山坡的一座红楼里,所以几乎是一进城,就到了她家。车子停在安寓（取自聂华苓先生的丈夫安格尔先生的名字）前，下车后，我嗅到了大森林特有的气息，弥漫着植物清香，又夹杂着湿润夜露，是那么的清新宜人。

门开后，聂华苓先生迎上来，她轻盈秀丽，有一双顾盼生辉的眼睛，全不像八十岁的人了，她见了我们热情地拥抱，叫着："你们能平安到，太好了！"她爽朗的性格，一下子拉近了我们之间的距离。红楼的一层是聂华苓先生的书房和客房，会客室、卧房和餐厅则在二楼。一上楼，我就闻到了浓浓的香味，她说煲了鸡汤，要为我们下接风面。她在厨房忙碌的时候，我站在对面看着，她忽然抬起头来，望了我一眼，笑着说："你跟我想象的一模一样！"我笑了。其实，她跟我想象的也一模一样！有一种丽人，在经过岁月的沧桑洗礼和美好爱情的滋润后，会呈现出一种从容淡定而又熠熠生辉的气质，她正是啊。应该说，我在爱荷华看到的聂华苓先生的"枝叶"，是经霜后粲然的红叶，沐浴着安详的阳光，风采灼灼。

安寓的饭桌，长条形的，紫檀色，宽大，能同时容纳十几人就餐。我和刘恒常常在黄昏时，沿着爱荷华河，步行到那里吃饭。这个时刻喜欢来安寓的，还有野鹿。坐在桌前，可见窗外的鹿一闪一闪地从丛林走出，出现在山坡的橡树下，来吃撒给它们的玉米。鹿一来，通常是两三只。有时候是一只母鹿带着两只怯生生的小鹿，有时候则是竖着闪电形状犄角的漂亮公鹿，偕着几只母鹿。这处红楼寓所又称为"鹿苑"，真是恰如其分。鹿精灵似的出现，又精灵似的离去了。华苓老师在苍茫暮色中，向我们讲述她经历过的那些不平凡的往事。夜色总是伴着这些给我们带来阵阵涛声的故事，一波一波深起来的。如今，这些故事，连同二百八十多幅珍贵的图片，完整地呈现在《三生影像》中，让我们循着聂华苓先生的生命轨迹，看到了一个为了艺术为了爱的女人，曲折而绚丽的一生。

《三生影像》分为三个部分：《故园》《绿岛小夜曲》和《红楼情事》。《故园》写的是她的"根"——大陆；《绿岛小夜曲》描绘的是她的"干"——台湾；而《红楼情事》，闪烁着的则是她婆娑的枝叶——爱荷华，这也是她生命和事业最华彩的乐章。

聂华苓出生于一九二五年，母亲是个"半开放的女性"，气质典雅，知书达理。她嫁到聂家后，直到生下三个孩子，才发现丈夫已有妻儿。英国哲学家罗素，在他关于中国问题的专著中，曾有这样的论断："中国人的性格中，最让欧洲人惊讶的，莫过于他们的忍耐了。"我以为，"忍耐"的天性，在旧时代妇女身上体现得尤为明显。聂华苓的母亲虽说是羞愤难当，闹了一阵子，但最终她还是听天由命，留在了聂家。聂华苓的父亲聂怒夫，在吴佩孚控制武汉的时候，是湖北第一师的参谋长，在军中担任要职。桂系失势之后，聂家人躲避到了汉口的日本租界。旧中国军阀混战的情形，聂华苓的母亲描述得惟妙惟肖："当时有直系、皖系、奉系，还有很多系。你打来，我打去。和和打打，一笔乱账，算也算不清。"聂华苓的童年，就是在租界中度过的。英租界红头洋人的滑稽，德租界买办的傲慢，以及日本巡捕的凶恶，小华苓都看在眼里。有的时候，她会溜进门房，看听差们热热闹闹地玩牌九、掷骰子，听他们讲她听不懂的孙传芳、张作霖、曹锟、段祺瑞，也听他们讲她感兴趣的民间神话故事：八仙过海、牛郎织女、嫦娥奔月。聂华苓的爷爷是个可爱的老头，性情中人，他高兴了大笑，不高兴就大骂。他教孙女写字，背诵唐诗。有的时候，他还会邀上三两好友，谈诗，烧鸦片烟。小华苓常常躲在门外,偷听他们吟诗。"什么诗?我不懂,但我喜欢听,他们唱得有腔有调。原来书上的字还可以变成歌唱,你爱怎么唱,就怎么唱,好听就行了。他们不就是各唱各的调调儿吗?"这段充满童趣的回忆,天然地道出了诗文的本质。从聂华苓先生对故园的描述中,我们可以看到她是如何捉弄爷爷的使唤丫头真君的,看到她因为得不到一把俄国小洋伞而哭得天昏地暗的,看到她如何养蚕,用抽出的蚕丝做扣花、发簪和书签。虽然是在租界中,她的童年生活仍然不乏快乐。然而,聂华苓十一岁的时候,她的父亲,在贵州平越任专员兼保安司令的聂怒夫"殉难",聂家从此失去了顶梁柱,少了往日的欢声笑语。对于父亲的死,聂华苓在书中是这样记叙的:"那是一九三六年,农历正月初三。长征的红军已在一九三五年十月抵达陕北。另一股红军还在贵州,经过平越。"

父亲去世了,母亲艰难地撑起这个家。这个大度而不屈的女性,无疑对聂华苓的性格成因,有着深刻的影响。一九三七年,抗日战争开始,在湖北省立一中读书的聂华苓,跟同学们一道,慰问从抗日前线归来的伤兵,给他们唱歌,代写家书,表演街头剧《放下你的鞭子》。上海、南京相继沦陷后,日机日夜轰炸武汉,每当空袭来临时,母亲就要把几个孩子护在身下,反复念诵《般若波罗蜜多心经》。为了躲避战火,一九三八年,母亲带着孩子,在长江上乘船闯过鬼门关,逃难到了老家三斗坪。在那里,他们一家度过了一段平和恬静的日子。由于三斗坪没有学上,指望着儿女们为她扬眉吐气的母亲,不管女儿多么贪恋那儿的山水,还是毅然决然把她送到了恩施湖北省立女子中学读书。离开亲人的华苓,从此就开始了漂泊生活。伴着飘忽的桐油灯,一群读书的女孩子,苦中作乐。食物匮乏,她们可以从狗嘴下抢下一块腌猪肝，来到农家，将它爆炒，痛快地吃一顿。她们还偷厨房的米饭和猪油解馋。她们三三两两的，在河畔嬉戏。然而，就在那里，也有看不见的斗争。比如生有水红嘴唇的音乐老师，是共产党，她有一天突然失踪了，据说是被国民党捕去了；而有着一双美丽大眼睛的同学闻立武，参与了学生运动，也是地下党。聂华苓从来都不是一个对政治敏感的人，这样的事，都是半个世纪之后，她才知晓的。

一九四〇年，聂华苓初中毕业后，与两位女生，搭上一辆木炭车，踏上了去重庆的旅途。由于盘缠不足，加之战乱，旅途受阻，每天只能吃两个被她们称为"炸弹"的硬馒头。即使这样，女孩子爱美的天性，还是使她们从嘴下省出一点钱，各买了一块花布，自己动手，缝制了一件直筒形的花袍子。辗转到了重庆后，聂华苓通过考试，在国立中央大学外文系读书。楼光来、柳无忌、俞大绚，都是外文系的名教。聂华苓坚实的外语基础，就是在那里打下的。在那里，她与六个性情相投的女孩子结为"竹林七贤"，她们在苦读的时候，也不忘到野外玩耍，"去橘林偷橘子，吃了还兜着走，再摘一朵野花插在头上"。《三生影像》第一部分的插图，我最喜欢的，就是一群女学生站在稻田的照片。每个人的头上都插着一朵花，烂漫地笑着。她们的花样年华既有着淑女气和书卷气，又透着股豪气和野气，真是迷人。在重庆，聂华苓与同学王正路谈起了恋爱，虽然十五年后，他们最终还是分手了，但他留给了聂华苓一双可爱的女儿——薇薇和蓝蓝。

抗战胜利后，中央大学在一九四六年从重庆回到了南京，聂华苓在南京又读了两年，终于毕业了。一九四八年底，她和王正路一起到了北平，结为夫妻。那时人民解放军已经占领机场，北平围城开始了。他们的蜜月，是在枪炮声中度过的。北平解放了，聂华苓和王正路离开故土，飞往台湾。

聂华苓出生在大陆，她离开时，已经二十四岁了。她最早的文学熏陶、所受的教育以及世界观和艺术观的形成，与这片土地休戚相关。她用二十四年光阴扎下的这个根，牢牢的，深深的，这是天力都不能撼动的。没有它，就不会有日后挺拔的躯干和繁茂的枝叶。

读《三生影像》的第二部时，我的心是压抑的。那座宝岛，带给我们的，不是风和日丽的人文景象，而是阴云笼罩的肃杀之气。出现在那里的人，雷震、殷海光、郭衣洞（柏杨），一个个雕塑似的，巍然屹立。他们不是泥塑的，也不是石膏镂刻的，他们都是青铜质地的，刚毅，孤傲，散发着凛凛的金属光泽。

聂华苓到台湾后，赶上《自由中国》创刊，杂志社正缺一位负责文稿的编辑，爱好写作的她就应聘去了那里，赚钱贴补家用。《自由中国》是由雷震先生主持的，他一九一七年就加入了国民党，曾担任过国民党政府的许多要职，一九四九年到台湾后，被蒋介石聘为"国策"顾问。而《自由中国》的发行人，是当时身在美国的胡适先生。对于这个刊物，聂华苓是这样说的："是介乎国民党的开明人士和自由主义知识分子之间的一个刊物。这样一个组合所代表的意义，就是支持并督促国民党政府走向进步，逐步改革，建立自由民主的社会。"显然，这是一份政治色彩浓厚的刊物。对政治并不感兴趣的聂华苓，像这个阵地墙角一朵烂漫的小花，安静地释放着自己的光芒。经她之手，林海音的《城南旧事》、梁实秋的《雅舍小品》，以及柏杨的小说和余光中的诗，这些已成经典的作品，一篇篇地登场了。如果说《自由中国》是一匹藏青色的布的话，这些作品，无疑就是镶嵌在布边的流苏，使它多了份飘逸和俏丽。然而，政治的台风，很快席卷了《自由中国》，因为夏道平执笔的《政府不可诱民入罪》，《自由中国》和台湾当局发生了最初的冲突，胡适在此时发表声明，辞去了发行人的角色。其后，又因为一篇《抢救教育危机》，雷震被开除了国民党党籍。一九五五年，国民党发动"党员自清运动"，《自由中国》又发出了批评的声音。到了蒋介石七十大寿，《自由中国》在祝寿专号中，批评违宪的国防组织和特务机构时，这本刊物可以说已成为风中之烛。《自由中国》除了发表针砭时弊的社论，也登载反映老百姓民生疾苦的短评，雷震成了台湾岛的"雷青天"。胡适回到台湾后，一九五八年就任"中央研究院"院长。这期间，雷震与志同道合的朋友一起，雄心勃勃地筹组新党。雷震邀请胡适做新党领袖，胡适没有答应。但胡适是支持雷震的，说他可做党员，待新党成立大会召开时，他也会去捧场。我以为，以胡适的政治眼光和看待历史的深度，他是看到了雷震的未来的——不可逃避的铁窗生涯。他没有阻止，反而推波助澜，我想他绝对没有加害雷震的恶意，在他生命深处，真正渴望的，还是做一个自由而有良知的知识分子。徐复观有一篇回忆胡适的文章，他这样写道："我深切了解在真正的自由民主未实现以前，所有的书生，都是悲剧的命运，除非一个人良心丧尽，把悲剧当喜剧来演奏。"这话可谓一语中的。雷震其实就是一面树立在胡适心中的正义和博爱的旗帜，有他，他会受到默默的激励；而当他倒伏时，尽管胡适也是痛楚的，但因为这面旗帜是倒在了心中，他便想悄悄把它掩埋了。胡适自称是个怀疑论者，徐訏在比较新文学运动的领袖胡适和陈独秀时，有过这样精辟的论述：

"胡适之性格冲和,宽大,平正,陈独秀性格凌厉,独断与偏激。"他指出胡适的性格中有"矛盾性与妥协性"。所以当一九六〇年九月雷震等人以"涉嫌叛乱"的罪名被捕入狱,殷海光等人挺身而出,为雷震喊冤时,胡适隐于幕后,只以"光荣的下场"这句"漂亮话",打发了世人期盼的眼神。胡适以为他可以苟活,但是他错了。雷震入狱仅仅一年半以后,他在一个酒会致辞时,猝然倒地,带着解不脱的苦闷,去了那个也许是"万籁俱寂",也许仍然是"众声喧哗"的世界。那一刻,他才真的自由了。

我喜欢《自由中国》的殷海光,这个毕业于西南联大的金岳霖先生的弟子,正气、勇敢、浪漫,充满诗情。受雷震案的牵涉,他虽未入狱,但一直受到特务的监视和骚扰。这个声称"书和花,是作为一个人应该有的起码享受"的知识分子,最初是反对传统的,主张中国未来的道路是全盘西化;可在他苍凉离世前,他顿悟:"中国文化不是进化而是演化,是在患难中的积累,积累得异样深厚。我现在才发现,我对中国文化的热爱。"

铁骨铮铮的雷震和傲然不屈的殷海光,最终长眠在"自由墓园"中。以他们的人格光辉,是担得起"自由"这个词的。

我想,聂华苓身上的正直和无私,她男人般的侠肝义胆,古道热肠,无疑受了雷震和殷海光的深刻影响。也就是说,她的躯干,之所以没有在非常岁月中,被狂风暴雨摧折,与他们有形无形的扶助,是分不开的。

一九五一年,聂华苓的弟弟汉仲在空军的一次例行飞行中失事身亡。一九六〇年,她所供职的《自由中国》蒙难,家门外一直有特务徘徊,接着是母亲去世,而她和王正路的婚姻也陷入"无救"状态。

此时的聂华苓，可以说是陷入了生命的低谷。但是命运仿佛格外眷顾这位聪明伶俐的女子，就在这个阴气沉沉的时刻，她生命中的曙光出现了。这道光，照亮了她的后半生。

如果说《三生影像》是一首交响曲的话，那么它的前两个乐章，在行云流水中，有着挥之不去的惆怅；可是到了最后的乐章，它却是明快的、热烈的、奔放的。有谁不爱读第三部《红楼情事》呢！

保罗·安格尔先生，在美国是一位与惠特曼齐名的著名诗人，曾被约翰逊总统聘任为美国第一届国家文学艺术委员会委员，并任华盛顿肯尼迪中心顾问。这个马夫的儿子，出身贫寒，热爱艺术，中学时就发表了诗作。大学毕业后，他来到爱荷华大学，以一本《旧土》诗集，成为美国有史以来第一个用文学作品获得硕士学位的人。安格尔经历非凡，当他还在牛津大学读书时，便游历欧洲，结识了很多声名卓著的作家。一九三四年，安格尔创办"爱荷华作家工作坊"，一步步地把它发展为美国文学的重镇。他曾开玩笑地说过："猎狗闻得出肉骨头，我闻得出才华。"他"闻"出的最出色的才华，就包括美国著名女作家奥康纳。这个修女打扮的怯生生的女孩子，写出的小说诡异神秘，如梦似幻，已成经典。"二战"时临时搭建的简易的营房，就是作家们的教室。安格尔给学生上课时，有的学生带着狗来，还有的甚至用布袋提着一条咝咝叫的蛇来。为着作家工作坊，安格尔先生的足迹遍及世界，寻觅着好作家和好作品。他怎么也不会想到，一九六三年的台湾之行，会给他带来永生永世相守的人。我们从安格尔的照片中，可以领略到他迷人的风采。聂华苓是这样描述他的："第一次看到他，就喜欢他的眼睛。不停地变幻：温暖，深情，幽默，犀利，渴望，讽刺，调皮，咄咄逼人。非常好看的灰蓝眼睛。他的侧影也好看，线条分明，细致而生动。"而安格尔在晚年的回忆录中，写到他初遇聂华苓时的感受，有这样的句子："台北并不是个美丽的城市，没有什么可看的。但是因为身边有华苓，散发着奇妙的魅力和狡黠的幽默，看她就够了。从那一刻起，每一天，华苓就在我心中，或是在我面前。"他们一见钟情。在此之前，他们是一幅被撕裂了的山水画，各持半卷，虽然也风光旖旎，却没有气韵。直到他们连接在一起，这幅画才活了，变得生动。

他们结婚后在半山坡上筑起爱巢——红楼，他们一起划船，一起喂鹿，一起谈诗，一起举杯，看日落月升。他们在一起，永远有谈不完的话题。

爱荷华这地方，地处美国中西部，人口不多，安详宁静，仿佛世外桃源。按照南非女作家海德的说法，"鸡粪那一类田上的事，可能是报纸的头条新闻"，非常适宜写作。一九六七年的一天，划船的时候，聂华苓望着波光粼粼的爱荷华河，突发奇想，为何不在爱荷华大学原有的写作工作坊之外，再创办一个国际写作计划呢？一个为世界文学的交流和发展做出过不可磨灭的贡献的计划，就这样诞生了。地球上不同肤色、不同种族、不同语言、不同文化背景、不同政治遭遇和生活际遇的作家，在其后的四十年间，以同一个目的，在爱荷华相遇了。我觉得从某种意义来说，这个写作计划，就是文学的"奥林匹克"。这个以文会友的盛会，为消除种族之间的敌视，消除不同社会制度下的人的隔阂，起了积极的作用。难怪一九七六年，安格尔和聂华苓因为这个写作计划，而被提名为诺贝尔和平奖的候选人。

在爱荷华这个文学大家庭里，我们看到了丁玲紧握苏珊·桑塔格的手；看到了以色列作家从最初坚决不肯与德国作家交往，到临别时主动与他们推心置腹地交谈；看到了伊朗女诗人泰皓瑞与罗马尼亚小说家易法素克之间临别之际爆发的深沉的爱恋。曾获得过诺贝尔文学奖的波兰诗人米沃什，爱尔兰诗人希尼，都曾是这里的座上宾。而上届诺贝尔文学奖得主，土耳其的帕慕克，也是国际写作计划邀请过的作家。

但作为中国人的聂华苓，对于身居海外仍然坚持用母语写作的她来说，那些用汉语写作的作家，才是她魂牵梦系的。国际写作计划在四十年间，共邀请世界各地作家一千二百多位，其中用汉语写作的作家，就占了一百多位。一九七九年中美建交后，萧乾成为第一位被邀请到爱荷华的中国作家。从他开始，中国作家的身影就不断地出现在那里。我们常常听聂华苓满怀深情地讲起到过这里的华文作家的一些逸事。那座红楼，留下过这样一些杰出作家的足迹：丁玲、王蒙、汪曾祺、艾青、萧乾、吴祖光、茹志鹃、陈白尘、徐迟、冯骥才、张贤亮、邵燕祥、柏杨、白先勇、郑愁予、余光中、杨逵、痖弦、谌容、王安忆、陈映真、阿城等。是她，最早为新时期中国文学中最为活跃的作家，打开了看世界的窗口。

聂华苓和安格尔于一九八七年退休，但聂华苓的目光，始终没有脱离她的"根"和"干"，她仍然积极地向国际写作计划推荐华文作家。一九九一年三月，聂华苓和安格尔先生离开爱荷华的家，满怀喜悦地去欧洲，准备领取波兰政府授予的国际文化贡献奖。他们在芝加哥机场转机的时候，安格尔先生猝然倒地，离别了他最不忍诀别的人。他在最后时刻，还是倒在了自己的祖国，倒在了他深爱的人的身边，倒在了他不倦的旅途中，他无疑是幸福的。

安格尔的离去，让聂华苓觉得"天翻地覆"，她也倒下了。但这个豁达开朗的红楼女主人，最终还是倚赖着安格尔对她刻骨铭心的爱，慢慢站了起来。一个在情感上富足的女人，是不会倒在任何命运的关隘的。二〇〇一年，一度与中国中断了的国际写作计划，在聂华苓的努力下，又恢复了。聂华苓对我说，相隔多年，她想一定要请一位在国内外都有影响的，将来能立得住的青年作家来爱荷华，她选择了苏童。时隔几年，她骄傲地对我说："我没有选错！"苏童之后，又先后有李锐、西川、孟京辉、余华、莫言、刘恒、毕飞宇等中国作家来到爱荷华。也许有人不会知道，中国作家去爱荷华的费用，有很大一部分，是由民间募集而来的。当地一些热爱文学的华人，包括聂华苓自己，为了让国际写作计划中能有中国作家参与，每年都要捐款。而现在，由于经费不足，对中国作家的邀请，又陷入困境之中，这也让她感到深深的无奈。

聂华苓说："我这辈子恍如三生三世——大陆、台湾、爱荷华。"这"三生"，其实也是她经历的三个不同时代。她在大陆度过了战乱中的童年和青年，在台湾经历了国民党的白色恐怖时代。在国际写作计划如火如荼之时，美国也正陷入越战的泥沼，美国国内的反战浪潮一浪高过一浪。虽然说与安格尔结合后，她过上了平静无忧的生活，但是对"根"和"干"的眷恋，对母语的不舍，还是使她这个定居美国的"外国人"，有着难言之痛。这种内心的矛盾，使她才情爆发，酣畅淋漓地写出了获得"美国书卷奖"的长篇小说《桑青与桃红》。

像聂华苓这样经历过三个时代风雨洗礼，依然能够笑声朗朗的作家，实在不多见。二〇〇六年，我在香港遇见台湾著名诗人郑愁予先生，与他在兰桂坊饮酒谈天说起聂华苓时，他用了四个字来评价她："风华绝代。"聂华苓自称是一个有着小布尔乔亚情调的人，她爱憎分明，爱会爱得热烈而纯真，恨也恨得鲜明而彻底。她是一个艺术至上的人，这也就不难理解为什么她父亲死于红军枪下，而她却仍然能够与安格尔合译毛泽东的诗词。台湾因为她这个举动，骂她"亲匪"，不忠不孝，背叛父亲的亡灵，以致一度不允许她回台。聂华苓在接受记者采访时说："我最不关心政治，但政治似乎一直在缠我。"这句委屈话，听起来别样地苍凉。

国际写作计划的前两个半月以各种话题讨论、文学交流、参观及写作为主，后半个月则是旅行，每个作家都可以按个人兴趣自行设计旅程。二〇〇五年十一月，刘恒去了纽约，我去了芝加哥，归国前，我们又回到爱荷华。冬天来了，虽说还没下雪，但天儿已冷了。归国的前一天，我们来到安寓，在山林中拾捡烧柴，抱到红楼的壁炉旁，以备华苓老师生壁炉用。天渐渐黑了，我们生起火，围炉喝酒谈天。谈着谈着，她忽然放下酒杯，引我们来到卧室。她拉开衣橱，取出一套做工考究的中式缎子衣服，斜襟，带扣襻的，银粉色，质地极佳。她举着披挂在衣架上的那身衣服，笑吟吟地说："我已经嘱咐两个女儿了，我走的那天，就穿这套衣服！怎么样？"那套衣服出水芙蓉般的鲜润明媚，我说："穿上后像个新娘！"她大笑着，我也笑着，但我的眼睛湿了。没有哪个女人，会像她一样，活得这么无畏、透明和光华！

安格尔先生安葬在爱荷华的一座清幽的墓园里，离红楼并不遥远。我记得十月十二日安格尔生日的那天，华苓老师驾车，我们带着他生前喜爱的鲜花和威士忌，一同去看望他。清洗完墓碑，华苓老师将酒洒在墓前，向安格尔介绍着刘恒和我的情况。介绍完，她莞尔一笑，轻抚着墓碑，无限感慨地对我说："你看，这里很好，很宽，将来把我再放进去就是了。"她已经把自己的名字，提前刻在了碑上。我多么希望上帝紧紧捏住她的那个日子，永不撒手，虽然我知道对于任何人来说，那一天总会来临的。那座墓碑是黑色大理石的，圆形。不过它不是彻头彻尾的圆，而是大半个圆，看上去就像一轮西沉的太阳，在温柔的暮色中，闪闪发光。

2008年

第二辑

事

年画与蟋蟀

最早迎接年的,不是灯笼、春联和爆竹,而是年画。

我家贴年画总是在腊月二十七八的晚上,这是全家人都要参与的一项最美丽、最快乐的劳动。我们把炕擦得又光又亮,将从城里书店买来的卷在一起的年画在炕上展开,随着一股芳香的油墨味飘扬而出,年画那鲜艳的油彩也就扑入眼帘了,让人仿佛在瞬间看见了春天。这时候年画成了太阳,而我们是葵花,我们的脑袋都探向它,沐浴着它散发出的暖人的光泽。我们一张张地欣赏着年画,议论着该把它们贴到哪个屋子的哪面墙上。通常来说,大屋中的北墙是贴年画最重要的位置,因为这面墙最为宽大,而且由南门进得屋子,最先看到的就是这面墙。还有,大屋的炕上住的是父母大人,他们躺在炕上,抬眼就可看到对面的北墙,如果那上面张贴的画不够精彩和悦目的话,想必他们也会觉得压抑。不过在选择北墙的年画上,爸爸和妈妈常常意见不一。爸爸喜欢那些故事性强的、笔法细腻灵动、色彩雅致的,如《武松打虎》《三打祝家庄》;而妈妈喜欢那些富有民间传奇故事色彩并且画面印有吉祥图案的年画,比如杨柳青年画，那里面要金麒麟有金麒麟，要荷花有荷花，要鲤鱼有鲤鱼，要寿桃有寿桃，这就很符合妈妈的审美观、理想观。我们姊弟三人在他们意见相左时是做评判的，弟弟由于跟爸爸妈妈睡一铺炕，他很有发言权。他要是相中了哪一张，就拿着图钉往北墙摁了，而那画面上基本是些舞枪弄棒的古装画，这遂了爸爸的心意，妈妈却不很高兴，但大人过年原本就是为了哄小孩子过的，妈妈也不说什么，赶紧折中拣上一张《猪八戒背媳妇》的画挤上去，使那金戈铁马的画面有了点喜庆的气氛。我和姐姐住的屋子，张贴的基本是那些胖娃娃与花朵的年画，当然，有的时候也有人物画，比如《红楼梦》中的《晴雯撕扇》《探春结社》《宝钗扑蝶》《黛玉葬花》等画，还有《草原英雄小姐妹》等。我妈妈不喜欢我们贴《黛玉葬花》，嫌那画面太凄凉。就是表现龙梅和玉荣保护集体羊群事迹的《草原英雄小姐妹》，妈妈也不喜欢，她大约怕我和姐姐也遭遇那样的暴风雪吧。最后上了我们屋子墙壁的，都是些光着屁股的童男童女，他们往往脚踏金麒麟或满载金元宝的船，怀抱红鲤鱼或者大寿桃，手腕和脚脖上套着莹光闪烁的珍珠，脖子戴着金项圈。画的四周又往往环绕着红牡丹和福字，看上去热闹而俗气。我最不喜欢年画上印有"福"字，如果它出现在画的边缘倒也可以忍受，倘若画面的中心是一个胖娃娃举着个巨大的"福"字，我就不能容忍了，一定坚持不能上我们小屋的墙。因为除夕贴春联时，所有的门窗都要贴上大大小小的"福"字，这张面孔熟得不能再熟了，已经让人生厌。所以到了正月里，风把门上的"福"字刮掉，狗叼着它，舔舐它背后用面粉打成的糨糊时，我就有一种快感，想着它为了给人昭示好运而忍饥受冻地站着，最终却落到了狗嘴里，实在是开心。

年画被分派好位置后，各就各位就很容易了。通常是父母一手拈着画的一角，一手拿着图钉张贴，而我们坐在炕上帮他们看画与画之间对得齐不齐。我们的眼力有时也出问题，待画贴好了，从炕上跳到地上再仔细一望，原来贴歪了，于是大家就在笑声中重来，这更让人感觉到年的滋味的浓郁。

　　正月里，家家都挂着花灯，城里的秧歌队也会走上十几里的山路来我们小镇表演。我家挂的灯笼，总是红色的宫灯，而糊灯笼是我的活计。也许因为我是正月十五灯节出生的缘故，而且乳名又唤作"迎灯"，所以他们总是把与灯有关的活派给我。很奇怪，我在绣花和缝纫上笨手笨脚的，但糊灯笼却是无师自通，十分娴熟。我知道将红纸裁剪成什么形状，就能恰到好处地糊在灯笼的骨架上。糊的时候还要掌握好松紧度，太紧了容易使灯笼像熟透的果子而绽裂了皮，太松了纸张又容易起褶皱，使它看上去就像生了皱纹，老气横秋的。我糊灯笼的时候，妈妈往往会摆上一盘炸的江米条来犒劳我，我像狗一样用舌头舔着它吃，不敢伸手去抓，怕手沾上油污，弄脏了灯笼。由于爱灯笼，所以年画中出现它的影子，我是不厌烦的，而且只喜欢红色的宫灯，它看上去饱满而又美观。至于走马灯、南瓜灯，我就没有那么热爱了。

　　有一年学校组织了一支秧歌队，要在灯节的那一天表演秧歌，规定每个成员都要做一盏花灯。我妈妈求人为我做了一盏白菜灯。它的底部用的是白纸，上面张开的叶片用的则是绿纸。这灯白天看上去并不起眼，而一旦晚间点燃了它，它的美就幽幽呈现了。白纸和绿纸的光焰一交融，白纸就泛着柳树新绿的光泽，而绿纸上则仿佛洒满了月光，那种绿柔和而纯净极了。我举着白菜灯扭秧歌的时候，前来观看的家人找不到我，就找那盏白菜灯，一找就找着了，它在众多的灯中显得那么与众不同。我用不着展示自己的舞姿，只需挥动着胳膊，让它跳来跳去就可以了。我听见围观者不时发出对白菜灯的赞叹声，都说它水灵，好看，这让我得意非凡。回家之后，我异想天开地想绘制一幅关于白菜灯的年画，连画的位置都物色好了，就贴到后窗的左侧，这样它与右侧悬挂的月份牌就成了一对姊妹了。我找来一张十六开的白纸，把彩色蜡笔摆好，先用铅笔在画上描画了一个小女孩的形象，让她一只胳膊垂着，一只胳膊举着白菜灯，然后给画涂色。也许蜡笔的质地太粗糙，涂来涂去，灯不像个灯样，女孩也没个女孩样，而蜡笔中鲜润的颜色已基本被耗尽了，只剩下那些深色调的，让我好不失望。我做的第一张年画，就付之一炬了。想必火炉也是要过年的，它收留和吞噬它的时候是那么的惬意和畅快。而我的后窗的左侧，仍然是一片空白，那右侧的月份牌，也就只能独自流逝着岁月了。

那时我们一家人最喜欢的娱乐，就是晚间时聚集在大屋的炕上打扑克。我们只穿着背心和短裤，围成一圈。谁输了，谁的嘴唇上就会被粘上一张纸条做的白胡子。我爸爸暗中总是给我们让牌，所以每次都是他挂的白胡子多。我爱倚着北墙，因为这样坐着，肩头上扛的就是年画了。出了正月的年画就不那么鲜亮了，到了夏季，我们拍苍蝇和蚊虫时，又往往给这画增添了污迹。但它毕竟是年画呀，想着这旧的年画总有一天会被新的替代，就觉得日子是有盼头的。我们在年画下打扑克时，还喜欢从菜窖中取出一个青萝卜，把它洗净后切成片，当水果来吃。所以我们家的牌局可称为"萝卜牌局"。口中嚼着脆生生的萝卜，手里握着一把扑克牌，这日子已经足够滋润的了。偏偏还要有锦上添花的事情发生，那就是蟋蟀的叫声，我们管蟋蟀叫"蛐蛐儿"。蛐蛐儿常常在我们打牌的时候，在灶房发出清丽婉转的叫声，好像在为我们伴奏。它们喜欢待在阴湿的水缸旁边，平素你看不到它们的身影，但到了夜晚，它们却像夜莺一样亮开歌喉了。因为蛐蛐儿的学名叫"蟋蟀"，我们那一带的人依据其中的那个"蟋"字，把它和"喜"字联系到一起，所以蟋蟀的叫声就是吉祥的象征了。我打扑克的时候一听到蟋蟀叫，就忍不住要看一眼年画，好像蟋蟀蹦到了年画上，并且要从年画上跳到我的肩头似的。所以我回忆起年画，最先出现在脑海中的并不是色彩，而是声音。那笼罩着蟋蟀叫声的年画，虽然早已飘零了，但今天的蟋蟀仍然会在寂静的夜晚，用它那令我们无比熟悉的歌喉，把三十年前的夜晚给我们"曜曜——"地叫回来。

2000年

寻石记

我们童年所做的游戏，稍微有点新意的，也不外乎让一个小伙伴扮成白军，我们一伙红军四处去抓他。一抓总能抓得到，他不是藏在柴垛后面，就是躲在狗窝里。每次白军垂头丧气地被捉住的时候，我都要想：白军真蠢啊，怪不得胜利的是红军呢！

这些游戏玩得腻了，有一天我们突发奇想，想砸家里的石头玩。听说石头能砸出火花，火花在白天看时不明显，须等到夜里来砸，才能把那火花看得真切和灿烂。

一般的人家都有一块大石头，是冬季用来腌酸菜的。夏季时，这石头闲在院子里，人们就把它当成板凳来使了。老人们坐在上面吸烟锅，女人们坐在那里补衣裳。有的时候鸡也会跳上去，在上面叽叽咯咯地叫着，好像那石头是它下的蛋似的。

终于有一个傍晚父母去邻居家串门了。我便与几个小伙伴砸家中的那块青石。它方头方脑的，大约有二十斤重吧，我们每砸一下，都要跳起来为迸射出来的银白色火花欢呼一番，直到它被砸碎为止。

次日清晨，我给母亲从被窝中揪出来。她呵斥我："你给我去找个一模一样的石头回来，要不我就剁掉你的贱手！"那石头我们家年复一年地用着，成了我们的老熟人了，它的破碎自然要让母亲大发雷霆的。

我就不信我找不到一块石头，那样我不就跟白军一样愚蠢了嘛！我穿上衣服冲出家门，朝河岸走去，我印象中水里有大石头。刚到河畔，就见邻村的打渔人在收网，他问我一个小孩子这么早出来干什么，我如实说了。他就告诉我说，河里的石头动不得，石头底下藏着龙，我要是搬了石头，龙就会伸出尖爪子把我钩住。

我想河里的石头动不得，山上峭壁旁的石头应该能让人动的。我朝山上走去。到了那里时，正碰上同村的赤脚医生在采药材。他问我一个小女孩走这么远的路来这里干什么，我说要搬一块石头回家。他就笑着对我说，峭壁旁的石头动不得，它们是山神胸脯上的一块块肌肉，你动一块，等于在山神身上割了一块肉。

既然石头都有它们自己的来历和用场，我就空着手理直气壮地回家了。

母亲根本就不相信她清晨时的一句气话竟然使我独自出去寻石头，更不相信我听到的这些传说。她嗔怪我说："我看你不用出去找石头了，你自己就是一块石头！"

我真的是石头吗？如果是，我可不想做家中的那块石头。我要做山上的石头听风雨，要做水底的石头亲吻鱼。

2003年

照相去

小学一年级，我入了少先队。那是我们班的第一批少先队员，总共六人，四女两男。班主任侯玉凤老师为了给我们留个纪念，决定在一个礼拜天带我们进城去照相。

我们住在漠河一个叫永安的小山村。它只有一家商店，一家粮店，一家卫生所。要想照相，只能去城里。城离我们说远很远，说近也近。说它近，那是因为我们住的村子地势极高，站在山顶向远方望去，可以影影绰绰看到城的影子。那时常想我要是长着一双长长的胳臂该有多好，一伸手就可以把城揽在怀中，想逛商店就逛了，想看电影就看了，想听汽车的喇叭声就听了。商店里五颜六色的花布、雪白的银幕上演绎的悲欢离合的故事、嘀嘀作响的汽车喇叭声，都是我童年梦寐以求的。别看站在村里能看到城的影子，一旦你走起来，可不是十分八分钟就能赶到的。去城里的路有两条，一条大路，一条小路。大路远，小路近。大路也叫公路，较为宽阔和平坦，路面铺着土黄色的砂石，夕阳洒在路面上，这路看上去就是金色的路了。而小路是从庄稼地里辟出来的，坑坑洼洼、坎坷不平，逢了阴雨天气，泥泞得让人寸步难行，虽然说它比大路要缩短近一半的路途，走的人并不是很多。但我们那次走的却是小路，因为那是个晴朗的礼拜天，小路格外干爽。而且小路两侧是庄稼地和草甸子，能时时与飞鸟和野花相遇，使我们的路途变得赏心悦目。

　　从小村向城里走去，是从高往低走。原先觉得白云离自己很近，似乎是被风刮跑的白衬衫，一跳脚就能把它抓回来。而出了村子之后，这白云好像是做了错事不敢回家的孩子一样，躲得远远的，让人觉得遥不可及。这时天空就显得格外高远。我们戴着鲜艳的红领巾，唱着歌走在田间小路上。由于我前一夜害了牙痛，一面脸肿了起来，因而有些情绪不高，何况牙仍然隐隐作痛呢！我记得两名男同学穿着白衬衣、蓝裤子，他们一个高、一个矮，高个的眼睛很大，而矮个的眼睛很小，他们在一起，形成了鲜明的对比，就像两个反义词一样。女同学除我之外，都长得水灵灵的，她们在一起，就是含有褒义的近义词了。我那天穿了一件水粉底带白点的上衣，一条天蓝色的背带裤子。上衣的点被阳光映得一闪一闪的，就像水面上跳跃的波光。我们走在小路上的时候，常常能看到在田间劳作的农人，他们有的我们熟识，有的则不认识。熟识的会和我们打招呼："进城去啊！"这时侯玉凤老师就会说："领学生进城照相去！"

　　看他们眼睛里流露出的羡慕目光，我们就有了一种说不出的自豪感。不认识我们的人大抵都是城郊的农户，他们会双手拄着农具趁机歇一歇，看着我们走过。当我们走累了的时候，就会在草甸子边坐上一刻，这时女同学的眼睛就不够使了，刚看到红色的百合花，粉色的芍药花又跳出来了；芍药花还没欣赏够，紫色的马莲花又伸着纤细的腰肢蹦了出来；金莲花似乎觉得受到了冷落，它们很快让我们从马莲花身上转移了视线，它们一出现就是一大片，那金灿灿的花朵随风起舞，仿佛那些形态好看而又寓意优美的汉字一样，让人有书写的欲望。

这边姹紫嫣红的野花还没看完全，那边蝴蝶和蜻蜓又凑热闹来了。斑斓的蝴蝶在花间流连一番后，就朝我们几个女同学这里飞来了，我们就大呼小叫着捉蝴蝶，往往是随着它跑了一程，它悠然地飘走了，而我们却因为仰着头不看脚下，一个趔趄跌倒在地。这时老师和男同学的笑声都起来了，我们就有一种害羞的感觉。在玩的时候，我觉得牙不疼了，好像蝴蝶是牙医，它在漫不经心中就治好了我的病。

天越走越亮堂，可是也越走越炎热。我们渴了，见谁家地里长着一片青萝卜，就想偷着拔一个分着吃了解解渴。可是有老师跟着，我们怕挨批评，不敢任意妄为。于是就忍着不看萝卜地，把目光放得远一些，眺望离我们越来越近的城。想着一旦进了城，就可以用妈妈给我的零花钱买几根冰棍吃，既解渴又解馋。

城其实并不是很大，它只有几座小楼，其余的都是板夹泥的平房。城中心有两条主干水泥马路，主要的商店和饭店都集中在此，照相馆就在一家饭店的旁边，是一间蓝色的屋子。吃了冰棍，领略了往来的汽车发出的嘀嘀的喇叭声，侯老师就带我们去了照相馆。我记得照相师傅是个老同志，他把我们摆布了许久，才按动快门。侯老师坐在中央，我们四个女同学分成两对站在她的一左一右，两位男同学则蹲在老师的膝前，这使侯老师看上去像个家长，而我们则像是她的孩子一样。

如今面对着二十八年前的这张黑白合影照片，我不由感慨万千。侯玉凤老师在哪里我已打听不到了，当年同时入少先队的同学也已失去了联系，不知他们如今的日子过得可好？虽然现在拍照片是很容易的事了，且拍的都是彩色照片，但是它们却不能像那次照相一样给人带来美好的回忆。

　　我怀念徒步进城去照相的那遥远的一天，怀念那天的阳光、蝴蝶和温柔的风。假如蝴蝶再朝我飞来，我绝不会扑它，就让它落在我的肩头，同我一起看天吧。

2001 年

露天电影

在七十年代，山村的孩子大约没有没看过露天电影的。我们那个小镇，可看露天电影的地方有三处，一个是种子站，它就在我们小镇的西头，离它最远的东头的人家走过去，也不过是一刻钟的时间，所以那里一放电影，只有种子站是有灯火的，小镇的房屋都陷在黑暗中，男女老少都被吸引到银幕下了。另两处看露天电影的地方是部队，一个是十三连，一个是十七连。

如果是在种子站的广场放露天电影，那么下午的时候，一些老人就把座位给摆好了。老人们胳膊上挎着一个或两个板凳，抽着旱烟，慢悠悠地朝种子站走去。由于他们眼神差，又大都佝偻着腰，必须要坐在前几排，所以提前把座位占好是必须的了。那些板凳高矮不一、颜色各异地排列在一起，看上去就像一支杂牌军。他们放好板凳，会回家做他们的活计，等到电影快开演了，他们才不慌不忙地踱着步子走来，一副首长的派头。

那些挎着两个板凳占座位的老人，都是有老伴的。而那些孤老头子，拎的则是一只板凳。所以拎一只板凳的瞧不起拎两只板凳的，觉得他们成了老伴的奴隶;而拎两只板凳的又瞧不起拎一只板凳的,觉得他们身边没个人陪着,缺乏派头。我奶奶过世早,我爷爷属于拎一只板凳之列的,但他从来不提前去占座位,他总是在电影开映前才提着板凳过去。他并不急于把板凳放在前排的空地,而是抽着旱烟,先看一会儿扫在银幕上的画面,觉得有趣,就随便找个地方放下板凳;觉得无聊,就拎着板凳放开大步往回走。走的时候他总要大声吐几口痰,好像那些未打动他的画面是几缕不洁净的空气,阻碍他的气息流动了。

有一回我去种子站看电影,远远看见我爷爷提着板凳大步流星往回返,我以为电影不演了呢,一问他,他竟然气呼呼地说,"今天演外国电影'死了不屈',有什么好看的呢?"他一向讨厌外国电影,说那些高鼻梁、蓝眼睛的洋人没有什么好货,更何况那电影名也让他生烦,什么叫"死了不屈"呢? 人在世间辛辛苦苦走一遭,尝遍了苦水,死了还有个不屈的?! 听着他牢骚满腹地发着感慨并且大口大口地吐着痰,我觉得他比电影中的人还有趣。其实那部电影叫《宁死不屈》,他把名字记差了。那以后他要是蹙着眉看什么不顺眼了,我就会适时说一句"爷爷,死了不屈",他就不绷着脸了,他笑着用烟袋锅敲我的头,骂我是个调皮捣蛋的丫头,将来肯定不好往出嫁!

露天电影多是在夏天放映的,所以人们来看电影时,往往还拿着根黄瓜或者是水萝卜当水果来吃。当然,人群聚集的地方,也等于是为蚊子设了一道盛筵,所以看电影归来的人的脸被蚊子给叮咬了的占多数。人们在散场归家的途中,往往会一边议论着电影,一边谩骂着蚊子。

看露天电影,还得看天的脸色。它和颜悦色,不下雨,不起狂风，你观赏得也就滋润。而如果看着看着突然落了雨，人们又没有预备雨具的话，那简直就糟糕透顶。人们撤下板凳，纷纷挤进种子站的仓库，孩子哭老人叫的，像是一群难民。而如果遇到大风的天气，悬挂着的银幕被风吹得一皱一鼓的，那上面投映出的风景和人物全都变了形，人看上去不是歪嘴就是折了胳膊，而风景一律哆嗦着，仿佛正经历着一场大地震。所以看电影前，人们往往还要观察一下天，若是晚霞满天，炊烟笔直，去的人就多；而如果阴云密布，风声萧瑟，去的人就少了。

另两处看露天电影的地方，都不在我们小镇，它们是驻扎在山里的部队，一个离我们稍近一些，有五六里的样子，是十七连；另一处则要远很多，在采石场那一带，距离我们起码有十五里的路途，是十三连。老人们是绝不会去这两个连队看电影的，他们的腿脚经不起折腾了。而大人们就是去的话，也是选择十七连的时候多。能够去十三连的，都是如我一般大的孩子。大家相邀在一起，沿着公路，走上一两个小时，到达连队时已是一身的汗，而电影往往已过半场，看得个囫囵半片的。回来的时候呢，山路上阴风飒飒，再赶上月色稀薄的夜晚，森林中传来猫头鹰的叫声，我们就会被吓得一惊一乍的，得手拉着手行走才觉得心不慌。所以一去十三连看电影，就有小孩子回来后生病。高烧后说胡话照理是正常的，可家长们非说是走夜路时撞上了鬼，至于鬼长得什么样，想必他们也是不知道的。所以一说去十三连看电影，家长都不乐意，我们只有偷着去了。如果运气好，我们可以拦截到捎脚的车辆，顺路把我们丢在采石场，从采石场再抄着茅草小路去十三连，就很近了。可这样的运气很少光顾到我们身上，车辆不是装载着货物，就是虽然闲着，只能挤上一两个，大家不愿意分开，索性谁都不上；再不就是车是有地方的，可司机怕拉了一车孩子，万一出了事故，负不起这个责任，而加大油门从我们身边呼啸而过，扬长而去，将我们远远甩掉。但也有好心的司机，觉得一群孩子千里迢迢地去看电影怪可怜的，就先送一批到采石场，然后掉转车头，回来再接一批，但这样的运气跟月亮旁的彩云一样，难得一见。

因为驻扎在我们小镇附近的这两个连队经常放电影，我曾经认为世界上过着最幸福生活的就是那些当兵的人。连队的战士格外欢迎孩子们来看电影，他们会把自己的板凳让给我们坐，还会用茶缸端来热水给我们喝。当然，战士们对待那些十七八岁的女孩的态度，比对待我们这些十一二的毛头小孩更要热情，他们喜欢围坐在大姑娘身边看电影，至于他们的眼睛盯的是银幕，心里想的又是什么，只有天知道了。

我们家的邻居有一个姑娘，叫青云，青云是个大姑娘了，她喜欢去十七连看电影。凡是有关电影的消息，最早都是她发布的。因为十七连的战士跟她很熟。要放电影了，总有人给她通风报信。她个子很高，腰肢纤细，头发又黑又亮，喜欢梳两条大辫子。她眼睛不大，眉毛浅浅淡淡的，肤色白里透粉，非常有韵味。如果不是因为她的嘴生得有些大，她可以称得上是一个美人。她带着我们去十七连看电影时，神情中总是带着几分得意，好像回她的娘家似的理直气壮的。到了电影开演的时候，她往往看着看着就不见了。我们都以为她去小树林解手去了，可她一去就不回来，直至剧终。所以若问她电影演了些什么，她只能说出个大概。

爱上青云家的，是小钟和小李，他们总是结伴而来。小李好像是部队的文书，不太爱说话，又黑又瘦的。小钟呢，他不胖不瘦，浓眉大眼，肤色跟青云一样白皙，在十七连当伙夫，所以有时他会偷上一些豆油带给青云家。青云一烙油饼的时候，我就想一定是十七连的人又给她送豆油来了。青云那时中学毕业，在家务农，那一年的秋天她去看护麦田，得了尿毒症，住进医院，不久就死了。她死的时候小钟正回南方探家，他回来后并不知道青云已是另一个世界的人了。而一直在连队没有下山的小李也不知情。等到又要放电影的时候，小钟和小李来到青云家，听说了青云的事后，两个人都呆了。其中小钟还落了泪，人们依据泪水，判断青云跟小钟是一对，小李只不过是个陪衬罢了。青云没了，我们得知电影消息的源头也就断了。从那后，我们很少到十七连去看电影了。不久这个连队就换防到别处去了，他们留在营地的，不过是几顶废弃的帐篷。我们采山经过那里的时候，总要看看那两棵悬挂着银幕的大树，当时树间的那方白布曾上演过多少动人的故事啊。树还在，故事也在继续，只是演绎着这故事的人已经风云四散、各自飘零了。

2006年

看不见的邮差

去年夏天,我给家里接上网线后,第一件事,就是请单位的同事,帮我申请了一个免费邮箱。我写的第一封信,是给聂华苓老师的。在此之前,因为我不上网,几乎每隔半个月,她就要从美国打来电话,关切地询问近况。

那天晚上我把信发出去后,有点儿忐忑不安,心想鼠标只那么轻轻一点,信就会长着翅膀翻山越海吗?

清晨起来,我奔向电脑,查看是否有回音。天啊,信箱里果然有聂老师的回信,她的第一句话是:"你也终于用网络了,太好了!"

没花一分钱,一封到美国的信,瞬间就抵达了,这使我觉得网络就是个魔术师,神通广大。

未上网前,我写好了稿子,若是短的,便在电脑上打印出来,去邮局寄掉。若是长的,就拷在软盘里,寄盘。我还记得,二〇〇五年我在青岛修改完长篇《额尔古纳河右岸》,寄给《收获》杂志的,就是一块薄饼似的软盘。

去邮局,是我最快乐的时光。寄完稿,我就顺路逛商场、副食店、花店、音像店或是点心铺子。有的时候懒得做饭了，就赶到饭时出门，完事后找家餐馆，舒舒服服地吃上一顿。

上网后，无论是长稿短稿，都可以用伊妹儿发出了。报纸的采访，往往需要配发作者照片。以往我会寄上一张照片，并在后面标记上"用后请奉还"，麻烦得很。现在呢，请人把照片扫描了一些，放在自己的图片库里，哪里需要，就选一张把它派发到哪里，非常便捷。而且，新书出版前，你可以事先看到美编设计的封面，有不满意的，能够及时沟通和修正。而从前，出版社因为我不上网，让我看封面时，只得出一份打样，发特快专递过来。

二十多年前，我师范毕业，分配到故乡的山村学校教书。因为爱好写作，常有投稿，所以每天最盼望的，就是邮差的到来。那个邮差姓田，是个热心人，很善良。由于他是个歪脖子，头总是拧向一侧，他骑着墨绿的邮车行进在山间公路时，我常担心他会因为看不到正前方，而被迎面驶来的汽车撞上。从县城到我们山村，十来公里的路吧，他通常是上午九点多钟到。如果我的语文课恰好在第一节上完了，我便会在路口迎他。如果有我的信，他就会从自行车下来，从邮袋中取出信，递给我。如果那信薄薄的，他就笑着，以为我收到了用稿通知；如果是厚厚一沓，他大概猜测到那是退稿，同情地看着我，尴尬地笑笑，好像责备自己不该把坏消息带给我。我觉得这个邮差了不起，他不看大家都看的路，却依然走得稳稳当当的，从无闪失，说明眼前的那条路，他已熟稔于心。走上它时，只需轻轻一瞥，就能畅通无阻。能够在大路上用目光"别开蹊径"，去瞭望别人不曾看到的"旁逸斜出"的美景，真乃神人啊！

有了网络,像田师傅这样的山村邮差,会渐渐失业了。我们的信件,在几秒钟内,不需辗转,就可以走遍世界。网络中有一个看不见的邮差,可以二十四小时为我们服务,随时准备出发。虽然是方便到家了,可有的时候,我还是怀念去邮局寄稿的日子。因为在返回的路上,你若买了点心,就可以边走边品尝;买了书,走累了,完全可以坐在街心花园的长椅上,先睹为快;而若买了花,又逢了雨,那束花,无疑就有了露珠。

2008 年

风雨总是那么的灿烂

我已经有五年多没有乘汽车在山间公路上旅行了。这次与弟弟陪母亲去漠河看望姥姥，一家人在选择出行工具上意见相左。弟弟坚持要找个友人的汽车，说是方便快捷；母亲呢，她说晕汽车，执意要乘火车。其实我心里清楚，五年前我爱人出的那场车祸，是她心中永久的隐痛，她憎恨汽车和公路，所以每当我外出要乘汽车时，她总是找种种借口予以阻止。其实汽车和公路是没有过错的，过错的是命运。

我说服了母亲，于是，中秋节后的第二天，我们乘汽车从塔河出发了。

从塔河到漠河，大约三百公里。三年前开通的水泥铺就的塔漠公路，不像以前坑洼不平的砂石路那么难行，很好走。大兴安岭正值深秋，穿行在林海中，等于看一幅长轴的山水画卷。绿了一春一夏的树，终于熬黄了脸，在秋风中簌簌落着叶子。天气不好，初升的太阳露了一下头，一耸身就不见了，好像天庭里有什么要紧事等着它去，懒得照拂人间。乌云翻卷着，森林暗淡了，不久，落起雨了。

阴郁的天气让母亲情绪低沉，车刚过绣峰，她就唤司机停车，顶着雨在路边呕吐。看着她被折腾得脸色灰黄，我非常后悔让她乘汽车出行。

按照原来的打算，我们到达漠河后，先顺路去观音山进香，然后再到北极村。出发前，家人往后备厢里装捎给亲戚们的熏鸡和烤鸭时，我曾说，载着它们去观音山，是对菩萨的不敬，不如到了北极村后再去。可母亲觉得路过观音山而不下车，是更大的不敬。母亲信奉佛教，每逢初一和十五，我和弟弟都陪着她吃素。去年开光于漠河的观音，没有殿堂的护卫，朝拜它，当然是晴朗的日子最好。可是我们所经之路，不是越来越明媚，而是越来越阴晦。车到蒙克山时，雨声激昂，溅在挡风玻璃上的雨滴，豆粒般大，它们把我的心击打得阵阵下沉，这满天的乌云，是没有开晴的迹象的，到了观音山，怎么烧香呢？森林里雨雾蒸腾，我们不得不放慢车速。母亲呕吐的频率越来越高，车到阿木尔时，她已经吐了十几回了。她哼唧着埋怨我们：我说坐火车吧，你们非让我坐汽车！她的声音是委屈的，无助的。我安慰她，回程时一定陪她乘火车，不让她受这份罪，她有气无力地应了一声。

乌云毕竟是乌云，不管它们多么来势汹汹，终要溃败。快到漠河的时候，雨小了，天色也明朗了一些。正午过了西林吉，我们很快就到了观音山下。母亲恹恹无力地对我们说，今天不去拜菩萨了，明天去。这也正合我的心意，我不愿意后备厢里的荤腥，玷污了佛门净土。

终于到了北极村，到了我的出生地。姥姥见到面色惨淡的母亲，心疼得直落泪。前年，姥姥轻微中风，一度不能起床。现在她拄着拐棍，能自如地行走了，可见恢复得不错。母亲见姥姥面色红润，精神矍铄，她的神色也开朗了，吃过饭就和姥姥偎在火炕上聊家常。看着六十多岁的母亲在八十多岁的姥姥面前像小孩子一样地乖，我心里忍不住想笑。

我们安稳地睡了一夜，可乌云却没有合眼，清晨起来，满天还是它们的阴影。吃过早饭，八点多钟，弟弟就张罗着去观音山。我担心中途下雨，劝他等天放晴了再走，可弟弟却满怀信心地说到了那里天就会晴了，好像他是个星象家。于是，我们上路了。汽车一驶出北极村，就遭遇山林间的大雾，我们打亮车灯，减速慢行。我埋怨弟弟出来早了，他一声不吭，眼里也现出担忧的神色。观音山离北极村只有三十多公里，真是奇怪，走出二十多公里后，雾气骤然疏朗了，天色也明朗了，接近观音山时，乌云迅疾地退去，等我们下车的时候，一场夺目的晴朗在天庭爆发了。天色变得湛蓝，厚厚的乌云化作了薄薄的白云，太阳激情四射地喷薄而出，朗照着山林。我们喜悦地走向观音的时候，晴天白日中，弟弟的鼻子竟淋上了一滴雨，看来他与佛是有缘的。

端坐于松林中的一体化三尊的汉白玉的观音圣像，是海南三亚南山海上一百零八米观音的原身像，十点八米高。大佛落成后，很多城市都想奉请观音原身像，但南山观音苑的信众最终还是选择了漠河。三亚在中国最南端，而漠河在中国最北端，观音南北相望，佛音万里相传，可谓吉祥如意。

这一体化三尊的观音圣像，头顶金轮，通体洁白，好像三支透明的蜡烛，为着需要光明的人而熊熊燃烧着。这三面观音，一面持篮，一面持莲，另一面持珠，神态庄严，仪态洒脱。当我们走到持莲观音面前时，东方的天际正有一片片云彩飞过，云与日交错的瞬间，白云幻化为一团连着一团的彩云，将圣像映照得一片金红。我们惊喜地叫道："出佛光了！"母亲带着我们，俯地叩拜。

我去过一些名山古刹，也曾在幽幽梵音中进香，但心却脱不了迷茫。可是这屹立在北极的观音圣像，却让我无比的感动，无比的安宁。那仙乐一般飘来的彩云，恍如猩红的袈裟，将山河点染得一派绚丽。秋风变得柔软了，萧瑟的山林也变得暖意融融。能够栉风沐雨、披霜挂雪的观音，才能够真正体味人世的甘苦，普度众生。在极北漆黑的长夜里，它就是落在大地的明月；而在芬芳的白昼中，它就是拾取光明的宝盒。风雨雷电，它气定神凝；朝霞彩虹，它微笑如常。它是凝固了的时间，无始无终；它是浓缩了的宇宙，地久天长！

烧完香，我的眼前仍是一团一团的红，直到下山。回程的路上，天又阴了，雨滴落了下来。老天似乎只给了我们一个晴朗的瞬间，让我们体味佛法的无边。因为领略了最壮丽的风云，眼前的风雨，突然间变得灿烂起来。其实风雨也是上苍赐予我们的甘霖，它可以升华苦难、化解悲伤，教人以慈悲心对待尘世的荣辱。人生哪有一路的晴朗？波折起伏，最能修习心性；动荡颠簸，才会大彻大悟。

在北极村停留三天后，我们向回返了。我问母亲是否要乘火车，她神秘地笑着说，她再不会晕车了，欣然与我们同行。阳光热情奔放地在前方引路，车子开得很快，母亲竟然一点也没有晕车。她望着风景，不停地说说笑笑，与去的时候简直判若两人。我们顺利到达塔河后，我问她为什么状态这么好，她喜滋滋地说："那还用说，都是观音菩萨保佑的！"

2008年

花季的乞讨

我喜欢薄雾与微风。它们就仿佛是上帝伸向我的一双仁慈温柔的手,让我那颗在凡尘中日渐疲惫的心能得到滋润和安抚。

薄雾和微风总喜欢在有山有水的地方生成,这些纯美的事物从不愿意把城市作为落脚点。一九九八年初秋,我在桂林游漓江,不期与隐隐的薄雾和微风相遇。游艇在江面上缓缓而行,我站在甲板上,眺望两岸苍翠的山、嶙峋的岩石,感受着清凉的微风,怡然自得。然而船行不久,经过一个寨子时,船尾的水面突然涌现出一片白花花的人头,那些游水的孩子一边追逐着船,一边举着胳膊朝船上的游客"行乞"。有好事者或者是动了恻隐之心的人,就把一些面额不等的纸币抛进水里,引得这些孩子疯狂地争抢。看着他们抢钱时溅起的那一团团蓬勃的水花,我觉得它们是那么的刺眼。我的心为之一沉,再也感觉不到薄雾与微风的美好了。漓江在我眼里也因此黯然失色。我是多么希望水面突然绽开的是一片盛开的白莲,而不是孩子们那一颗颗乞讨的头颅啊。

前年在大连,港务局的朋友请我们一行人吃宵夜,从餐馆出来,已是凌晨了，我们在灯火阑珊的大街上散步。忽然，我觉得衣襟被人扯了一下，回身一看，见是一个五六岁模样的小女孩，她头发散乱、衣衫破烂地向我伸出一双乞讨的手。我见她形单影只，以为她是流落街头的孤儿，正欲施舍之时，朋友拉住我，说这小女孩的身后，肯定跟着一位"家长"。我们回身眺望，果然发现了一条正驻足观望着我们的人影。原来小女孩是大人放出的"诱饵"！

最让我吃惊的是在我居住的城市哈尔滨，在冰天雪地的闹市街头，我曾目睹一个男孩竟然赤裸着上身跪在地上行乞。看着他在寒风中咬紧牙关低垂着头宛若一尊雕像的凝然神情，我的心再一次被刺痛了！

看到这些处于花季的儿童行乞，我想起了鲁迅先生的那句话："救救孩子！"的确，是该救救孩子的时候了。当有人为着金钱而把儿童推到前台，让他们做"招揽"，来榨取人的同情心的时候，其实是等于把一个孩子送到了断头台上。尽管我们的社会由于贫富差距的拉大使一些家庭和孩子面临着种种的生活问题，我们也不该让孩子过早地泯灭天真、良知和尊严，走向灵魂的"死亡"。我不希望他们长大成人后连欣赏薄雾和微风的情怀都丧失殆尽。虽然我明白，薄雾和微风比之金钱要虚无缥缈得多，可是当一个人的灵魂是死水一潭时，他真的是一无所有了。但愿这样近乎"残酷"的行乞不再出现在我们的视野之中。

2003年

寒冷也是一种温暖

年是新的,也是旧的。因为不管多么生气勃勃的日子,你过着的时候,它就在不经意间成了老日子了。

在北方,一年的开始和结束都是在寒冷时刻,让人觉得新年是打着响亮的喷嚏登场的,又是带着受了风寒的咳嗽声离去的。但在这喷嚏和咳嗽声之间,还是夹杂着春风温柔的吟唱,夹杂着夏雨滋润万物的淅沥之音和秋日田野上农人们收获的笑声。沾染了这样气韵的北方人的日子,定然是有阴霾也有阳光,有辛酸也有快乐。

我每年的日子,大抵是在写作和旅行中度过的。

六月,我去了梦想的国度——俄罗斯。这十几天的旅行对我的震撼很大,我记得午夜时分涅瓦河上的灿烂落日,记得红场上不熄的火炬,记得莫斯科特列季亚科夫美术馆那些深沉静美的大师画作,记得贝加尔湖上的清风和俄罗斯草原上的金黄色的雏菊。这些画面如今回忆起来,仍然让我心旌摇荡。

故乡是我每年必须要住一段时日的地方。在那里,生活因寂静、单纯而显得格外地有韵致。八月,我回到那里。每天早晨,我做的第一件事就是拉开窗帘，打开窗，看青山，呼吸着从山野间吹拂来的清新空气。吃过早饭，我一边喝茶一边写作，或者看书。累了的时候，随便靠在哪里都可以打个盹，养养神。大约是心里松弛的缘故吧，我在故乡很少失眠。每日黄昏，我会准时去妈妈那里吃晚饭。我怕狗，而小城街上游荡着的威猛的狗很多，所以我走在路上的时候，手中往往要攥块石头。妈妈知道我怕狗，常常在这个时刻来接我回家。家中的菜园到了这时节就是一个蔬菜超市，生有妖娆花纹的油豆角、水晶一样透明的鸡心柿子、紫莹莹的茄子、油绿的芹菜、细嫩的西葫芦、泛着蜡一样光泽的尖椒，全都到了成熟期。不过这些绿色蔬菜只是晚餐桌上的配角，主角呢，是农人们自己宰杀的猪，是刚从河里打捞上来的野生的鱼类。这样的晚餐，又怎能不让人对生活顿生感念之情呢？吃过晚饭，天快黑了，我也许会在花圃上剪上几枝花：粉色的地瓜花、金黄色的步步高或是白色的扫帚梅，带回我的居室，把它们插入瓶中，摆在书桌上。夜深了，我进入了梦乡，可来自家园的鲜花却亮堂地怒放着，仿佛想把黑夜照亮。

  如果不是因为十月份要赴港，我一定要在故乡住到飞雪来临时。

  我去过香港两次，但唯有这次时间最长，整整一个月。浸会大学邀请了来自美国、尼日利亚、爱尔兰、新西兰、肯尼亚等国家和中国台湾地区的八位作家，聚集香港，进行文学交流和写作，这一期的主题是"大自然和写作"。为了配合这个主题，浸会大学组织了一些亲近大自然的活动，如去西贡西湾爬山，去大屿山的小岛看渔民的生活，去凤凰山以及湿地公园等。香港的十月仍然炽热，阳光把我的皮肤晒得黝黑。运动是惹人上瘾的，逢到没有活动的日子，我便穿着一身运动装出门了。去海边，去钻石山的禅院等。有一天下午，我外出归来，乘地铁在乐富站下车后，觉得浑身酸软，困倦难当，于是就到地铁站对面的联合道公园睡觉去了。别看街上车水马龙的，公园游人极少。我躺在回廊的长椅上，枕着旅行包，听着鸟鸣，闻着花香，睡着了。等我醒来的时候，太阳已经向西了，我听见有人在喊"迟——迟——"，原来是爱尔兰女诗人希斯金，她正坐在与我相邻的椅子上看书呢。我有些不好意思，因为在国外，蜷在公园长椅上睡觉的，基本都是乞丐。

在香港，我每天晚上跟妈妈通个电话。她一跟我说故乡下雪的时候，我就向她炫耀香港的扶桑、杜鹃开得多么鲜艳，树多么的绿等等。但时间久了，尤其进入十一月份之后，我忽然对香港的绿感到疲乏了，那不凋的绿看上去是那么苍凉、陈旧！我想念雪花，想念寒冷了，有一天参加一个座谈，当被问起对香港的印象时，我说我可怜这里的"绿"，我喜欢故乡四季分明的气候，想念寒冷。他们一定在想：寒冷有什么好想念的？而他们又怎能知道，寒冷也是一种温暖啊！

十一月上旬，我从香港赴京参加作代会，会后返回哈尔滨。当我终于迎来了对我而言的第一场雪时，兴奋极了。我下楼，在飞雪中走了一个小时。能够回到冬天，回到寒冷中，真好。

年底，我收到了一份沉甸甸的礼物，是艾芜先生的儿子汤继湘先生和儿媳王莎女士为我签名寄来的艾芜先生的两本书《南行记》和《艾芜选集》，他们知道我喜欢先生的书，特意在书的扉页盖了一枚艾芜先生未出名时的"汤道耕印"的木头印章。这枚小小的印章，像一扇落满晚霞的窗，看上去是那么的灿烂。王莎女士说，新近出版的艾芜先生的两本书,他们都没有要稿费,只是委托新华书店发行,这让我感慨万千。在我们这个时代,那些垃圾一样的作品,通过炒作等手段,可以获得极大的发行量,而艾芜先生这样具有深厚文学品质的大家作品,却遭到冷落。这真是个让人心凉的时代!不过,只要艾芜先生的作品存在,哪怕它处于"寒冷"一隅,也让人觉得亲切。这样的"寒冷",又怎能不是一种温暖呢!

2006年

原来姹紫嫣红开遍

—— 关于年货的记忆

我对年货的记忆，是从腊月宰猪开始的。

三四十年前，大兴安岭山林小镇的人家，没有不养猪的。一般的人家是春天抓猪仔，喂上一年，不管它长多大，进了腊月门，屠夫就提着刀，上门要它们的命了。猪挨宰时嗷嗷叫着，乌鸦闻着血腥味，呀呀叫着飞来。不过好的屠夫，会让它连一滴血都尝不着。血被接到盆里，灌了血肠吃了！猪被大卸八块后，家家会敞开肚子吃顿肉，然后把余下的作为年货，存在仓房的大木箱里。怕它风干了味道不好，人们在储肉箱里撒上雪。大兴安岭不趁别的，就趁雪花，你想撒多少就撒多少。有的人家图省心，干脆把肉埋在院子的雪堆里。可是吃的时候去拿，发现肉少了！在黑夜里做强盗的不是人，而是那些会倒洞的黄鼠狼！它们有拖走东西的本事。

有了猪肉，除夕夜的肉馅饺子就有了主心骨。可光有肉还不行，那夜的餐桌上，还必须有鸡，有鱼，有豆腐，有苹果，有芹菜和葱。鸡是"吉利"，鱼是"富余"，豆腐是"福气"，苹果是"平安"，芹菜是"勤劳"，葱则是"聪明"，这些一样都不能少！过年不能吃酸菜，说是"辛酸"，白菜也不能碰，说是"白干"。

腊月宰过猪，就得宰鸡了。宰猪要请屠夫，宰鸡一般人家的女主人就能做。鸡架在霜降时，就从院子抬进了灶房，跟人一起生活了。这些过冬的鸡，基本都是母鸡，养它们是为了来年继续生蛋，而鸡架的大公鸡，不过一两只，主人留它们，是为了年夜饭，所以只能活半冬。公鸡死后，我们会把它身上漂亮的羽毛拔下来，以铜钱为垫，做鸡毛毽子，算是女孩子献给自己的年礼吧。

年三十餐桌上的鱼，通常是冻鱼，胖头鱼、鲅鱼、刀鱼之类。这是供给制时代，能够买到的鱼。做鱼不能剁掉头尾，说是"有头有尾"，年景才好。女主人的菜刀要是不慎伤及头尾，就会很慌张，担心未来的日子起波折，所以过年时的菜刀不敢磨得太快。在鱼身上，除了防菜刀，还得防猫。闻着腥的猫，两眼放光，你一不留神，大半条鱼就被它消灭了！所以很多人家的猫，这时会被关在小黑屋。人在过年，猫在受苦，它的忧伤可想而知了。

有没有吃到鲜鱼的可能呢？那得看家中男主人捕鱼的本领和运气了。在冰河凿口冰眼，下片渔网，有时能捕到葫芦籽和柳根鱼。这类鱼都不大，上不了席面。谁要是捉到鲇鱼和花翅子，那就是中了彩了！这种能镇得住除夕宴的鱼，会让从冰河回家的男主人腰杆挺直，进屋后有老婆的热脸迎着，有热酒迎着。只是这样走运的男人很少，绝大多数都是如我父亲一样的人，空手而回。

比起鲜鱼，豆腐就很容易获得了。我们小镇有两爿豆腐房，得到豆腐除了用钱，还可用黄豆换。一般来说，换干豆腐，比水豆腐用的黄豆多。男人们扛着豆子去豆腐房时，你从他们肩上袋子的大小上,就能看出这家过年需要多少豆腐。莹白如玉的水豆腐进了家门,无非两种命运,一种切成小方块进了油锅,炸成金黄的豆腐泡,另一种则直接摆在户外的木板上,等它们冻实心了,装进布袋,随吃随取。

除夕宴上的葱,是深秋储下的。葱在我眼里是冬眠的菜蔬,它在零下三四十度的严寒中,看似冻僵了,可是进了温暖的室内,你把它扔在墙角,一夜之间,它就缓过气来,腰身变得柔软了!又过几天,它居然生出翠绿的嫩芽了,冻葱变成水灵灵的鲜葱了!至于芹菜,它也来自园田,不过它与葱不同,要是挨冻,就是真的冻死了!芹菜秋天时割下来打捆,下到户外的菜窖里。两三米深的菜窖,储藏着土豆、萝卜、大白菜等越冬蔬菜,芹菜就和它们同呼吸共命运了。不过芹菜没有它们耐性好,叶片很快萎黄,幸而它的茎,到年关时没有完全失去水分,仍然能做馅料。我小时一听大人们骂架,诅咒对方下地狱时,我就想,地下有什么可怕的,冬天时漫天飞雪,地窖却是春天呀!

年夜饭中唯一的冷盘,就是苹果了。苹果可用鲜的,也可用罐头的。我们那时更喜欢罐头的,因为它甜!这两种苹果的获得,都是在供销社,拿钱来买。除了买苹果,我们还要买烟酒糖茶,花生瓜子,油盐酱醋,冻柿子冻梨。最重要的是,买上一摞新碗新盘子,再加一把筷子,意为添丁进口,家族兴旺。

在置办年货上,家中的每个人都会行动起来,各司其职。主妇们要去供销社扯来一块块布,求裁缝裁剪了,踏着缝纫机给一家人做新衣。腊月里猪的号叫,总是和着缝纫机的哒哒声。缝纫机上的活儿忙完了,她们还得蒸各色年干粮,馒头、豆包、糖三角、菜包等等。馒头这时成了爱美的小姑娘，女人们会用筷子蘸着印泥，在正中央给它点上一枚圆圆的红点，那是馒头的眉心吧。除了这些，她们还要做油炸江米条和蕉叶子，作为春节的小点心。

那些平素淘气惯了的男孩子，这时候也得规规矩矩地忙年。他们负责买鞭炮，买回后放到热炕上，让它干燥着，这样燃放起来更响亮。他们得拿起斧头，劈一堆细细的松木柈子，让除夕夜的灶火旺旺的！他们还要帮着大人竖灯笼杆，买来彩纸糊灯笼。不过在我们家，糊灯笼是我的事情。因为我是元宵节天将黑时出生的，父亲送了我一乳名"迎灯"，家人认定我的名字中有光明，糊灯笼非我莫属。不过我糊灯笼是讲条件的，那就是提前享用油炸小点心，虽然母亲不情愿，但为灯笼着想，只得依从。我给圆圆的宫灯糊上一圈红纸后，会用金黄的皱纹纸，为它铰上飘逸的穗子，粘在灯座上，让灯长出金胡子！

那时还没有印刷的春联，作为校长的父亲，因毛笔字写得好，腊月里就有很多人家求他写春联和"福"字。人们送来红纸，我帮着裁纸，父亲挥毫。写好一副，待墨迹干了，就把它卷起放到一边，写另外一家的。有时父亲让我编写春联，他也采纳过一副，是贴在仓房上的，记忆中我把他的小名"满仓"嵌了进去。父亲写完春联，会给我们做一盏用木座和罐头瓶子做成的灯。为了获得完美的灯罩，他得从户外捡回挂着霜雪的罐头瓶，然后飞快地将一瓢热水浇下去，这样它的底儿就会砰然脱落。当然取灯罩并不容易，有时一瓢热水下去，它整个碎了，只能弃了；有时那罐头瓶子如烈女一般，热水泼来，依然故我。父亲只得再跑回雪地中，去翻找罐头瓶子。

小年前后，我会和邻居的女孩子搭伴，进城买年画。好像女孩子天生就是为年画生的,该由我们置办。小镇离城里十几里路,腊月天通常都在零下三四十度,我们穿得厚厚的,可走到中途,手脚还是被冻麻了。我们知道生冻疮的滋味不好受,于是就奔跑。跑得快,血脉流通得就快,身上就不那么冷了。我们跑在雪地的时候,麻雀在灰白的天上也跑,也不知它们是否也去购置年画。天上的年画,该是西边天绚丽的晚霞吧!进了城里的新华书店,我们要仔细打量那一幅幅悬挂的年画,记住它们的标号,按大人的意愿来买。母亲嘱咐我,画面中带老虎的不能买,尤其是下山虎;表现英雄人物的不能买,这样的年画不喜气。她喜欢画面中有鲤鱼元宝的,有麒麟凤凰的,有鸳鸯蝴蝶的,有寿桃花卉的。而父亲喜欢古典人物图画的,像《红楼梦》《水浒传》故事的年画。母亲在家说了算,所以我买的年画,以她的审美为主,父亲的为辅。这样的年画铺展开来,就是一个理想国。

　　买完年画,我们会去百货商店,给自己选择头绫子、发卡、袜子、假领子,再买上几包红蜡烛和两副扑克牌。那时我们小镇还没通电,蜡烛是家里的灯神。任务完成,我们奔向百货商店对面的人民饭店,一人买一根麻花,站着吃完,趁着天亮,赶紧回返。冬天天黑得早,下午三点多,太阳就落山了。想在天黑前到家,就要紧着走。我们嘴里呼出的热气,与冷空气交融,睫毛、眉毛和刘海染上了霜雪,生生被寒风吹打成老太婆了!不过不要紧,等进了家门,烤过火,身上挂着的霜雪化了,我们的朝气又回来了!

　　人们为自己办年货,也为离世的亲人办年货。逝去的人,未必坟茔就在近前。所以小年一过,小镇的十字路口,会腾起团团火光。人们烧纸钱时,不忘了淋上酒,撒上香烟。年三十的饺子出锅后,盛出的头三个饺子，要供在亲人的灵位前，请他们品尝。

我小的时候，父亲和爷爷都在时，我们只在十字路口为葬在远方的奶奶烧纸。爷爷去世后，除了给奶奶买下烧纸，爷爷那里也得备一份了。等我长大成人，父亲过世了，母亲预备下的烧纸，就比往年厚了。待到十年前我爱人因车祸离世，我回故乡过年，在给爷爷和父亲上过坟后，总不忘了单独买份烧纸，在除夕前夜，在我和爱人无数次携手走过的山脚下的十字路口，为回归故土的他，遥遥送上牵挂。火光卷走了纸钱，把我留在长夜里。

我快五十岁了，岁月让我有了丝丝缕缕的白发，但我依然会千里迢迢，每年赶回大兴安岭过年。我们早已从山镇迁到小城，灯笼、春联都是买现成的，再不用动手制作了。我们早就享用上了电，也不用备下蜡烛了。至于贴在墙上的年画，它已成为昨日风景，难再寻觅其灿烂的容颜了。我们吃上了新鲜蔬菜，可这些来自暖棚的施用了化肥的蔬菜，总没有当年自家园田产出的储藏在地窖的蔬菜好吃。我们的生活变得越来越便利，越来越实际，可也越来越没有滋味，越来越缺乏品质！

我怀念三四十年前的年，怀念我拿着父亲写就的"肥猪满圈"的条幅，张贴到猪圈的围栏上时，想着猪已毙命，圈里空空荡荡，而发出的快意笑声；怀念一家人坐在热炕头打扑克时，为了解腻，从地窖捧出水灵灵的青萝卜，切开当水果吃，而那个时刻，蟋蟀在灶房的水缸旁声声叫着；怀念我亲手糊的灯笼，在除夕夜里，将我们家的小院映照得一片通红，连看门狗也被映得一身喜气；怀念腊月里母亲踏着缝纫机迷人的声响；怀念自家养的公鸡炖熟后散发的撩人的浓香；怀念那一杆杆红蜡烛，在新旧交替的时刻，像一个个红娘子，喜盈盈地站在我家的餐桌上,窗台上,水缸上,灶台上,把每一个黑暗的角落都照亮的情景!

可是这样的年,一去不复返了!在我对年货的回忆中,《牡丹亭》中那句最著名的唱词:"原来姹紫嫣红开遍,似这般都付与断井颓垣!"不止一次在我心中鸣响。好在繁华落尽,我心存有余香,光影消逝,仍有一脉烛火在记忆中跳荡,让我依然能在每年的这个时刻,在极寒之地,幻想春天!

2013年

第三辑

物

农具的眼睛

看一个农民的活计做得是否地道,打量他家的农具便知晓了。

农具一般被放置在仓棚中,或者被挂在山墙上。放在仓棚中的,是镐头、犁杖、铁齿子和钐刀,而挂在山墙上的,是耙子、锄头和镰刀。农具似乎与树木有着亲缘关系,农具的把儿几乎都是木柄制成的。你能从光滑的农具把儿上,看到树的花纹和节子。那些大大小小的木节一个个圆圆的,有黑色的,也有褐色的,好像农具长了眼睛似的。

农具当中,我最憎恨的就是犁杖了。有了它,我们就得干牛做的活儿。由于家中没养牲口,用犁杖耕田时,我爸爸就把我们姐弟三人当成牛,套在犁杖上,让我们拉犁。我一拉犁就有屈辱的感觉,常常是直着腰,只把绳子轻飘飘地搭在肩头。这时父亲就会在后面叫着我的乳名打趣我,说我真不简单,能把绳子拉弯了。我父亲是山村小学的校长,曾在哈尔滨读中学,会拉小提琴。他那双手在那个年代既得写粉笔字,又得摸农具,因为我们上小学时,学工学农的热潮风起云涌,我们每周都要到生产队的田地里劳作一两次。而且家家户户又都拥有园田，种植着各色菜蔬，自给自足，所以无论大人还是孩子，没有没摸过农具的。

农具当中，我不厌烦的是锄头和镰刀。锄头的形态很像道士帽，所以你若把它倒立着，俨然是一个清瘦的道士站在那里。锄头既可用于铲除庄稼中的杂草，又可给板结的田地松土。我扛着锄头去田间劳作，一般是到土豆地里去了。土豆地一般要铲三次，人们称之为"头趟、二趟、三趟"。没打垄前铲头趟，那时苗才出齐不久，土豆秧矮矮的，杂草极好清除。铲二趟的时候呢，那是在土豆打垄之后，粉的白的蓝的土豆花也开了，杂草与土豆秧争夺生长的空间，这时就得抡起锄头"驱邪扶正"。到了铲三趟的时候，闷在土里的早熟的土豆已有把泥土顶破了的，这时稗草疯长，有的和秧苗缠绕在一起，颇有"绑票"的意味，想把秧苗一并拖垮，这时候为土豆清除"异己"就显得尤为重要了。所以，铲三趟的时候最累，有时候你得撇下锄头，亲手一下一下地把纠缠在土豆秧身上的杂草摘除。我喜欢铲二趟，我爱那些细碎的土豆花，它们会招来黄的或白的蝴蝶，感觉是在花园中劳作。干活乏了小憩的时候，躺在被阳光照耀得发烫的泥土中，感受着如丝绸一样柔曼滑过的清风，惬意极了。清风拍打着土豆花，土豆花又借着风势拍打着我的脸颊，那些娇柔玲珑的花朵如蜜蜂一样蜇着了我，让我脸颊发痒，那是一种多么醉人的痒啊。渴了的时候，我会到田边草丛中采上几枝酸浆来吃，它长得跟竹子一样，光滑的身子，细长的叶片，它的茎能食用，酸甜可口，十分解渴。我铲地时就不背水壶，因为酸浆早已存了满腹的清凉之汁等着我享用。

我父亲是个知识分子，他伺候庄稼的本事与他的教学本领是无法相提并论的。我们家的地不是因为施肥过少而使庄稼呈现一派萎靡之气，就是垄打得歪歪斜斜的，宽的宽，窄的窄，白菜和豆角往往长着就露出根茎，阻碍了它们的成长。所以进了我家园田的庄稼，很像是被送入孤儿院的弃婴，命运总是不大好。我就不止一次听见邻人在路过我家的田地时，发出"啧啧"的叫声，那不是赞赏的"啧啧"声，而是惋惜，好像我们辜负了那肥沃的田地似的。我们家的农具，也因而比别人家的要邋遢许多，锄头上锈迹斑斑，镐头和犁杖上携带的尘土足够蓄一只花盆的，镰刀钝得割草时会发出被剧烈撕扯的痛苦的叫声，如乌鸦一样呀呀地叫，而不是锋利的镰刀割草时发出的唰唰唰的如流水一样的声音。而那些地道的农家，农具总是被磨得雪亮，拾掇得利利索索的，该放仓棚的就放在仓棚里，该挂在山墙上的就挂在山墙上，不似我们家的农具，一律被堆置在墙角，任凭风雨侵蚀，如一群衣衫褴褛的乞丐。即便如此，我还是热爱我们家的农具，热爱它的愚钝和那满身岁月的尘垢。

我喜欢镰刀，是因为割猪草的活儿在我眼中是非常浪漫的。草甸子上盛开着野花，你割草的时候，也等于采花了。那些花有可供观赏的，如火红的百合和紫色的马莲花；还有供食用的，如金灿灿的黄花菜。用新鲜的黄花菜炸上一碗酱，再下上一锅面条，那就是最美妙的晚饭了。我打猪草归来，肩上背的是草，腰间别的是镰刀，左手可能拿的是一束马莲，右手握的就是黄花菜了。所以我觉得猪的命运也不算坏，它一天到晚除了吃就是睡，窝里絮的草还来自于芳菲的大草甸子，比耕田的牛马要有福气，可惜它的命太短太短了。看来单纯为了人的口福而生存的动物，总是薄命的。

我们家在山村小镇使用过的那些农具，早已失传了。它们也许流失到别人手中，依然被农人的手把握着，春种秋收；也许它们已经在被废弃的老屋中静悄悄地腐烂了，成了一堆废铁。但我忘不了农具木把儿上的那些圆圆的节子，那一双双眼睛曾打量过一个小女孩如何在锄草的间隙捉土豆花上的蝴蝶，又如何在打猪草的时候将黄花菜捋到一起，在夕阳下憧憬着一顿风味独具的晚饭。我可能会忘记尘世中我所见过的许多人的眼睛，那些或空洞或贪婪或含着嫉妒之光的眼睛，但我永远不会忘记农具身上的眼睛，它们会永远明亮地闪烁在我的回忆中，为我历经岁月沧桑而渐露疲惫、忧郁之色的眼睛，注入一缕缕温和、平静的光芒。

2005年

会唱歌的火炉

我的少年时代是在大兴安岭度过的。那里一进入九月,大地的绿色植物就枯萎了,雪花会袅袅飘向山林河流,漫长的冬天缓缓地拉开了帷幕。

冬天一到,火炉就被点燃了,它就像冬夜的守护神一样,每天都要眨着眼睛释放温暖,一直到次年的五月,春天姗姗来临时,火炉才能熄灭。

火炉是要吞吃柴火的,所以,一到寒假,我们就得跟着大人上山拉柴火。

拉柴火的工具主要有两种:手推车和爬犁。手推车是橡皮轮子的,体积大,既能走土路装载又多,所以大多的人家都使用它。爬犁呢,它是靠滑雪板行进的,所以只有在雪路上它才能畅快地走,一遇土路,它的腿脚就不灵便了,而且它装载小,走得慢,所以用它的人很零星。

我家的手推车买的是二手货,有些破旧,看上去就像一个辛劳过度的人,满面疲惫的样子。它的车胎常常慢撒气,所以我们拉柴火时，就得带着一个气管子，给它打气。否则你装了满满一车柴火要回家时，它却像一个饿瘪了肚子的人蹲在地上，无精打采的，你又怎么能指望它帮你把柴火运出山呢！

　　我们家拉柴火，都是由父亲带领着的。姐姐是个干活实在的孩子，所以父亲每次都要带着她。弟弟呢，那时虽然他也就是八九岁的光景，但父亲为了让他养成爱劳动的习惯，时不时也把他带着。他穿得厚厚的跟着，看上去就像一头小熊。我们通常是吃过早饭就出发，我们姊弟三人推着空车上山，父亲抽着烟跟在我们身后。冬日的阳光映照到雪地上，格外的刺眼，我常常被晃得睁不开眼睛。父亲生性乐观，很风趣，他常在雪路上唱歌、打口哨。他的歌声有时会把树上的鸟给惊飞了。我们拉的柴火，基本上是那些风倒的树木，它们已经半干了，没有利用价值，最适宜作烧柴。那些生长着的鲜树，比如落叶松、白桦、樟子松是绝对不能砍伐的，可伐的树，我记得有枝丫纵横的柞树和青色的水冬瓜树。父亲是个爱树的人，他从来不伐鲜树，所以我们家拉烧柴是镇上最本分的人家。为了这，我们就比别人家拉烧柴要费劲些，回来得也会晚。因为风倒木是有限的，它们被积雪覆盖着，很难被发现。我最乐意做的，就是在深山里寻找风倒木。往往是寻着寻着，听见啄木鸟"笃笃"地在吃树缝中的虫子，我就会停下来看啄木鸟；而要是看见了一只白兔奔跑而过，我又会停下来看它留下的足迹。由于玩的心思占了上风，所以我找到风倒木的机会并不多。往往在我游山逛景的时候，父亲的喊声会传来，他吆喝我过去，说是找到了柴火，我就循着锯声走过去。父亲用锯把倒木锯成几截，粗的由他扛出去，细的由我和姐姐扛出去。把倒木扛到放置手推车的路上，总要有一段距离。有的时候我扛累了，支持不住了，就一耸肩把倒木丢在地上，对父亲大声抗议："我扛不动！"那语气带着几分委屈。姐姐呢，即使那倒木把她压得抬不起头来，走得直摇晃，她也咬牙坚持着把它运到路面上。所以成年以后，她常抱怨说，她之所以个子矮，完全是因为小的时候扛木头给压的。言下之意，我比她长得高，是由于偷懒的缘故。为此，有时我会觉得愧疚。

冬天的时候，零下三四十度的气温是司空见惯的。在山里待的时间久了，我和弟弟都觉得手脚发凉。父亲就会划拉一堆枝丫，为我们笼一堆火。洁白的雪地上，跳跃着一簇橘黄的火焰，那画面格外的美。我和弟弟就凑上去烤火。因为有了这团火，我和弟弟开始用棉花包裹着几个土豆藏到怀里，带到山里来，待父亲点起火后，我们就悄悄把土豆放到火中，当火熄灭后，土豆也熟了，我们就站在寒风中吃热腾腾、香喷喷的土豆。后来父亲发现了我们带土豆，他没有责备我们，反而鼓励我们多带几个，他也跟着一起吃。所以，一到了山里，烧柴还没扛出一根呢，我就嚷着冷，让父亲给我们点火。父亲常常嗔怪我，说我是只又懒又馋的猫。

天越冷，火炉吞吃的柴火就越多。我常想火炉的肚子可真大，老也填不饱它。渐渐地，我厌烦去山里了，因为每天即使没干多少活，可是往返走上十几里雪路后，回来后腿脚也酸痛了。我盼着自己的脚生冻疮，那样就可以理直气壮地留在家里了。可我知道生冻疮的滋味很不好受，于是只好天天跟着父亲去山里。

现在想来，我十分感激父亲，他让我在少年时期能与大自然有那么亲密的接触，让冬日的那种苍茫和壮美注入我幼小的心田，滋润着我。每当我从山里回来，听着柴火在火炉中"噼啪噼啪"地燃烧，都会有一股莫名的感动。我觉得柴火燃烧的声音就是歌声，火炉它会唱歌。火炉在漫长的冬季中就是一个有着金嗓子的歌手，它天天歌唱，不知疲倦。它的歌声使我懂得生活的艰辛和朴素，懂得劳动的快乐，懂得温暖的获得是有代价的。所以，我成年以后回忆少年时代的生活，火炉的影子就会悄然浮现。虽然现在我已经脱离了与火炉相伴的生活，但我不会忘记它，不会忘记它的歌声。它那温柔而富有激情的歌声在我心中永远不会消逝。

2003年

苍苍琴

我最早聆听的琴声，是小提琴。

童年在小山村时，清晨时分，要是父亲唤我们起床得不到响应的话，他会动用两大法宝，把懒睡的我叫出被窝。这两大法宝是：狗和小提琴。

父亲会把屋门敞开，将在院子中守完夜的狗放进我的睡房，狗摇头摆尾地进来后，欢天喜地地把两只前爪搭在炕沿儿上，伸出柔软的舌头，哼哧哼哧地舔我的脸，直到把我舔醒。

要么，父亲会取下挂在墙上的小提琴，站在炕前，有板有眼地拉起来。琴声如黎明之船，驶入我昏沉的睡眠里，将我照亮。当我睁开眼的时候，琴声还在继续，玻璃窗上弥漫着朝霞，好像朝霞也喜欢琴声，特意从天庭飞来听琴。

我对琴声的记忆，与"苏醒"就分不开了。在我心目中，琴声就是林间的流水，能让人提神醒脑；琴声更是田野的清风，带给人温柔的心境。这样与朝阳为伴的琴声，无疑是年轻的、活泼的、富有朝气的。

成年以后，尽管我在音乐厅欣赏过名家演奏的小提琴，但感觉总不如童年听到的琴声美妙。细究起来，不是父亲的琴拉得好，而是因为琴声的出现依托着朴素的板夹泥房屋，依托着红彤彤的朝霞，依托着青葱的菜园和纯净的空气，依托着一颗少年的心，因而显得格外有韵致。

在交响乐中，我总能从笛、笙、号等管乐器，以及锣鼓、木鱼等打击乐器中，感受到小提琴强大的存在。交响乐离开它，如同一个人被剥离了心脏，是没有生命力的。由于爱它，连带着喜欢上了其他的弦乐器，如琵琶、胡琴等。那一根根琴弦在我眼中就是汩汩流水，丝丝晨风，缕缕月光，袅袅炊烟。

现存的世界上最古老的琴，是古琴吧。古人的诗词歌赋中，常常出现"瑶琴"的字眼，说的就是它。我最早认识古琴，是一九九四年在云南丽江的玉龙雪山脚下。中秋节的晚上，一行人在大研古镇听老人们演奏洞经音乐。洞经音乐如同仙乐，至美至纯。在幽幽的丝竹声中，你能清晰地辨出古琴清丽的影子。古琴声宛如落在水面的星光，宛如生长在花蕾中的晨露，给整首乐曲带来湿润、清新的气象。据说有张古琴，有几百年的历史。它似乎还裹挟着旧时代梅花的苦香气，说不出的风雅。

我与古琴这一别，竟是十多年。

去年十一月，在香港城市大学的惠卿剧院，我又与古琴相逢。城市大学举办了一场古琴演奏会，请来了国内演奏古琴的名家。那天剧院爆满，作为主持人的城市大学中国文化中心主任郑培凯教授，特意穿上了一件灰色的长袍。演奏开始了，首先出场的，是丁承运先生，他是武汉音乐学院的教授，他首演的曲目是《白雪》。

尽管剧场很安静，音响效果也不错，可是几百人的呼吸声聚合在一起，还是弱化了琴声，虽然古琴传达的是那种旷古的美感，但在大剧场听起来，它还是显得寥落了。第二个出场的，是李祥霆先生，也许由于他是辽源人的缘故，他的《流水》和《幽兰》，粗犷豪放，如同一阵急雨，沁人肺腑，声声入耳。然而接下来的几位，又回到了初始的风格，尽管他们在演奏上无可挑剔，弹奏的又是名曲，如《忘忧》《平沙落雁》《长门怨》等，可是却缺少那种摄人魂魄的力量。未等曲终，与我同去的几位外国作家，有两位提前离座，一位酣然入睡。只有坐在我身旁的尼日利亚作家阿基耶拿，始终饶有兴味地欣赏着。演奏间隙，阿基耶拿问我，迟，你最喜欢哪一曲？我说最喜欢第二个人的演奏，他兴奋地叫道：我也喜欢他！看来李祥霆那苍凉雄浑的琴风，与尼日利亚大地上回荡的风是相似的。

  这次演奏会，总感觉不如在丽江与古琴初识时来得惬意，究其原因，当年我听到的古琴，是裹挟在笙、笛和胡琴等乐器声中的。古琴有了唱和的，气势就大了。而且，那次欣赏洞经音乐时，坐在草墩上，手中又有高山雪茶在握。而在惠卿剧院听到的古琴，是大剧场不说，古琴还是单枪匹马地出场，剧场偶有的咳嗽声和手提电话的铃音，都伤害了音乐的品质。我想古琴的独奏，最适合的场所还是在大自然中，在林中溪畔，在鸟语和落花声里。听众不须多，三五人，散坐在石头上。抚琴者完全可以把琴置于膝上，与松涛和流水唱和。由此说来，真正的风雅是私人化的。难怪王维在《竹里馆》里这样写道："独坐幽篁里，弹琴复长啸。深林人不知，明月来相照。"

联合国教科文组织在二〇〇三年，把古琴列为世界文化遗产。古琴由此成为世上最苍老的琴。它们很难再回到曾让它们无比灿烂的那个时代，它们在日新月异的时代里落落寡合。但它们是巍峨的，如同冰山，风骨依然，难以征服。这样的琴哪怕有一天消失了，它留给天地间的，也是最美的一抹斜阳！

2007年

故乡的吃食

北方人好吃，但吃得不像南方人那么讲究和精致，菜品味重色暗，所以真正能上得了席面的很少。不过寻常百姓家也是不需要什么席面的，所以那些家常菜一直是我们的最爱。

如果不年不节的，平素大家吃的都很简单。由于故乡地处苦寒之地，冬季漫长，寸草不生，所以吃不到新鲜的绿色蔬菜。我们食用的，都是晚秋时储藏在地窖里的菜：土豆、萝卜、白菜、胡萝卜、大头菜、倭瓜，当然还有腌制的酸菜和夏季时晒的干菜，比如豆角干、西葫芦干、茄子干等等。人们喜欢吃炖菜，冬天的菜尤其适合炖。将一大盆连汤带菜的热气腾腾的炖菜捧上桌，寒冷都被赶走了三分。人们喜欢把主食泡在炖菜中，比如玉米饼和高粱米饭，一经炖菜的浸润，有如酒经过了岁月的洗礼，滋味格外的醇厚。而到了夏季，炖菜就被蘸酱菜和炒菜代替了。园田中有各色碧绿的新鲜蔬菜，菠菜呀、黄瓜呀、青葱呀、生菜呀，等等，都适宜生着蘸酱吃；而芹菜、辣椒等等则可爆炒，这个季节的主食就不像冬天似的以干的为主了，这时候人们喜欢喝粥，芸豆大碴子粥、高粱米粥，以及小米绿豆粥，是此时餐桌的主宰。

家常便饭到了节日时，就像毛手毛脚的短工，被打发了，节日自有节日的吃食。先从春天说起吧。立春的那一天，家家都得烙春饼。春饼不能油大，要擀得薄如纸片，用慢火在锅里轻轻翻转，烙到白色的面饼上飞出一片片晚霞般的金黄的印记，饼就熟了。烙过春饼，再炒上一盘切得细若游丝的土豆丝，用春饼卷了吃，真的觉得春天温暖地回来了。除了吃春饼，这一天还要"啃春"，好像残冬是顽石一块，不动用牙齿啃噬它，春天的气息就飘不出来似的。我们啃春的对象就是萝卜，萝卜到了立春时，柴的比脆生的多，所以选啃春的萝卜就跟皇帝选妃子一样周折，既要看它的模样，又要看它是否丰腴，汁液是否饱满。很奇怪，啃过春后，嘴里就会荡漾着一股清香的气味，恰似春天草木复苏的气息。立春一过，离清明就不远了。人们这一天会挎着篮子去山上给已故的亲人上坟。篮子里装着染成红色的熟鸡蛋，它们被上过供后，依然会被带回到生者的餐桌上，由大家分食，据说吃了这样的鸡蛋很吉利。而谁家要是生了孩子，主人也会煮了鸡蛋，把皮染红，送与亲戚和邻里分享。所以我觉得红皮鸡蛋走在两个极端上：出生和死亡。它们像一双无形的大手，一手把新生婴儿托到尘世上，一手又把一个衰朽的生命送回尘土里。所以清明节的鸡蛋，吃起来总觉得有股土腥味。

清明过后，天气越来越暖了，野花开了，草也长高了，这时端午节来了。家家户户提前把风干的粽叶泡好，将糯米也泡好，包粽子的工作就开始了。粽子一般都包成菱形，若是用五彩线捆粽叶的话，粽子看上去就像花荷包了。粽子里通常要夹馅的，爱吃甜的就夹上红枣和豆沙，爱吃咸的就夹上一块腌肉。粽子蒸熟后，要放到凉水中浸着，这样放个两天三天都不会坏。父亲那时爱跟我们讲端午节的来历，讲屈原，讲他投水的那条汨罗江，讲人们包了粽子投到水里是为了喂鱼，鱼吃了粽子，就不会吃屈原了。我那时一根筋，心想你们凭什么认为鱼吃了粽子后就不会去吃人肉？我们一顿不是至少也得吃两道菜吗！吃粽子跟吃点心是一样的，完全可以拿着它们到门外去吃。门楣上插着拴着红葫芦的柳枝和艾蒿，一红一绿的，看上去分外明丽，站在那儿吃粽子真的是无限风光。我那时对屈原的诗一无所知，但我想他一定是个了不起的诗人，因为世上的诗人很多，只有他才会给我们带来节日。

端午节之后的大节日，当属中秋节了。中秋节是一定要吃月饼的。那时商店卖的月饼只有一种，馅是用青红丝、花生仁、核桃仁以及白糖调和而成的，类似于现在的五仁月饼，非常甜腻。我小的时候虫牙多，所以记得有两次八月十五吃月饼时，吃得牙痛，大家赏月时，我却疼得呜呜直哭。爸爸会抱起我，让我从月亮里看那个偷吃了长生不老药而飞入月宫的嫦娥，可我那双蒙眬的泪眼看到的只是一团白花花的东西。月光和我的泪花融合在一起了。在这一天，小孩子们爱唱一首歌谣:蛤蟆蛤蟆气鼓，气到八月十五，杀猪，宰羊，气得蛤蟆直哭。

蛤蟆的哭声我没听到，倒是听见了自己牙痛的哭声。所以我觉得自己就是歌谣中那只可怜的蛤蟆，因牙痛而不敢碰中秋餐桌上丰盛的菜肴。

中秋一过，天就凉了，树叶黄了，秋风把黄叶吹得满天飞。雪来了。雪一来，腊月和春节也就跟着来了。都说腊七腊八冻掉下巴，所以到了腊八的时候，人们要煮腊八粥喝。腊八粥的内容非常丰富，粥中不仅有多种多样的米，如玉米、高粱米、小米、黑米、大米，还有一些豆类，如芸豆、绿豆、黑豆等，这些米和豆经过几个小时慢火的熬制，香软滑腻，喝上这样一碗香喷喷的粥，真的是不惧怕寒风和冰雪了。

　　一年中最大最隆重的节日莫过于春节了。我们那里一进腊月，女人们就开始忙年了。她们会每天发上一块大面团，花样翻新地蒸年干粮，什么馒头、豆包、糖三角、花卷、枣山，蒸好了就放到外面冻上，然后收到空面袋里，堆置在仓房，正月时随吃随取。除了蒸年干粮，腊月还要宰猪。宰猪就是男人们的事情了。谁家宰猪，那天就是谁家的节日。餐桌上少不了要有蒜泥血肠、大骨棒炖干豆角、酸菜白肉等令人胃口大开的菜。

　　人们一年的忙活，最终都聚集在除夕的那顿年夜饭里。除了必须要包饺子之外，家家都要做上一桌的荤菜，少则六个，多则十二、十八个，看到盘子挨着盘子，碗挨着碗，灯影下大人们脸上的表情就是平和的了。他们很知足地看着我们，就像一只羊喂饱了它的羊羔，满面温存。我们争着吃饺子，有时会被大人们悄悄包到饺子里的硬币给硌了牙，当我们"当啷"一声将硬币吐到桌子上时，我们就长了一岁。

2005年

油茶面儿

吃油茶面儿，那是中学时代的往事了。在城里求学的住宿生，几乎每人都有一个点心袋。它用粗布缝成，长条形的口袋，上面用粗线绳做一个勒口。当它盛着食品被吊在柱子上时，就成了圆锥形。

所谓的点心袋，里面盛的不是饼干、蛋糕、月饼等当时盛行的点心，而是油茶面儿。因为住宿生多半家境贫寒，能保证学费和简单的一日三餐的开销，对很多家庭来说已经很不容易了。吃真正的点心无疑是一种奢望，而油茶面儿在某种程度上弥补了这一缺憾。

正宗的油茶面儿，是食品店卖的那种。它用牛油炒熟，其中加了糖和芝麻。而我们吃的油茶面儿，都是自家加工的。千篇一律地用猪油炒熟，里面掺上少许的白糖。放芝麻的可能性微乎其微，因为芝麻价格不菲。偶尔为油茶面儿增色的，是花生仁，把它们碾碎后兑进去，这样的油茶面儿就有一种不同寻常的香味。我们都管油茶面儿叫"炒面"。它通常是晚自习归来聊以充饥的食品。每个人用开水冲一碗油茶面儿，站在昏暗的灯影下有滋有味地喝着，一天的学习生活就宣告结束了。有时喝完油茶面儿没水刷碗，就把碗面目糊涂地搁在桌子上，老鼠在那一夜就会闹得格外欢，把碗磕出一片瓷声。早晨起来时，碗里残存的油茶面儿不见了，取而代之的是漆黑如墨的老鼠屎。我们破口大骂着老鼠，依然是把碗刷了，然后拿着它去买早饭。老鼠在油茶面儿中滚过，想必也脏了它自己的毛发，所以有时发现床单上有油茶面儿的污迹，便知老鼠从此爬过。

　　油茶面儿吃时香，吃后常觉胃不舒服，尤其是它炒的火候欠缺的时候。我们就常捂着肚子说"烧心"，一口口地呕酸水。即便如此，大家仍是别无选择地钟情于它，因为它毕竟是我们的"点心"呀。

　　我曾经炒过油茶面儿，把一块雪白的猪油在锅里融化，然后放上面粉用文火慢慢地炒，直到把它炒成茶色。新炒的油茶面儿喷香喷香的，而放久了就容易"哈喇"。哈喇了的油茶面儿仍然舍不得扔，把它吃下后，胃就备受煎熬。

　　我很羡慕现在的学生，他们有那么多名目繁多的营养品可以摄取。各种风味的营养麦片、高乐高、花生糊、芝麻糊等等，味道确实比油茶面儿好。但我想生活在农村的学生，未必就有如此口福，也许他们还吃着十几年前我吃过的那种"油茶面儿"。

　　几年前我在隆冬时节去鸡西煤矿，在逛农贸市场时，意外发现有个卖油茶面儿的摊位。我买了一碗，站在寒风中一口气把它喝光。不承想当夜回到旅馆胃便火烧火燎地难受，从此再不敢碰它。偶尔走进食品店，觑见油茶面儿时，都像逢到老朋友一样有种久违的亲切感。现在的油茶面儿内容丰富得很，不唯掺了芝麻、花生和核桃仁，还撒了青红丝。只是不知味道如何。我想再美的味道，也不如曾体验过的老味道好。老味道是晚风，沐浴它时内心会有一种宁静、甜美而又不乏惆怅的感觉。

1996年

家常豆腐

大凡在农村长大的孩子,对豆腐房该是不会陌生的。村子小的至少要有一爿,而大一些的则有两三爿。我童年生活的村子百户人家,却有两爿豆腐房,一爿在村西,另一爿在村东。在村东的那爿就在我家的前一趟房。

豆腐房都临着水井,这样取水方便。做豆腐的人在前一夜就泡好了黄豆和纱包。当我们还在梦乡中时他就得起来和驴拉磨。驴被蒙上眼睛拉着石磨艰难地转圈,人就得不时往磨眼里填泡涨了的黄豆。待到人们呵欠连天地从炕上爬起来时,两爿豆腐房里的豆腐就都压好了。

常常是在睡眼惺忪时就被父母喊起来去豆腐房换豆腐。盆子里装着黄豆,黄豆上又放着零钱,我便端着它们没精打采地去豆腐房。那时吃豆腐的人多,常常要排队,豆腐房里满是雾气。有时能换着,有时赶到我这儿恰好就没了。卖豆腐的人称过黄豆后就将秤盘一掀,黄豆咕噜噜进了一口缸里,一斤豆腐才一毛钱,每块豆腐是二两。一般的情景下我都端着五块豆腐回来。我在地上走,豆腐则在盆子里走；我走出了汗，而它们走出了一汪淡黄的水。它在盆里显得颤颤巍巍的，但那不是老态龙钟的表现，而是充满生机的跃动。豆腐进了灶房不是调了汤，就是被炒成糊状，名为"鸡刨豆腐"，再不就是将葱花撒在豆腐上，佐以盐或香油，吃它个爽爽快快的一清二白。

土豆、白菜、萝卜和豆腐把我养育成人。由于常吃豆腐，就有腻的感觉。所以上师专以后逢到食堂做豆腐，我就拿着饭盒犯愁。

如今豆腐又走俏起来了，价廉物美是一方面，更重要的是一些医学专家对它的营养的充分肯定。于是各大副食品商场里总有十几种的豆腐制品。豆腐干、豆腐泡、素什锦、豆腐鱼、豆腐鸡等等，品种繁多，不一而足。拿平凡的豆腐做了大文章。豆腐已经不仅仅是豆腐，它被包装成鸡、鱼、鸭等等的形状。这品种和尚吃起来当然最妙，既未违背清规戒律，又在意念之中对凡俗的"荤腥"有了一丝幻想，两全其美。当然我这种说法是对佛的大不敬了，得罪得罪。换作我是商家，就抛出一种"豆腐西施"的品种，把豆腐制成美人，男人们大约会趋之若鹜，岂不财源滚滚如长江水？若是真有哪位机敏的商人看了我的文章果然炮制出"豆腐西施"的品种，别忘了到迟子建这儿来申请专利，否则我会与之对簿公堂的。

豆腐在农村还有另外一种讲究，那就是除夕夜的饭桌上要有一道豆腐菜，意谓"逗福"，仿佛是伸出一根长长的饵线将满年的福气都钓到自家门中。除夕夜的豆腐不能做汤，汤上不了席面，最好是切成方方正正的六片或八片，用油煎透了，使之泛出金黄色，然后一片片相挨着摆在盘中。六片是"六六大顺"，八片是"八仙过海"，有要平安的，也有要沾染仙气的。

大概由于豆腐是寻常百姓家的惯常食品，所以现在饭店里有一种菜就叫"家常豆腐"。"家常"二字极为准确和形象地概括出了豆腐的特点。豆腐那莹白的颜色比得上蟹肉，它的鲜嫩也敌得过野生的鲜蘑，所以它能美誉不减。有土地在，就有黄豆可打；有河流在，就有永不枯竭的水源。有了豆子和水，豆腐的生命力将长盛不衰。而且豆腐的大众化还体现在它不欺老凌弱，老人牙齿老化和松动后嚼不动肉，可豆腐却以温柔的品性体恤他们的难处；幼儿未生牙时对待许多美食要由母亲的口先嚼成泥状后方能下咽，拾人牙慧，而豆腐却省了这一层麻烦，它永远不会噎住小孩子。

　　既然豆腐这般好，那么我也重续与豆腐的缘分了。只是城里的豆腐不如家乡的鲜美，大约是水质不同的缘故吧。漂浮着漂白粉的自来水显然比不上清冽的井水好吃。而且现在的豆腐不用豆子来换了，花上一元钱就可提回一块，少了一种交换的乐趣。

1996年

北方的盐

盐那雪白的颜色常使我联想到雪。在北方,盐与雪正如雷与电,它们的美是裹挟在一起呈现的。

盐与雪来历不同。雪从天上来,而盐来自地下。雪的成因与低沉的云气有关,而盐的提取有两种途径,其一是多年矿物质的沉积,其二便是海水的凝结。不论它们来自天上还是人间,其形成都有一个浪漫的过程。云与海水作为雪与盐的载体,其氤氲与浩渺的气质总令人浮想联翩,谁能想到缥缈的云会幻化出那么轻盈、美丽、灿烂的雪花?谁能想到奔涌的海水会萃取出结晶的、闪着宝石一样光泽的盐粒?

是北方的寒冷引得雪花翩跹起舞,还是姿态婀娜的雪的降临赋予了北方以寒冷?反正在北方,寒冷与雪花是一对孪生姐妹,它们总是结伴而来,形影不离。尤其在北方之北方,也就是我的故乡北极村——那个夏至时可以看到白夜的地方,每年的九月底就进入冬季了,雪花会与还没有享受够暖阳的我们不期而遇。初始的雪似乎还不大敢肯定这就是它们的落脚之地,所以雪下得很斯文,有点小心翼翼的味道。一旦它们发现这片寒冷的土地使它们毫发无损，且能保持其明艳的肤色时，它们就一改矜持的姿态，沸沸扬扬地腾空而下，把大地染得一片洁白、一片苍茫。

雪来了，天气越来越冷了。这时的北方大地寸草不生，看不到一抹绿色，所有的植物都成了寒冬的战利品，被彻底地俘虏了，无声无息。我童年记忆中的北方人的餐桌上，是看不到新鲜的绿色蔬菜的。不似现在，由于运输的畅通和市场经济的发达，数九天气也能吃到来自南国的蔬菜。

盐在漫漫寒冬中披着它银色的铠甲在北方闪亮登场了。它其实在秋天就亮着它的白牙向北方女人微笑了。秋季是北方人腌菜的时节。家庭主妇们把还新鲜的豆角、辣椒、芹菜、黄瓜、萝卜、芥菜等等塞进形形色色的缸里，撒上一层又一层的盐，做成咸菜，以备冬季食用。北方人爱吃的、一直以来被大张旗鼓腌制的酸菜，更是缺少不了盐。盐被白花花地撒向缸里的时候，会发出簌簌的声响，好像盐在唱歌。

在秋天，山间的蘑菇也露出毛茸茸的头了，蘑菇除了晒干外，还可以用盐腌渍在坛子里存储起来，冬天时用清水漂出它的盐分，吃起来味道仍是鲜美的。所以盐在秋季是撒向北方土地的最早的雪，它融化了，融化在菜蔬最后的清香中。如果你问一个北方人，你们的灶房里什么物件最多？我猜十有八九的人都会冲口而出：咸菜缸！的确，腌酸菜的大缸，腌萝卜和芥菜的中等型号的缸，以及腌糖蒜和韭菜花的坛子等等，就像乐池上摆放着的形形色色的乐器一样，你一进灶房它们就会扑入你的视野，并且在你不小心碰撞了它们的时候，为你奏出或沉郁或清脆的乐声。

咸菜是北方人餐桌上的"正宫娘娘",在寒风呼啸的日子里占据着统治地位,因而北方人也较其他地区的人摄盐量大,形成了口重的习惯,似乎不多加盐的食物都是寡淡无味的。北方人对盐有种近乎崇拜的心理,认为它是力量的化身,所以民间流传着吃盐长力气的说法。那些靠力气而生活的伐木工及家庭主妇,对盐的青睐可想而知了。记得童年时看电影《白毛女》,看到白毛女在山洞里因为多年吃不到盐,而过早地白了少年头的时候,盐在我心目中还具有了乌发的作用,这印象一直延续至今,根深蒂固。现代膳食讲究低盐少糖,这与北方人对盐的巨大热情是背道而驰的。北方人心脑血管的发病率远远高于江南,其气候的寒冷与摄盐过量无疑是两大元凶。尽管如此,北方人对盐仍然像对老朋友一样紧紧相拥,人们并未将它当敌人一样警惕着。虽然冬季可以从副食商场购得新鲜蔬菜,紫白红黄地点缀着餐桌,但在餐桌的一角,总会有几碟颜色黯淡的酱菜与之唱和着,有如一部歌剧在结尾时撒下的袅袅余音,它们呈现着旧时阳光的那种温暖与美好,令人回味。

当我们吃着腌制的酱菜,望着窗外的雪花,听着时光流逝的声音时,浓云会在深冬的空中翻卷,海水会在遥远的天际涌流。而当我们为着北方的冻土上所发生的那些故事无限感怀时,泪水便会悄然浮出眼眶。泪水一定来自大海,不然它为什么总是咸的?

因为有了寒冷,有了对寒冷尽头的温暖的永恒的渴望,有了对盐那如同情人般的缠绵和依恋,我想北方人的泪水会比南方人的泪水更咸。

2003年

山水豆花

食物与人一样，是有禀性的。都说"江山易改，禀性难移"，那是就人而言的；食物呢，它们有着"入乡随俗"的禀性，随着环境的变化，会微妙地改变风味。从这个道理来说，人是硬的，食物是柔软的。

我对香港美食的记忆，不是尖沙咀酒楼中的生猛海鲜，亦不是铜锣湾烧味店里被熏制得流蜜似的肉食，而是寻常的山水豆花。

原以为香港是个缺乏野趣的地方，其实不然。

从九龙的钻石山出发，乘坐一个小时的大巴车，便摆脱了都市的喧嚣，到了清幽的西贡渔港。从这里再乘半小时的计程车，便到了山脚下。

这个地方叫大浪湾，是个有山有海的地方。

当一座座山横在你面前，且看不见人烟的时候，这些山就是一本被风掀开了书页的大书，撩起了人阅读的欲望。

虽然我曾登过华山和黄山，又生长在山区，但由于十几年没有登山了，所以一开始很担心自己会掉队。香港的朋友吓唬我，说是山中潜藏着一些偷渡客,他们看见独行者,往往会从树丛中蹿出打劫。所以从迈向第一级石阶开始,我就紧紧地跟随着队伍。同行的两位美国作家是登山爱好者,他们登过很多世界名山,海拔不足千米的山在他们眼里就是小菜一碟,不在话下。他们健步如飞,走在最前。两位来自非洲的作家体力充沛,他们身体的柔韧性好,登山如同舞蹈,轻松而优雅。而我和浸会大学的钟铃教授,走了半小时便气喘吁吁,汗如雨下。好在台湾作家刘克襄有谦谦君子风度,陪伴我们走在最后。

十月底了,香港的太阳仍然火辣辣的。蜿蜒起伏的石阶宛如大海抛出的一条长长的浪花,在山中明亮地闪烁着。逢到林木茂盛的地方,就有难得的阴凉,能缓释行山时的疲劳;而石阶暴露在草木稀疏的向阳山坡上时,脊背就有被灼伤的感觉,好像背着火炉在走。

一个半小时后,第一座山终于被甩在身后,我们看到了人烟,一座依山傍海的客栈。远远地,就听见了主人殷勤的召唤声。我们散坐在凉棚下歇脚,点了客栈的招牌吃食:山水豆花。

它们被装在方方正正的硬塑盒里,储藏在冰箱中。店主人把它们拿到桌子上时,其身上的冷气与热气在刹那间融合,产生了一层细密的水珠,覆盖在山水豆花的薄膜上。揭开薄膜,随着水珠滑落,你看到的就是雨过天晴的情景:一块又白又嫩的豆花,像一朵初绽的白玉兰,鲜润明媚地看着你!

豆花的原料是黄豆,它是由盐卤点化豆浆而成的半固体,细腻柔软。用一次性的塑料调羹轻轻一挖,一块豆花就荡进调羹,看上去莹白如玉。豆花凉爽滑腻,入口即化。细细品来,它的清香不完全是豆子被研磨后迸出的香气,它还沾染了山中草木的气息,因而那清香是别致的。一份豆花落肚，疲劳感一扫而空，说不出的惬意和滋润。我实在爱极了这吃食，又叫了一份，这次不是原汁原味地吃，而是像别人一样，佐以含糖的姜汁。这份豆花虽然也好吃，但是淋了姜汁的豆花，味道还是俗了些。

两份豆花，给我增添了无穷的力气。再次上路时，脚步就轻快了。我不再落伍，而是走在前面了。开始时是尾随着行进在最前面的人，后来与他们渐渐拉开一段距离，为的是独行的那份快乐。好像人一有了力气，胆量也大了，我不再惧怕山中会跳出什么劫匪。我在溪畔驻足，观赏水中的游鱼；我在半山腰那白色的茶花和红色的扶桑前放慢脚步，看大团大团的花朵如何含着阳光绽放。突然，树丛传来"哗哗——"的声响，枝叶摇曳，我心下一惊，抬眼一望，原来是一只毛头小猴，正在树间戏耍呢！

两份山水豆花，使我在余下的两个半小时的行山中精神饱满，兴致盎然。直到下得山来，到了海边，也没有疲惫的感觉。

十月的最后一天，我们乘船去了大屿山的一个小海岛。

这个小岛居住的都是打渔人，他们是香港原住民的后代。他们住的房屋很有特点，一座座灰色的棚屋就建在水上，支撑棚屋的水泥石柱裹着海草，很多棚屋上落着鹭鸶。住在棚屋的人，出门乘船，归家也乘船。晚上，他们是枕着海涛入梦的。香港特区政府为渔民盖了新房子，可他们还是喜欢老式的棚屋，不肯迁出。我站在石拱桥上，看归来的渔船。有的渔船是大丰收，鱼儿满舱；有的则收获平平，不过几斤小杂鱼。打渔人站在船头，都黑瘦黑瘦的。不管收获大小，他们脸上的表情都是平和的。

我们在小岛的石街中闲逛，看形形色色晒干了的海产品。不知谁说,这里的山水豆花很好吃,于是一行人踅进一家小店。女主人很热情地推荐她店里的其他小吃,可我对山水豆花情有独钟,只点了它。它上来了,仍然是那么凉爽滑腻,那么入口。不同的是它有着微微的咸腥气,好像它是一艘白轮船,刚刚出海归来。

直到此时,我才恍然明白山水豆花中"山水"的含义。这是一种与大自然最有亲和力的食物,在西贡的山中,我品尝的豆花中有山的气息;而在大屿山的小岛上,它则裹挟着海水的气息。这样浸润着山水精华的食物,无疑是有魂灵的。谁又能忘怀有魂灵的食物呢!

2007年

哀　蝶

我童年时曾是扼杀蝴蝶的小妖魔。大兴安岭有一种俗称"大马莲"的蝴蝶，深紫色，羽翼上有点点赤金的颜色，它比一般在花间蹁跹的蝴蝶要大上好几倍，雍容华贵，飞起来姿态娴雅，美得令人炫目。这种蝴蝶不大喜欢徘徊花间，它们通常是在林间的草地上翻飞悠游。我和许多女孩子那时最热衷的事便是用衣服罩住这种蝴蝶，将它捉到手中，它的羽翼在我的指间簌簌抖动的时候，我们便将它在掌心拍死，然后在蝴蝶的蛹上插一颗图钉，将它按到白纸篷的灯畔。晚上拉亮电灯，哗地一照，灯畔那一圈已死的蝴蝶便栩栩如生了。那时我究竟扼杀了多少蝴蝶，已经无从计算了。只知道那些蝴蝶过不多久就会像落叶一样脱离纸篷，落下来的自然和泥土融为一体了。

蝴蝶的美是靠羽翼的震颤来传达的，而它的死亡也是由此带来的。折断它的羽翼，它便丧失了传达美的能力。艺术的羽翼同蝴蝶一样是华美而脆弱的。比如一幅名画，它可以在欣赏它的人面前呈现丰满辉煌的羽翼，给赏画的人以一种心灵的沟通和震动，但同时，一把意外的大火会使它化为灰尘。比较而言，陶器的羽翼才算最为坚硬，无论风吹日晒雨淋，都无法伤害它的本质，即使深埋地下，陶还是陶，所以陶才最能成为中国的象征，才经久不衰。

　　我曾经异想天开，认为应该把伟大的艺术品放入坟墓保存。因为展览大厅明亮的光线会使一幅画改变颜色，人的混浊的呼吸会伤害画的神经。但是如果创造艺术是为了让它进坟墓的话，那么人类又如何进行艺术的传达呢？又如何进行精神的交流呢？人是渺小的，艺术却是巍峨的。我们无法得到梵高身上的一片指甲，但他的向日葵却比地球上所有开放的向日葵都灿烂、明亮和忧伤；我们无法得到柴可夫斯基的一根头发，可他的音乐的羽翼将在漫长世纪的空中低回，并且深深地感染着一代一代的人。所以我不再做把艺术品放入坟墓的梦想。我们庆幸人类的先知，他们创造了音乐、绘画、建筑、文学等等的艺术形式，他们向我们传达了已逝世纪的辉煌与宁静，喧嚣与平和，他们艰难地扇动着艺术的羽翼，告诉我们战争、和平、瘟疫、繁华、颓败等等人类曾经历过的一切，我们承受并延续着这一切。埃及的金字塔不可能成为人类文明的永久纪念碑，也可能再过几万年没人会知道梵高、莫扎特、海明威这些在我们这个世纪仍被视为伟大的人物，因为艺术的羽翼既长久又脆弱，它很可能在飞向某一个世纪的途中而彻底消失在茫茫宇宙中，创造这艺术的人的名字也一同沉沉地消失。但这些担忧已经不重要了，重要的是总会有艺术的羽翼会飞向未来的天空，它仍能给人带来生存以外的惊喜和慰藉。如同童年时我在苍茫的暗夜中哗地拉亮电灯，能看到那圈美丽的蝴蝶一般。

　　大约两年前，我曾写过一篇悲观的文章《谁为这个世界送葬》

（这文章最终没能发出），大意是说忽然一日想到如果人类全部消亡了，这个世界不复存在了，能最后为这个世界送葬的是什么？我说是大地上翻飞的画卷、四散的书籍、破败的琴和空旷的建筑。当一颗流星最后一次划破天幕，它会看到大地上我所设想的壮观场景，没有比这种送葬更动人的了。

这种杞人忧天的想法其实源自内心深处对艺术深深的痴迷和渴望，也可视为对自己精神追求的一种激励。于是，艺术会为这个世界送葬成了我深信不疑的一个真理。人死后暴露出的白骨是那么千篇一律，可人的心灵创造出的艺术光华却又是那么斑斓夺目。这样想来，艺术的确是完善人生的一种途径了。

当我捺住蝴蝶，当它的羽翼在我指间轻轻颤动，我还会扼住它的呼吸吗？虽然我知道蝴蝶不经我的手早晚也会成为泥土的一部分，但现在我的心还是为二十几年前的过失而颤抖了。能够让羽翼震颤这是多么重要的事情，不然那羽翼又有何用？静止千年的美，也抵不上飞翔一瞬的美更动人心魄，因为后者是一种流光溢彩的美。所以我深深祈祷艺术的羽翼不要轻易被人折断，让它自由地颤动并且深入人心吧。同时，我也愿意在这遥远的北国，深深地向着极北的童年生活领地鞠一躬，哀悼那些毙命于我掌心的蝴蝶。

1990年

照妖镜

如果你是一个女学生，我相信你的书包里会比男生多一面小镜子。课间操或是上下学的路上，偶尔抽出小镜子偷偷地看一眼，不仅能看到自己的气色和五官的轮廓，还能看到天光和好空气，这样的小镜子无疑是女学生们的贴身宝贝。当然，前提是别把照镜子的行为看成是一种虚荣，要知道镜子里反射出来的可不单单是人，它有时还能照到高楼阳台上的花以及天空中的云彩。

我小时候算不上一个安安分分的女孩子。就说上学吧，虽然从不旷课，但是偶尔也忍受不了一些讲课刻板的老师的照本宣科。那时我便无聊地把文具盒掀得啪啪响，气得老师看我时就像看一条脱了钩的鱼。后来我觉得这种有声的抗议太暴露自己，于是就用一面小小的圆镜子来对着阳光晃老师的后脑勺。当然，这须等到老师背对我们在黑板上写字的时候才能做。如果阳光恰到好处，老师又浑然不觉长时间写字，那么他后脑勺上就像被人揭了一块疤，有一块又白又亮的东西在跳，又很像只白蝴蝶，于是教室里哄声四起，老师诧异地回过头来，我便迅速地收拢镜子，做出一副若无其事的样子,他便又继续写他的字,于是后脑勺上的亮点再度重现。

当然,这恶作剧不总有成功的时候。有时候那老师的课讲得跟懒婆娘的裹脚布一样臭,可是他却又懒得在黑板上写一个字,我的一举一动都在他的严密监视之下,握着小镜子的手因为着急而不住地出汗。有时候他倒是去写字了,当他背对我的一瞬我欣喜若狂地正待调整反射的角度时,他却突然转过身来找黑板擦,将刚写上的两个字给抹了,而就不再写字了,那才让人大大地气馁呢。而更糟糕的是,赶上一个老师的乏味空洞的课,而外面的天却阴得像张乌鸦脸,别说用镜子取阳光,就是教室里也昏暗不堪,那才叫里里外外的黑暗呢。

我们那时把这种镜子称为"照妖镜"。因为"妖"是我们所学的词中比较坏的一个词了。不过我们对哪个老师该被"照妖镜"给曝曝光意见并不一致。一般地说,我们对班主任不大敢做这种事,即使他的课讲得像驴拉磨一般絮叨,也只能私下里撇撇嘴。若是给他使了"照妖镜"而被发现了,罚站等等的惩罚且不说,百分之百他要找到家长去告状。家长们解决问题的办法向来都是打一顿孩子,反正孩子是自己养的,打了又不犯法,所以打的时候是理直气壮的。所以班主任的后脑勺不会受到"照妖镜"的袭击,可见我们是欺软怕硬的。

那时候男生们觉得"照妖镜"实在好玩,也人手必备一个,遇到哪个老师不顺我们眼时就给他的后脑勺"过过电"。这种自以为聪明的把戏一旦用频了,就被老师给发现了。老师发现后便开始搜同学们的书包,那时这老师就生气得脸发青,因为"照妖镜"实在是太多了,搁在手上已经拿不住了,于是气得他就一面一面地摔。那是红砖地，摔一个碎一个，我们心疼不已，但一想这"照妖镜"委实是犯了错误，也就不心疼它了。

当然，这类事上小学和中学时发生得最多。到了上师专之后，人长大了，也明白事理了，就不再使用"照妖镜"了，而且觉得那时对待老师实在过分。久而久之，我几乎把"照妖镜"这个词给忘了。然而没有想到有一天竟故态复萌，有位老师在讲外国文学时不停地在黑板上写一串串的作家名字和生平简介，却对作家的代表作品一带而过，想必他也未读过原著，这使我乏味至极。那时恰好我坐在靠窗的位子，手腕上戴了块圆圆的玻璃蒙面的手表，对着阳光一照，便有一个亮点闪在墙的另一侧。我灵机一动，使手腕稍稍一转，那块亮点便爬上了老师的后脑勺，这使得同学们哄堂大笑，因为这种把戏只在过去才用的。大家的笑也隐含着重拾童年记忆的一种开心吧，然而我却红了脸。

给老师用"照妖镜"无疑是一种不文明的行为，但那时我们年幼无知，竟未觉得有什么过错。现在唯一使我欣慰的是，毕竟我们在对待自己不满的事物时采取了反击措施，如果自幼便学会忍气吞声，势必会限制个性的发展，也许会扭曲一个人的心灵。这样一想，便又为自己的过错找到了借口。

我当然希望现在的中学生们不要给老师用"照妖镜"，用那镜子照照自己可爱的眼睛、睫毛和嘴唇，照一照马路对面的茶点铺的幌子，照一照傍晚斜阳中的树木，都是极为美妙的。

1996年

木器时代

木碗透出的茶香气使玻璃窗上的霜花融化了,这是外祖父撂在窗台上的一碗茶。外面北风呼号,霰雪狂飞,而木刻楞房屋里却炉火熊熊。木柴噼啪地燃烧,把热气播撒到每一个寒冷的角落。外祖母坐在灶房里用木梭子织网,家族的年轻女人则用木质的梳子挽起高高的发髻。狗、猪和鸡守着它们的木质食槽吃东西。狗将木槽子舔得光光溜溜的,使其透出木质本色;而鸡则用利喙将长形的木槽啄起一层茸茸的白毛。这时候我躺在木质的摇篮里咿咿呀呀地叫着,口水弄湿了脖子,我不时伸出手去拍摇篮的侧面,那上面画着荷花和鸳鸯的图案。大人们到江上去捕鱼,将捕到的鱼放到木盆里,然后回来用它炖汤,用木勺子吸溜吸溜地品尝着鲜美。

我爬出木质摇篮上了大炕。炕沿是木质的。炕沿上放着老人们的烟袋锅,烟袋杆也是木质的。我抚摸着烟袋杆,然后仰起头看着头顶的房梁,圆木上吊着一块辟邪的红布。接着我转过身去看涂着天蓝色油漆的木窗,可怜的蝴蝶被挡在窗外扑扇,而阳光却能带着天堂的气息越窗而入,透过玻璃爬上了墙面。夏天了。我刚学会走路,趔趔趄趄的步态惹得院子中的小动物围观。我每一次摔倒哭泣时狗就上来用舌头舔我的泪痕,而坏蛋的鸡则趁机啄我的鞋底,因为那上面附着虫子的残尸。菜园的木栅栏像睫毛的倒影一样美丽。黄瓜、倭瓜和豆角浪漫地爬蔓时,大人们就把木杆插在垄台上,让它们张着嘴向上并且亲吻天光。傍晚的火烧云团团堆涌在西边天空时,家家户户的场院里就摆上了木桌和方凳,人们坐下来围着桌子用木筷吃饭,谈论庄稼、天气和生育。待到火烧云下去了,天色也昏暗了,蚊蚋蜂拥而来,人们就收了桌子,回屋子睡觉去。人们在梦中见到秀木在微笑中歌唱,盛着茶的木碗里有珍珠在闪闪发光。

我看见了树,秋天的树。它们的叶子已经被风霜染成金红和鹅黄色。凋零的树叶四处飞舞着,有的去了水里,有的跑了一圈却仍然又回到树下。还有的落到了我的头顶,大概想与我枕着同一个枕头说梦话。我明白那木碗、梳子、桌椅、栅栏、摇篮等等均出自于这一棵棵树的身上。当我们需要它们时,就切断它的咽喉,使它们不再呼吸。森林里的伐木声因为人类欲望的膨胀就从来没有止息过。树本来是把自己的沧桑隐藏在内心深处的。可我们为了利用它的花纹却把它拦腰斩断,并且虚伪地数着它的年轮赞美它的无私。木纹被分裂,它失去了自身的语言和立场。

我走在木桥上看两岸的流水。这时一队送葬的队伍过来了。人们撒着纸钱,抬着显赫的红棺材。木为人的成长作为摇篮的材料后,又为他们归隐黄土做了永恒的栖息之地。阳光照着人们平静的脸,仿佛照着一尊尊木雕。谁的泪水滴落到河里了,河水微微地蹙了一下眉。我理解的死亡就是被木器环绕着的休息。我的祖父、外祖父和父亲都是这样选择了他们的归宿。当木桥因为流水天长日久的冲刷变朽时，我明白木是有血肉的。因为只有血肉才会软化。朽掉的木桥瘫在水里，流水依旧淙淙。我站在此岸，望着苍茫的彼岸，白雾使河水有了飞翔之感。朽了的木桥渐渐地幻化成海藻类的植物，而流水它依旧淙淙。我忆起了琴声，父亲生前拉出的琴声。小提琴的琴身是木质的，手风琴的琴键也是木质的，它们发出或者凄艳或者热烈的声音。木是多么温和呀，它与人合奏着岁月与心灵之音。

  我们依赖着木器生长和休息，也依赖着它远行。火车道的枕木是它铺就的，在水上漂泊的船也是由它造就的。划着木船在河上行走，桨声清幽地掠过岸上的林带，我们看到树木蓊郁地生长，夕照使其仿佛成为一座金碧辉煌的圣殿。它无可争议地成为人世间最迷人的风景。

  我看见披枷戴锁的古人从梦中走来了。木被制成枷锁后使人成为囚徒。有的囚徒是冤屈的，所以那枷锁上的血泪就格外醒目。刀与剑的柄也是木制的，有人用它去作恶，木被痛苦地授人以柄。神人诸葛亮使木器在战争中的发挥程度绝不亚于特洛伊木马，他的木牛流马千古传唱。而那战争中所用的一切木器都已灰飞烟灭，因为战争永远成为和平的囚徒。

  人类伴随着木器走过了一个又一个时代。树木与人一样代代相传，所以木器时代会永远持续下去。我们把木椅放在碧绿的草地上，在阳光下小憩。我们坐在书房里把一本书从木质书架上取下来，读不朽的诗句。我们把最经典的画镶嵌在木框里。使这画更接近自然和完美。我们用木勺喝汤，体味生活的那一份简单和朴素。我们用木制吊灯照耀居室，使垂落的光明带着一分安详与和谐。

所有生者的名字最终都会上了墓碑。当木质的墓碑刻上你的名字时，不朽的雨会从天而降，使你墓旁晚辈栽种的小树获得滋润。你静静地在地下听树木生长的声音吧。

1997 年

第四辑

游

鲁镇的黑夜与白天

名人的故居，最辛劳的要数门槛了。它要承载参观者或轻或重的脚印，这脚印当然比不得落叶抚过来得温存，更比不得风儿漫过来得清爽。更何况，这老门槛迎来的并不是它旧日的主人，它听到的大抵是游人的感慨声和照相机快门跳动的"咔嚓"声。稍好一些的，也无非是怀着凭吊情怀的人发出的几声叹息。我想这门槛在寂静的深夜，也许会为自己身上无端地沾染了陌生人脚上的尘土而感到难过，它也许会捂着被践踏得伤痕累累的脸，对着屋顶的残瓦或者天井中的老树而哭泣。

我是迈过鲁迅故居的门槛的，我不敢踩它，怕那像历史卷轴一样的门槛会被踏碎了。天色本来就阴沉，再加上人多嘈杂，我已失去了对这老屋的兴趣。只记得它很大，门是一重接着一重的，所有的房间都陈设着古旧的家具和器皿，它们就像老人们历经沧桑的眼睛一样，沉静而又略显冷淡地望着我们。我注意到，屋子没有大窗口，那栗色的窗子又一律是木格的。木格很细碎，它们就仿佛是横在窗上的一把把剪刀一样，把进屋的阳光给凭空剪得零落而黯淡，所以几乎很难看到一间阳光充足的屋子。我想当年的"迅哥"流连在这样的深宅大院里，住在永远暮气沉沉的房子里，他对外部世界的关注就会更为迫切。而由这寂静和昏暗生发出的幻想，也会像河里游荡的小鱼一样的活跃。

这是绍兴，而绍兴在我的心目中就是鲁镇。在听过了一场让人失望的"社戏"后，我与几位朋友寻到了一处大排档，那已是子夜时分了。没有星星，亦没有月亮，大排档正在高潮上。那排档是南北向的一条长巷，有些歪斜，而正是这歪斜，使它显出了随意、世俗和浪漫的气息。巷子里湿漉漉的，这当然不是雨的滋润，而是每个摊主洗菜时泼出的水。摊位一座连着一座，它们是清一色的塑料棚顶，每个棚子大约放四五张圆桌，每张桌都能容七八个人。摊前的煤火通红通红的，炒菜的声音和着摊主招徕客人的声音，让人觉得亲切和温暖。我们要了炸臭豆腐干、咸蛋黄炒番瓜丝、爆炒黄泥螺、辣椒鳝丝、盐水煮茴香豆等菜，叫了一壶酒。酒不用说了，一定就是孔乙己和阿Q都喝过的黄酒。这酒被温过，未放城市里时尚喝法中所加的话梅、姜丝、冰糖等调味品，因而纯正敦厚。我们先前还比较文雅地吃酒谈天，后来酒喝得人情绪飞扬，几个人就行"棒虎鸡虫"的酒令玩，输家罚酒，往往是男人一说"鸡"就赢，而女人一说"虫"则输，大家又笑又叫着，好不快活。这种时刻，我心中鲁镇的影子一闪一闪地呈现了，我嗅到了一股古中国生活的气息。我仿佛看到了孔乙己穿着长衫站着喝酒的情形，他用尖细的手指在柜台上排出一文一文的铜钱；我还看到了在酒楼上的吕纬甫讲述两朵剪绒花故事时怅惘的神情。我甚至想，如果不远处的护城河下停泊着一条船，我们登得船上，在夜色中划桨而行，一定能够看到真正的社戏，能喝到戏台下卖的豆浆，当然，如果碰到一个老旦坐在椅子上咿咿呀呀地唱个不休，我也一样会烦得撑船就走。如果偷不成别人家的豆子在船上煮着吃，就偷一缕月光来当发带，让它束着我随风飘扬的长发。夜越来越深了，是凌晨两点时分了，我们却毫无睡意，这时忽然来了一个瘦弱的孩子，他胸前斜挎的吉他比他还要高。他手里拿着一个用小学生的练习本写就的歌本，很老练地请求我们点歌。他眼睛很大，但却没有少年的那种天真之气。我问他几岁了？他说六岁。又问他点一支歌多少钱？他用生意人惯用的口气告诉我，点一支四元，但如果点三支的话，只收十元钱。我不假思索地说，那就点三支。他唱的第一首歌是《三个老婆》，歌词写得庸俗不堪，什么"三个老婆不嫌多""老婆多了有人疼"等等，歌词里甚至形象地给三个老婆所司其职做了分工，什么做饭的、捏脚的、陪睡觉的等等。他这一唱，大家的心一下子沉下来了。在他身上，我看不到少年闰土身上的天真、朝气和童趣，反而感觉相遇的是成年的闰土，那个被沉重生活压迫得几近麻木的闰土。我们没等他唱另外两首歌，付了他十元钱，打发他走了。他挎着吉他离去的背影有些摇晃，感觉那吉他是一头蛮力十足的怪兽，死死地拖着他走，我真怕它在这黑夜里把这卖唱的少年给拖得支离破碎了。自此，大家再无兴致逗留，仿佛是刚参加完一个好友的葬礼似的，郁郁走掉。

　　次日我起得很迟，把早饭和午饭放在一块吃了。天色仍然寡白寡白的，两三朋友聚集在一起，都说不想到安排好的景点去参观，我说那不如到绍兴的老街走一走。以我的经验，看一卷历史书，不如在一个有历史感的老街上走上一程更能领会历史的含义。因为老建筑会透出一股清秋般的苍凉之气，你能在其上看到岁月抚过的痕迹，触摸到历史心音的脉搏。

　　沿着绍兴广场的护城河向北走，没有多远，老街就呈现了。见到它我的眼睛蓦然一亮，感觉它仿佛扭着身子活跃地动了几下。在被高楼簇拥着的宽敞的柏油马路上行走，我常常觉得自己走在一具巨大的僵尸上，紧张，空虚，不知所措。而在狭窄的老街上闲走，我会无限地放松和陶醉。这种时刻，你觉得那街分明像河流一样，它潺潺地流动着，等着你的脚踏出阵阵水花。这街只有两米左右的宽度，它的两侧是层层叠叠的老房子。房前的门楼各具特色，有的高而窄，有的矮而阔。房子多数是两层的小楼，但也有三层的，极少。它们的色彩以栗色和苍灰为基调，屋顶的瓦却基本是深灰的，灰色年头久了，就泛黑了。不过它们与天色是极为协调的，仿佛它们就是天的底座。你不要小觑了这老街，看着它不长，走起来就长了，长得仿佛没有尽头。而且它也不是笔直的，略略地弯着，它这种弯不是老人的那种透出暮气的驼背，而是一个少女笑得不能自持时妖娆的弯腰，风情万种。街上很少有行人，石板路上干干净净的，给人以明净、妥帖之感。我们推开了几户门楼，进得院子，想更直接地接近老房子。真正的老屋比比皆是，它们保持房屋原来的状态，格局是老格局，窗户也是老窗户。到这样的屋子走一下，你会嗅到一股散发着隐隐腥气的潮味，仿佛这房子是放置已久的鱼，它因离河太久而伤感得落泪，那气息或许就是它的眼泪。如果不是有现代的人闪现在房子里，我会误以为回到了一百年前的鲁镇，听见了单四嫂子在空虚寂静的夜晚呼唤宝儿的哭声；嗅到了华老栓买来的人血馒头被火焰舔舐过所发出的奇怪的香味；看到了在祝福声中被主人呵斥后凄凉地放下烛台的眼神呆滞的祥林嫂。这是鲁镇，是鲁迅笔下那个永远也不会消失的鲁镇。那屋檐上的荒草，那窗棂上所弥漫的蒙昧天光，那院子中的桂花树，那天井中放置的杂物，似乎都透着旧时代的气息，它让人有某种伤感和惆怅，又让人有某种辛酸后的喜悦。

在那条老街里，留给我印象最深的是一个着白衣的盲人。他用一根细而长的竹竿探着走路，走得不急不躁，有板有眼。看来他对这老街熟稔之极，老街也许是他的眼睛仅能看到的一道光。当我们走完老街在一家茶楼坐下时，透过拉起的窗户，我能望见护城河上的拱形石桥，那桥是灰色的，上面匍匐着一些绿色藤萝，有棵高高的柳树越过石桥，它就仿佛是一个淘气的少年，赤脚站在水里，笑嘻嘻地看着流水。把目光放得远一些，再远一些，便可望见老街上的房屋，看见灰瓦和飞檐，它们就像飘浮在鲁镇上空的凝重的浮云，让我陷于回忆和思索之中。

我总想鲁迅在骨子里其实是一个浪漫主义者。只不过我们把他定位在"民族魂"这个高度后，更多地注意了他作品的现实和批判的精神，而忽略了任何一个伟大的作家内心深处都具有的浪漫主义情怀。从他的故居直至老街，我感受到的是栩栩如生的鲁镇，它闲适、恬静、慵懒、舒缓，这种环境是能让人的想象力急遽飞翔的地方。孔乙己是现实的，但也是浪漫的，只不过那是被苦难压榨出的辛酸的浪漫，他赊账喝酒，他偷了书被人打断了腿时为自己的辩解，都体现了鲁迅在其身上倾注的浪漫主义的热情。还有那个让人过目不忘的阿Q，我觉得阿Q就是一个浪漫主义者，他对革命的无知的游戏态度，他由调戏小尼姑而生发出的对爱情的向往，他自甘其辱后的精神上的自我安慰，直至他为自己生命的终结而努力画上一个圆圈时，阿Q的形象都是神秘的、可爱的，让人憎恨而又同情的。而在《故事新编》中，鲁迅的浪漫主义情怀可以说是体现得淋漓尽致，挥洒自如。《奔月》里吃腻了乌鸦炸酱面的嫦娥，《出关》里骑着青牛的老子，还有《铸剑》里在滚烫的大金鼎里那颗如泣如诉的报仇的人头，不都在向我们昭示着：这是些有光彩、有魅力，经得起时间检验的浪漫主义人物吗！

绍兴似乎总是阴气沉沉的，我心目中的鲁镇因了这特定的天色而一直伫立在眼前。它的白天和黑夜仿佛是没有界限的，白昼有暗夜的气象，而黑夜又有白昼隐约的影子，一如鲁迅作品带给我的气息。当我喝了一杯碧绿的茶，再望护城河的时候，望见了一条乌篷船正从远处荡来。那船黑黑的，就像跃出水面的一条青鱼。到得近处，我见那桨搅起一阵一阵的乌黑的淤泥上来，它使绿水有了一道道黑色的印痕，就像人的伤疤一样。待我把目光再转到石桥上时，竟然看见了先前在老街里遇见的那个盲人，他怀抱着竹竿，坐在石桥上。但他不是沉静地坐着，他不时地转身，用竹竿去抚弄柳树，于是就有一些微黄的柳叶天女散花般地被打落，它们落在水里，向下游荡来，渐渐地接近我们所坐的茶楼。我多想在它们经过的一瞬泼一杯清茶于它们身上，可我怕同行者笑我痴狂，而且我也不敢肯定，它们确乎能够领受茶的芬芳之气，于是就只是静静地看着它们一摇一摆地走远。

2002年

周庄遇痴

未见周庄,先就喜欢上了它的名字。文人总改不了"望文生义"的虚荣毛病,所以一厢情愿地认为周庄一定是个古朴、宁静、平和的有种夕阳西下安闲情调的小镇。

从苏州到周庄,乘车大约要一个多小时。那天是周日,阴雨。同行者说这日子游周庄不好,因为上海离周庄很近,每逢双休日,周庄便人潮蜂拥,到处都是"阿拉"声。我便暗暗祈祷雨下得再大一些,那样"阿拉"声也许便会退潮。可是乌云并不偏袒我满含自私情怀的游兴,它很正直地从天庭撤退了。我第一眼望见的周庄,便是一带青砖灰楼顶上跳荡着的一轮湿漉漉的白太阳。

周庄旧名贞丰里,开始只是个小村落,到了元朝中叶,它才逐渐发展起来。一个地方的迅速繁荣,必定与商业活动有关,而商人中的巨富无疑起着举足轻重的作用。周庄也不例外。是江南富豪沈祐由湖州南浔迁徙至周庄,才仿佛在一夜之间给周庄下了一场白银大雪,使这里富得闪光。而沈祐之子沈万三又给这白银般的富庶涂抹了一层灿烂的金黄色,使它显出一派登峰造极般的辉煌,以至人们传说沈万三有一个聚宝盆。然而富庶极端了便有"招摇"之嫌,沈万三便因此而罹难。

据民间传说,明太祖朱元璋要修筑南京城墙,沈万三曾资助一万三千两白银,负责洪武门至水西门一段工程。后来工程超支,他又捐出一万三千两。但朱元璋贪得无厌,命沈万三献出聚宝盆。沈万三不从,将银子运回周庄,藏在银子浜下,又携带聚宝盆远走他乡。后来他被朱元璋的御林军捉住,发配云南充军。而《周庄镇志》记载:"富民沈秀者助筑都城三分之一,请犒军,帝怒曰:匹夫犒天下之军乱民也,宜诛之。后谏曰,不祥之民,天将诛之,陛下何诛焉!乃释秀,戍云南。"

不管是传说还是史料,都能证明沈万三是因为"露富"而犯上。只要你让皇帝感觉到富得咄咄逼人了,即便不马上人头落地,也只能是虽生犹死、苟延残喘地度过残生。

沈万三终于客死他乡,他的灵柩后来被运回周庄,葬于银子浜底。

周庄的石桥和窄窄的巷道中,果然有层出不穷的"阿拉"声。我们随着导游进入"沈厅"。沈厅原名敬业堂,清末改为松茂堂。由沈万三后裔沈本仁于清乾隆七年建成。沈厅面临河埠,水上有苫着天蓝色布的船在往来穿梭。没有我想象中的临河梳妆或淘米洗菜的女人,那船虽然也古旧,但载的都是嬉笑不已的游人。沈厅的中部是茶厅和正厅,我坐在厅中央的红木椅子上小憩的一刻,觉得一股砭人肌肤的阴凉从足下生起,仿佛我正踩在寒气萧森的地狱之口上。我参观过很多有钱人的宅院,它们大都有着高大的门楼,厅堂四四方方,里面雕梁画栋,陈设的椅子也大都笨重不堪。这样的屋子因为远离窗口，所以阳光的进入就极为艰难。何况周庄的建筑屋檐与屋檐之间几乎相交错，阳光投射下来已经颇多阻隔，又怎谈得上一泻厅堂呢。少见阳光的房屋，在拥有其凝重气氛的同时，必然给人一种挥之不去的压抑感，给人一种隔绝了自然的沉闷感。流连于沈厅那数不清的房屋，就仿佛是行走在地下墓穴一般，让人觉得阵阵悲凉。后来我们一行人聚在一处小茶坊前就着腌苋菜喝阿婆茶，我偶然看见窗前几株绿色植物的叶片上鼓着几滴被阳光照得晶莹剔透的雨滴，才觉得沈厅的周围仍然有生命在搏动，而在那一瞬间抹去了拜访它时萦绕于心头的凄凉感和萧瑟感。

　　周庄保留下来的基本上是明清建筑，它的基调是灰色的。在绿色永不凋、永远是春天的江南，这种灰色总是像闪电一样跳跃。一座座的石桥像一匹匹骏马一样横跨在水巷上，并在水中投下它们的倒影。阳光照着石桥和石桥上的人，也照着水中的石桥和人淡墨似的倒影。吆喝茶点的声音仍然从深巷中掠过奇峭的飞檐传来。在某一瞬间，我似乎捕捉到了周庄的神韵，然而不绝如缕的游人很快就冲淡了那种感觉。我在嘈杂声中想象九百年前的周庄，也是这样的建筑，不过人很少，坐在厅堂里喝茶的时候，便能清楚地听到归船的桨声。船归的时候，也许会惊扰水中浮游的鸭子，也许闺中的小姐在临河的绣楼里推开窗户，看看那归船上是否有她喜欢的人。若没有她喜欢的人，又有没有她喜欢的丝绸或陶器。屋前的垂柳把一半绿意赋予石墙，另一半绿意却袅袅漫向河水。天色黄昏时，水巷里溢满金色，糯米糕和清茶的气息在每一位盼夫归来的妇人的指间琴音般萦绕。灰蒙蒙的周庄就在一派典雅平和的气氛中滑入夜晚。后来月亮起来了，周庄没有夜游人，月光就散散淡淡地照着周庄的石桥、流水、屋檐、垂柳以及树深处的鸟……

然而纷乱的现实很快又把我与周庄的"神交"隔绝,我们开始参观"迷楼"。迷楼原名德记酒店,柳亚子先生同南社诗词社的人曾在此居留并饮酒作赋。顺着狭窄的楼梯攀上二楼,兀然看见几个南社成员的蜡像,他们看上去仿佛是在切磋诗艺,然而人物凝固的表情却给人一种彻头彻尾的做作感。其实有这一座古旧的小楼足以让人想象南社成员在此居留时的风采了,然而人们却总以为用蜡像来复原某种生命才能达到栩栩如生的效果。于是我败兴地下楼,又尾随大家来到三毛茶楼。据说三毛曾在一九八九年仲春来到周庄,我们参观的正是三毛喝茶的地方。茶楼很小,桌凳比较古旧,墙壁上有三毛的巨幅黑白照片。她的长发太美了。我坐在三毛茶楼小憩的一刻,石巷中忽然传来一阵泼辣的叫骂声。那是一个女人的声音。骂声琅琅,无拘无束,跟雨后的阳光一样自由洒脱。我从窗口探出头,见是一个梳短发、着白背心的微胖的中年女人倚着一家铺子的石墙在骂,她目光散漫,举止粗俗,一眼望去便知她是个痴呆。然而正是她这一通骂,使我觉得九百年前的周庄突然掉头回来了。这深深的石巷中有一种经久不息的痴语长风般地穿越了时空。我蓦然想起了沈万三的悲剧命运,他因"露富"而犯上,而痴人却不会因为"露痴"而遭贬谪。"痴",向来被认为是一种无知,所以处于这一状态的人不管说出如何辛辣的话,都不会遭人嫉恨。难怪历史上有那么多名人因为突遭厄运而"佯痴"渡过难关,他们以一种消极的方式进行了内心最痛切的反抗。于是就有了阮籍、嵇康的假意"癫狂",有了明代大才子杨慎被流放云南后,酒后插花满头、穿巷而过,使人疑为痴人的传说。"痴"是一种可以使心灵自由飞翔的生存状态,它像一座永远开着窗口的房屋，可以迎接八面来风。于是我便想，沈万三若是一个"痴人"，肯定会逃出朱元璋为他设置的"虎口"。但沈万三不是一介书生，而是财大气粗的商人，这决定了他不会佯痴来求生存。所以世上的英雄有两种，一种是叱咤风云、我行我素、把生命置之度外的人；一种是内敛激情、藏锋不露、能忍受奇耻大辱的人。而我更欣赏的是前者，因为他们像飞旋在阳光中的灰尘一样透明。

朱元璋在南京拥有一片绿意浓郁的山陵作为长眠之所，而沈万三则是"水冢"一座，葬于周庄的银子浜底。王者的灵魂在千秋万代后仍然可以在大地上浪漫地浮游，而沈万三的灵魂则永远湿漉漉地浸在水中，仿佛是在低低饮泣。

1997年

寻道都江堰

从羊脖岭流出的岷江,在没有都江堰前,性子是暴烈的。稍不如意,它就会挟着滚滚洪流,咆哮上岸,为害生灵。岷江两岸的百姓,饱受水患之苦。秦昭王三十一年,也就是公元前二七六年,蜀地迎来了一位在中国历史上空前绝后的郡守——李冰,他似乎是专为调理岷江的性情而来,历时十八年修建的都江堰,成为他的旷世杰作。从此后,岷江变得温顺了,它滋润的巴蜀大地,无有饥馑,仓廪殷实,稻谷飘香。

四月的川西平原,一派清明。这时节是可以不出太阳的,因为金黄的油菜花已经把田畴照亮了。淡淡的雾霭里,隐约见得鸟儿一闪一闪地掠过。它们的身影是暗淡、模糊的,但它们的叫声却是明朗、活泼的。看来大地上最知春的生灵,是它们啊。

参观都江堰水利工程时,太阳时隐时现着。忽明忽暗的天色,让视野中的岷江不停地变色。阳光照耀着它时,岷江是浅绿的,绿中还泛着微微的蓝;而天色阴郁时,岷江是青绿色的,绿中掺杂了淡淡的紫。不管岷江的颜色怎么变,有一点却是不变的,那就是它的清澈纯净！

这些年，关于被污染了的大江大河的报道，不断地见诸报端。所以能够看到水色灿烂、洋溢着芬芳之气的河流，我有一种惊喜的感觉。李冰正是握着岷江这饱蘸墨汁的笔，书写了人间奇迹。

都江堰的核心工程渠首，选择在岷江的自然弯道上。都江堰海拔七百多米，而成都平原的平均海拔在四百多米，形成了天然的坡降，得以进行自然灌溉。渠首主要由三部分组成：鱼嘴分水堤、宝瓶口和飞沙堰溢洪道。鱼嘴将岷江分为内江和外江，内江流入川西平原，用于灌溉和人民的生活用水，外江泄洪排沙。内江进入宝瓶口后，就像一个少女被束了一条飘逸的腰带，使她的气质变得端庄典雅。因为人工开凿的宝瓶口，以其恰到好处的宽度，控制着进水量，使多余的水无法进入成都平原，而是经飞沙堰分流到外江。由于内江处于凹岸，外江处于凸岸，根据弯道的水流规律，表层水流向凹岸，底层水流向凸岸，自然把岷江中的沙石淘入外江，解决了排沙问题。而所有这一切，都是利用地势和水流的自然规律，并没有大动干戈，成为举世瞩目的无坝引水的典范。难怪二十世纪四十年代，日军准备炸毁都江堰时，当战机盘旋在半空，他们看到身下，只是欢腾的河水，并没有预想中的堤坝时，只能望河兴叹，悻悻而去。那空投下的几颗炸弹，只不过让岷江溅起了几朵灿烂的水花而已。

岷江流经的玉垒山上，有清幽的灵岩寺，还有为祭祀李冰父子而修的二王庙。山寺的桃花因为浸染了香火的幽香，而显得无比的清雅。站在宝瓶口，可以看见身下一棵粗大的皂角树，它斜斜地插在那儿，无比惊艳。这树大约有二十米高，分枝繁复，树冠阔达。那嫩绿的叶片充满了勃勃生机，像一群飞翔着的翠鸟。我想疲惫的旅人站在这里，完全可以摘下几朵树上的皂角花，就着岷江水，洗去风尘。洗好的衣服晾晒在哪儿呢？自然是不远处飘荡在岷江上的安澜索桥了。据说，这座桥在唐代以前就存在了，它几经修缮，在明朝末年，毁于战火。由于这座桥是连接岷江南北两岸的"生命线"，没了它，两岸的通道也就断了。直到清嘉庆八年（一八〇三），有一个叫何先德的乡绅，偕同妻子，重修索桥。等桥修好后，这个腰缠万贯的乡绅已经成为一个赤贫者。何先德夫妇把这桥命名为"安澜桥"，但后人感激他们的恩德，都叫它"夫妻桥"。川剧有个名段《夫妻桥》，说的就是这个故事。我从宝瓶口下来，沿着岷江逆行，踏上了安澜索桥。这座用木板和粗壮的棕绳捆扎的索桥，看上去就像荡在岷江上的一个巨大的秋千。那时恰好桥上没有行人，我晃晃悠悠地走到桥心时，俯身望着这条流了两千多年依然青春烂漫的河流，忍不住大声叹息了一声。那是一声最美好的满含着缅怀之情的叹息，我为李冰父子、何先德夫妇，为那些伟大的古人而感动。入夜，辗转难眠中，翻阅有关都江堰的书籍，这才知道花间派重要的词人韦庄就葬在都江堰的鱼嘴之侧。他的词我依稀记得的有"住在绿槐阴里，门临春水桥边""遇酒且呵呵，人生能几何"。我一时诗兴大发，胡涂乱抹了一首诗，把它抄在书的环衬上，以示纪念：

宝瓶口中插皂角，
玉垒山下播青稻。
索桥晒衣趁春好，
古寺听禅待月高。

离都江堰十几公里处，便是著名的道教的发祥地——青城山。一个午后，我们来到那里。由于先去后山看了一座古镇，所以到了青城山的山门时，已近黄昏。大多数人听说索道即将关闭，便选择在山下闲坐。我和几个人抱着一线希望，拾级而上，至月城湖，然后乘船过湖，上岸后赶上了末班的索道，终于在落日融融的时分如愿地踏入山顶的上清宫。据说道教的始祖太上老君，就是老子的化身。一部《道德经》，让老子流芳百世。拜谒青城山的人，有多少是为着寻道而来的呢？而"道"，真的在青城山中吗？

老子说，道法自然。看来真正的"道"，是顺应客观规律的。从这个意义上说，李冰是得道者。能够读懂都江堰，也就能够读懂老子的经书。至少对我来说，我要寻的"道"，不在青城山中，那不过是一个被香火缭绕的道场而已；而穿越了两千多年时光依然生机勃勃的都江堰，以其独特的光芒，成了我心中最庄严的道场。我愿意对它，一拜再拜。

2008年

今日水犹寒

江苏南通的狼山,被誉为中国佛教的"八小名山"之一。传说古时候,有一只成精的白狼盘踞山头,为害生灵。大圣菩萨来到此山,欲借白狼"一衲"之地修行,白狼慨然应允。大圣菩萨凭借法力,在祭袈裟时令祥云满天飞,山上金光闪烁,最终袈裟将整座山都罩住了。白狼大骇,自知领地将失,痛悔不已。它在远遁他乡前提出一个要求,欲在此山留个名儿。于是,大圣菩萨就将这处宝地封为"狼山"。大圣菩萨以一衲之地,得万树千花;而白狼丧一衲之地,失却的是沧海桑田啊。看来造化的深浅,决定着气象的大小啊。

狼山不高,但因为忘了换旅游鞋,我选择了乘缆车上山。缆车,其实就是"懒车",它在给人带来便捷的同时,也把细致入微的风景掠去了。山上盛开的桃花和玉兰,在缆车下只是红红白白地一闪,就不见形影了,我那么轻易地就与它们灿烂的姿容和蓬勃的香气错过了。所以到山顶的寺庙拜过菩萨后,我想即使脚打了血泡,也要步行下山。

狼山脚下,是长江了。下山时,在每一处休憩处,都可以看见江水。大概由于这儿已是江之尾,海之头,所以江水既带着股入海的欣喜,又有即将脱离旧道的惆怅。它浩浩荡荡,苍苍茫茫。海纵然好,但过于广阔的它看不到江水流经之处常见的那种鸡犬相闻的人间景致,总让人觉得有些空寂和贫乏。看来大也有大的失落啊。

  每走一程,我都要停下来,看看身后寺庙的飞檐,看看身前娇羞的桃花,看看身下的江水。与闹市毗邻的山,已没有清幽可言了。山路上随处可见茶肆和商铺,游人与商贩讨价还价的声音不绝于耳。不唯人声喧闹,香气也是喧闹的。香气中有香火的浓香,也有花儿的淡香,还有的呢,是往来的女人身上散发出的各色脂粉和香水的气味。这一波一波的香气朝你涌来,雅也罢,俗也罢,你都得嗅着啊。

  就这么着走走停停,不觉已接近了山脚。看看时间尚早,我见旁边的一条小路上没有行人,就叉过去。然而刚踏上那条石板小路,就看见一块指示牌,上面写着"骆宾王墓",并有前行的箭头标记。

  骆宾王,不就是那个七岁时作了"鹅、鹅、鹅,曲项向天歌,白毛浮绿水,红掌拨清波"的神童吗?他是著名的"初唐四杰"之一,其中《在狱咏蝉》中的"无人信高洁,谁为表余心"我一直铭记在心。

  骆宾王的墓地怎么会在狼山?带着疑问,我踏上那条小路。路旁的草丛中点缀着星星一般的金黄色的野花,我顺手折了一枝,打算献给骆宾王。

  山顶的寺庙香火旺盛,人声鼎沸,而骆宾王的墓前却是冷冷清清,一个游人都没有。看来从古到今,文人都是热闹处的冷点。这墓不是一座，而是连在一起的三座墓，骆宾王的居中，右边的是宋金将军墓，左边的是刘南庐墓。我对另两座墓室的主人是陌生的，所以只对着骆宾王的墓深深一拜，并献上那枝花。我在抬头的一瞬，只觉眼前光影浮动，好像一千多年前的时光幽幽回来了。

回到酒店，我翻阅关于狼山的资料，才对骆宾王墓有了大致了解。武则天专权时，徐敬业在扬州起兵，讨伐武则天，骆宾王代徐敬业拟写了檄文，其中的"一抔之土未干，六尺之孤安在"和"请看今日域中，竟是谁家之天下！"令武则天都为之动容，她慨叹："宰相安得失此人！"为骆宾王的才华折服和惋惜。徐敬业兵败之后，骆宾王下落不明。《资治通鉴》说他与徐敬业同时被杀，《新唐书》说他"亡命不知所之"，民间还流传着他投江自尽和遁入空门等说法。

南通的骆宾王墓，发现于明朝。说是南通郊区一个姓曹的农民在城北黄泥口开荒掘地，发现一座墓，墓碑上写着"唐骆宾王之墓"，他打开墓一看，见一人"衣冠如新，少顷即灭"，农民吓坏了，他怕被人告发他盗墓，就把墓碑打碎，扔回原处。两百多年后，军山有个处士叫刘名芳，字南庐，他听说这件事后，专程去黄泥口寻觅，发现骆宾王墓一半浸在水中。他掘得一块断碑，上面有"唐骆"二字，刘名芳便向通州知州建议，将骆宾王的墓迁至狼山。如果这一切是真实的话，那么兵败之后，骆宾王隐姓埋名活了下来，最后他死于南通。而与骆宾王为邻的金应将军，是文天祥最忠实的部下，他是在旅途中，客死南通的。

这三位墓主，一个生于唐朝，一个生于宋朝，还有一个是清朝。他们一个是一代诗杰，一个是将军，一个是布衣。他们生不同时，死却同处。看来人可以有千万种的来处，归途却只有一个。他们在狼山赏佛乐，听涛声，生前的荣辱悲欢，想必早已化为清风了。

其实我拜谒的墓下，所埋之骨是不是骆宾王的，已经不重要了。在我想来，骆宾王的魂灵是诗，而诗魂是可以葬在云中，葬在波涛中，葬在月光中，葬在落花声里的。只要我们还爱恋着山川河流，日月星辰，就可以与他的魂灵相逢。我很喜欢骆宾王《于易水送人》中的两句诗："昔时人已没，今日水犹寒。"能够在这么精短的句子中，把人生的冷暖写到极致，古往今来，又有几人呢？

2007年

土著的落日

肤色黝黑、四肢细如枯枝、肚子微微突起的土著走过来了。他们不是骑在马上,身上也没有背着弓箭;他们更没有行进在他们赖以生存的森林中,而是穿行在城市的水泥马路上。他们有的蜷在街角向过往行人伸出乞讨的手,有的聚集在海滨公园的草坪上饮酒,还有的懒洋洋地歪在长椅上晒太阳。当然,也有的在商业街的摊位前席地而坐,作画卖艺。

达尔文是土著人聚集的地方。这里的土著已经不仅仅生活在部落之中,他们频繁出现在城市的街头。在白人的世界里,他们就像一棵棵历经风雨的漆黑的椴树一样,游动在雾一样的都市中,看上去茫然无助。从他们疲沓的步态上,你已经感觉不到那种本该带着丛林气息的健旺的生命力了,他们的声音,也是那样的沙哑和微弱,听上去就像叹息。

土著仍然穿着他们传统的服饰。无论男女,都喜欢那种图案妖娆、色彩瑰丽的花衣,妇女还喜欢包着花头巾。我观察了一下,花衣上的图案最多的是太阳和鱼的形态,它们一个从天上照耀着他们,给他们的肤色涂上泥土一样的深重的光泽;一个在大地的水中滋养着他们,给他们以力量和艺术的源泉。

其实土著人才是澳洲真正的土地主人。他们生活在自己的天地中，狩猎、种植、生育、歌唱。他们在岩石上雕刻乌龟和蜥蜴的形态，在画布上描绘水的波纹和云的形影。他们有自己的语言和部族首领，面对古老的丛林，怡然自得地生活着。后来白人来了，他们看中了这片土地的肥沃，他们在带来所谓欧洲文明的时候，也带来了仇恨和杀戮。土著人被迫从自己的土地逃亡，他们人数锐减，有的死于饥饿和疾病，有的则被白人视为"异类"和"野蛮人"，而死于他们的屠刀下。我相信，如果入夜时山风发出阵阵的呜咽，那一定是含冤而逝的土著人的灵魂在低低地饮泣！

澳洲政府对土著人实施了多项优惠政策，解决他们面临的生计问题。但很多土著人把那些钱都挥霍在酒馆和赌场中了。他们依旧是生活的赤贫者，被白人视为不争气的一族。面对越来越繁华和陌生的世界，曾是这片土地主人的他们，成了现代世界的"边缘人"，成了要接受救济和灵魂拯救的一群！我深深理解他们内心深处的哀愁和孤独！当我在达尔文的街头俯下身来观看土著人在画布上描画他们崇拜的鱼、蛇、蜥蜴和大河的时候，看着那已失去灵动感的画笔蘸着油彩熟练却是空洞地游走的时候，我分明看见了一团猩红滴血的落日，正沉沦在苍茫而繁华的海面上！我们总是在撕裂一个鲜活生命的同时，又扮出慈善家的样子，哀其不幸！我们心安理得地看着他们为着衣食而表演和展览曾被我们戕害的艺术；我们剖开了他们的心，却还要说这心不够温暖，满是糟粕，这股弥漫全球的文明的冷漠，难道不是人间最深重的凄风苦雨吗？

2005年

最是沧桑起风情

大约三百年前吧，葡萄牙殖民者从非洲大批地往巴西贩卖黑奴。由于路途遥远，黑奴在海上漂泊过久，上岸时往往手足僵硬，不能行走，恍若残疾。贩奴者为了让手中的"货"鲜活出手，勒令黑奴在狭小拥挤的船舱中跳舞，活动筋骨。黑奴们便敲打着酒桶和铁锅，跳起了流行于非洲的"森巴"舞。

森巴舞来到美洲后，很快吸纳了欧洲白人带来的波尔卡舞，以及当地印第安人的舞蹈，演变为风靡巴西的"桑巴"。看来艺术的融合，是不分种族和阶层的。艺术的天然性，总是使它比政治要先一步到达"和平"。

对于一个观光客来说，里约热内卢的夜晚，是不能不看桑巴的。

我们走进剧院时，桑巴舞的表演已经开始了。流光溢彩的舞台上，几个男演员穿着金色长袍，戴着插有五彩翎毛的高筒帽子，正随着激昂的乐曲，且歌且舞着。他们满怀朝气和力量，无论左右移动还是旋转，双足如同跃动的鼓槌，轻灵激越。接下来上场的，是几个花枝招展的少女。她们穿着红黄蓝绿等色彩艳丽的服饰，袒胸露臂，像一群花蝴蝶，满场飞舞。她们修长的腿，宛如魔术棒，令人眼花缭乱。开始的半小时，我们看得饶有兴味，可是随着节目的深入，在锣鼓和钹一个节奏的敲击声中，我们渐渐有些审美疲劳了，不管舞台上的人怎样变换造型，一行人还是无精打采地垂下头。桑巴其实就是一场狂欢，而狂欢是会把人噎住的。

有了巴西看桑巴的经历，到了阿根廷，我对闻名遐迩的探戈并没有抱很大的期待。一天晚上，大使馆宴请我们，在一家饭店吃烤肉喝红酒，观赏探戈。那个舞台布景简单，上半部是悬空的乐池，下半部是舞池。几杯红酒落肚，我有微醺的感觉。当抑扬顿挫的舞曲响起来的时候，我却昏昏欲睡。舞池中的演员都很年轻，男士个个西装革履，英气逼人，而女士则是清一色的开衩长裙，亭亭玉立。应该说，探戈比桑巴要适宜观赏，因为管弦乐不像打击乐那样压迫人，它给人舒缓的感觉。虽然如此，连看了三曲后，表情过于庄严的演员还是让我疲乏了。据说，探戈这种双人舞，表现的是身佩短剑的男士与情人的幽会，因而表演者的举手投足间，都透露着警觉。有一点警觉当然好，可是满场都是警觉了，就让人觉得晃动在眼前的，是一群木偶了。就在我要耷拉下脑袋的时候，舞台忽然为之一亮，一个风度翩翩的老人携着舞伴上场了！

他看上去有七十岁了，中等个，四方脸，微微发福，满头银发，穿一套深灰色西装。他的舞伴，虽然年轻，却不是那种身形高挑的，她丰胸阔臀，看上去很丰满。他们在一起，相得益彰。音乐起来，他们翩翩起舞了。我坐在离舞台最近的地方，能清楚地看到老人的脸。他目光温和，似笑非笑，意味深长。他脸上的重重皱纹，像是鱼儿跃出水面后溅起的波痕，给人柔和、喜悦的感觉。他旋转起来轻灵如燕，气定神凝，完全不像一个老人。他揽着舞伴，时松时紧，舞伴在他怀中，无疑就是一只放飞着的风筝，收放自如。他滑过的舞步宛如一个个绽放的花瓣，舒展，飘洒。当这些花瓣剥落后，我们在花蒂看到了他的优雅和柔情。这实在是太迷人了！一曲终了，掌声、喝彩声连成一片。坐在我身旁的电影演员潘虹女士，也格外喜欢这个老者，我们俩起劲地拍着巴掌，不停地叫着："老头太棒了，太棒了！"老者下场后，占据舞台的，又是一对对年轻的舞伴了。他们依然是表情庄严，一丝不苟地跳着，让我觉得好像在看一场拉丁舞大赛，兴致顿减，呵欠连连。潘虹说："你睡吧，老头出来了我就喊你。"我很没出息地打起了盹。也不知过了多久，潘虹在我肩膀上抓了一把，说："醒醒，老头出来了！"果然，又是那个须发斑白的老者，携着他那丰腴的舞伴出场了！他的举手投足间，有一股说不出的韵味。他舞出的，分明是一条清水，给人带来爽意，而他自己，就是掠过水面的清风。别人是被探戈操纵着而表演，只有他，驾驭着探戈，使这种舞蹈大放异彩！

演出结束，大使馆的文化参赞向我们介绍说，这个老者，是阿根廷著名的"探戈先生"，他是阿根廷十位杰出的艺术家之一。他的舞伴，是他的孙女。他年轻时，就是赫赫有名的探戈舞者，他跳了大半辈子了。难怪，在满场的俊男靓女中，他还是那么的夺目。

我们的最后一站是墨西哥城。观看墨西哥民族风情歌舞表演，是在一家有着四百年历史的大剧院。圣诞将至，剧院装饰得很漂亮。这台歌舞像是桑巴的翻版，也是节奏热烈奔放的音乐，以及不断变换的绚丽服饰。演出只到半场，我们访问团的人就大都打起了瞌睡。那一刻我想，为什么风情的表演会使人疲倦呢？也许因为风情没有情节性，不吸引人？也许因为风情不触及人的心灵，没有震撼力？难道风情只能成为轻轻一瞥的招贴画，或是可有可无的旅游纪念章？我想起了那位"探戈先生"，为什么他的表演就能让人身心激荡呢？思来想去，是阅历让他能出神入化地演绎风情啊。风情在他身上，是骨子里生就的，舞步不过是外化形式而已。而没有阅历的风情，如同没有发酵好的酒，会让人觉得寡淡无味的。看来，最是沧桑起风情啊。

2008年

阿尔卡拉的王冠

在塞万提斯没有出生时，阿尔卡拉就是阿尔卡拉，这里有学校、教堂、修道院、商铺食肆、花店邮局、斗牛场以及监牢等。小镇的石子路上，有载着阔人的马车昂首经过，也有弓着背的乞讨者盯着石子路的缝隙，期盼着发现谁遗落的一枚闪光的钱币。教堂的诵经声，面包房飘出的香气，与城外的流水和夏日迟迟不落的太阳，交相辉映，向我们展现出一幅中世纪的生活图景。

塞万提斯出生后，阿尔卡拉这座西班牙的小镇，就成了一个伟大作家的艺术摇篮。它也有意无意地，开始为塞万提斯筹谋他的文学之旅。出身平民之家的塞万提斯，贫穷始终像阴云一样笼罩着他，他做过军需官、税吏等，洞见这社会种种的不公。他也经历了战争并在海战中负伤，而且戏剧性地被土耳其海盗劫持到阿尔及利亚，被囚禁五年。

当然，阿尔卡拉也给予塞万提斯人世间那些该有的美好事物，那是无论穷人还是富人都共享的阳光、清风、明月和溪谷。是小镇淳朴的民风和安恬的生活气氛，没有它们，就不会有日后塞万提斯笔下的人物的游历和冒险。

塞万提斯是从阿尔卡拉出发的,所以当他日后用如椽巨笔,为整个西班牙带来荣耀时,四百多年后的阿尔卡拉,成为塞万提斯的阿尔卡拉。当然,也可以说是堂吉诃德的阿尔卡拉。

阳光照耀的广场是塞万提斯广场,街巷的商铺中,随处可见塞万提斯和他笔下人物的不同材质的雕像。沿着小镇的石子路去塞万提斯故居博物馆的路上,最常见的是两种风景,一种是伫立在街道两侧的古老石柱,它们面貌苍苍,纹理模糊,像从中世纪走来的一队老兵,望着阿尔卡拉南来北往的人;还有一种石柱似的风景,不过它们不是伫立在大地上,而是屋顶上,那就是白鹳。

带我们游览阿尔卡拉的华人历史老师,指着一些建筑物顶端的硕大鸟巢说,那是白鹳做的窝。白鹳是迁徙的鸟类,身形巨大,细脚伶仃,喜食鱼虾。这正是它们夏日北归的繁殖期,鸟巢旁的白鹳,远远望去雕塑似的,凝然不动。白鹳通常是一夫一妻制,所以巢边沐浴着阳光的通常是一对。据说政府对这些白鹳也很头疼,因为它们的巢由泥草筑就,厚实沉重,对那些古建筑构成了威胁。而它们很喜欢选择在修道院的烟囱旁,在大学的天顶上,在教堂的穹顶上筑巢,好像它们知道,读书人和信奉上帝的人,不会加害于它们,它们可获得蓝天下永久的生活港湾。政府为了保护古建筑,也为了保护那些白鹳,不得不对它们的栖息之地进行修葺和加固。就在我不断仰望它们的时候,一只白鹳大概要出去觅食,离开它守卫的家园,凌空而起,越过小镇。那白身黑翅,使它看上去像传播福音书的神父。

终于到了塞万提斯故居纪念馆前,可是很不巧,它已闭门。据说它有时上午开,有时下午,时间不定,很有点像塞万提斯笔下人物的游侠风格。

在纪念馆前的青石板路上,有一条与众不同的长椅,长椅的一头是堂吉诃德的铜像,另一头则是桑丘的。很多游人坐在铜像之间,与这两位文学史上的伟大人物合影。很奇怪的是,当我坐在长椅靠向桑丘时,背后走过表情复杂的成年人,而当我切近手执长矛的堂吉诃德时,一位童话般的西班牙小公主经过了,这恰似两人精神世界的写照。他们在塞万提斯纪念馆前,栉风沐雨,不是因为铜雕而不朽,而是因为塞万提斯不朽的笔,他为自己的出生地创造了永久的守护神。

《堂吉诃德》出版之初,按照当时西班牙的风俗,出版书籍要献给某个权贵之人,以求庇护。塞万提斯未能免俗,将此书献给一位叫贝哈尔的公爵。当然,公爵对献词置若罔闻,塞万提斯并未因他而改善境况,直到终了。其实塞万提斯一直在自己的星座上,但真正地熠熠闪光,是身后之事。世界上许多大文豪,都给予《堂吉诃德》高度评价,如雨果、歌德、拜伦、海涅、屠格涅夫,等等。像中国的《红楼梦》衍生出"红学"一样,对于《堂吉诃德》的解读,即便是这些彪炳史册的大家,也是各有解读,心得不同。《堂吉诃德》是杆蜡烛,每个人身处的黑暗和对黑暗的承受力不同,所以领受它的光明也就强弱有别,但这也是《堂吉诃德》丰富性的一个映照吧。

行走在阿尔卡拉,我始终觉得这城市上空,有一顶看不见的王冠。王冠的底座就是教堂的尖顶,是老旧的烟囱,是白鹳的巢穴,而王冠的顶端,是流浪的白云。在白云深处,塞万提斯穿越时空,成为这顶王冠最璀璨的宝石。这样的王冠无须加冕，它就属于阿尔卡拉，属于塞万提斯，当然也属于4月23日——塞万提斯和莎士比亚共同的辞世日，如今是尽人皆知的世界读书日。

堂吉诃德从未被打败过，就像谁都不能战胜时间一样。

2017年

光明于低头的一瞬

俄罗斯的教堂，与街头随处可见的人物雕像一样多。雕像多是这个民族历史中各个阶层的伟大人物。大理石、青铜、石膏雕刻着的无一不是人物肉身的姿态，其音容笑貌，在各色材质中如花朵一样绽放。至于这躯壳里的灵魂去了哪里，只有上帝知道了。

莫斯科与圣彼得堡那几座著名的东正教堂，并没有给我留下太美好的印象，因为它们太富丽堂皇了。五彩壁龛中供奉的圣像无一不是镀金的，圣经故事的壁画绚丽得让人眼晕，支撑教堂的柱子也是描金勾银，充满奢华之气。宗教是朴素的，我总觉得教堂的氛围与宗教精神有点相悖。

即使这样，我还是在教堂中领略到了俗世中难以感受到的清凉与圣洁之气。比如安静地在圣洗盆前排着长队等待施洗的人，在布道台上神情凝重地清唱赞美诗的教士。但是这些感动与我在一座小教堂中遇见扫烛油的老妇人相比，就微不足道了。

莫斯科的东南方向，有一座被森林和草原环绕的小城——弗拉基米尔，城边有一座教堂，里面有俄罗斯大画师安德烈·鲁勃廖夫的壁画作品。我看过关于这位画师的传记电影,所以相逢他的壁画,有一种惊喜的感觉。教堂里参观的人并不多,我仰着脖子,看安德烈·鲁勃廖夫留在拱顶的画作。同样是画基督,他的用色是单纯的,赭黄占据了大部分空间,仿佛又老又旧的夕照在弥漫。人物的形态如刀削般直立,其庄严感一览无余,是宗教类壁画中的翘楚。我在心底慨叹:毕竟是大画师啊,敢于用单一的色彩、简约的线条来描绘人物。

透过这些画作,我看到了安德烈·鲁勃廖夫故乡的泥土、树木、河流、风雨雷电和那一缕缕炊烟,没有它们的滋养,是不可能有这种深沉朴素的艺术的。

就在我收回目光,满怀感慨低下头来的一瞬,我被另一幅画面所打动了:有一位裹着头巾的老妇人,正在安静地打扫着凝结在祭坛下面的烛油!

她起码有六十岁了,她扫烛油时腰是佝偻的,直身的时候腰仍然是佝偻的,足见她承受了岁月的沧桑和重负。她身穿灰蓝色的长袍,戴着蓝色的暗花头巾,一手握着把小铁铲,一手提着笤帚,脚畔放着盛烛油的撮子,一丝不苟地打扫着烛油。她像是一个虔诚的教徒,面色白皙,眼窝深陷,脸颊有两道深深的半月形皱纹,微微抿着嘴,表情沉静。教堂里偶尔有游客经过,她绝不张望一眼,而是耐心细致地铲着烛油,待它们聚集到一定程度后,用笤帚扫到铁铲里,倒在撮子中。她做这活儿的时候是那么虔诚,手中的工具没有发出一声刺耳的响声,她大概是怕惊扰了上帝吧——虽然说几个世纪以来,上帝不断听到刀戈相击的声音,听到枪炮声中贫民的哀号。

我悄悄地站在老妇人的侧面，看着祭坛，看着祭坛下的她。以她的年龄，还在教堂里做着清扫的事务，其家境大约是贫寒的。上帝只有一个，朝拜者却有无数，所以祭坛上蜡炬无数。它们播撒光明的时候，也在流泪。从祭坛上蜂飞蝶舞般飞溅下来的烛泪，最终凝结在一起，汇成一片，牛乳般润泽，琥珀般透明，宛如天使折断了的翅膀。老妇人打扫着的，既是人类祈祷的心声，也是上帝安抚尘世中受苦人的甘露。

如果我是个画家就好了，我会以油画，展现在教堂中看到的这一幕令人震撼的情景。画的上部是安德烈·鲁勃廖夫的壁画，中部是祭坛和蜡烛，下部就是这个扫烛油的老妇人。如果列宾在世就好了，这个善于描绘底层人苦难的伟大画家，会把这个主题表达得深沉博大，画面一定充满了辛酸而又喜悦的气氛。

这样一个扫烛油的老妇人，使弗拉基米尔之行变得有了意义。她的形象不被世人知晓，也永远不会像莫斯科街头伫立的那些名人雕像一样，被人纪念着、拜谒着。但她的形象却深深地镌刻在了我心中！镌刻在心中的雕像，该是不会轻易消失的吧？

我非常喜欢但丁在《神曲》的《天堂篇》中的几句诗，它们像星星一样闪耀在结尾"最后的幻象"中：

> 无比宽宏的天恩啊，由于你
> 我才胆敢长久仰望那永恒的光明，
> 直到我的眼力在那上面耗尽！

那个扫烛油的老妇人，也许看到了这永恒的光明，所以她的劳

作是安然的。而我从她身上,看到了另一种永恒的光明:

光明的获得不是在仰望的时刻,而是于低头的一瞬!

2006年

第五辑

景

寒夜生花

今冬大兴安岭奇寒，春节前后，气温都在零下三十七八摄氏度之间。世界看似冻僵了，但白雪茫茫的山林中，依然有飞鸟的踪迹；冰封的河流下，鱼儿也在静静地潜游。北风呼啸的街头，人们也依然忙着年。

有生命的不只这些，还有花儿。

是霜花！

每天早晨，我从床上爬起，拉开窗帘，便可望见玻璃窗上的霜花。户外寒风凛冽，室内温度只有十七八摄氏度，所以今冬我见的霜花，不像往年只蔓延在窗子底部，而是满窗盛开！

霜花姿态万千，真是要看什么有什么。挺直的冷杉，摇曳的白桦，风情万种的柳树，初绽的水仙，半开的芍药，怒放的菊花，你在霜花的世界中，都能寻到。当然，除了常见的树木和花朵，霜花也隐现动物的形影，比如呼呼大睡的肥猪，飞翔的仙鹤，低头喝水的鹿，奔跑的狗，游走的蛇等。你要问霜花中有没有人？答案是肯定的。亭亭玉立的少女，蹒跚学步的儿童，弯腰弓背的老人，霜花也不吝惜它的笔，勾勒他们的形影，并为之配上人间的烟火气——房屋、水井、田地、牛车、犁铧、米缸、灶台、饭桌、碗筷甚至肥皂。仅有这些还不够，没有光，世界是彻头彻尾僵死的，于是霜花中就有了日月星辰，有了来自天庭的照耀！

不要以为霜花总是烟花般灿烂，它也有孤独的脚印；它也不总是祥云缭绕，那里也有离人的眼泪！

在这里，一年中最寒冷的时刻，也是最黑暗的时刻。太阳三点多就落山了，好像它答应了要去照耀另一个更黑暗的世界，而把人间过早地推入暮色之中。白昼中被阳光鞭挞的寒流，在太阳消失后，竟做起了浪漫的事情。它们中的一部分，潜入千家万户的窗缝，在人们熟睡时，用月光星光做笔，蘸着清芬的霜，在明净的玻璃窗上，点染出一幅幅图画。

有千万扇窗户，就有千万个霜花的世界，因为霜花的世界没有相同的。今天你看到的芭蕉树形态的霜花，明天演变为一片葳蕤的野花了；今天你看到的少女，明天就可能变成老妪；今天你看到的光秃秃的树，明天挂上了几盏灯笼。还有那饭桌和房屋，可能一夜之间会缺了桌脚，或是两层的房屋变成了三层四层，让你慨叹它们造房的神速。

太阳走得早，并没有想着第二天要早来。它晚来也好，霜花会存留长久些。七点多钟，晨曦初现，霜花被映照成柠檬色，远看像张金箔纸；等八点多太阳完全冒出头来，霜花就是橘红的了，如果此时恰好有酒杯形态的霜花闪烁其中，我就是喝到浓郁的葡萄酒了；而等太阳升得高了，阳光照耀着雪地，天地间跃动着白炽的光芒，霜花就回到本色，一片银白，玻璃窗就成了银库了！不过，太阳每前进一步，霜雪图就损毁一些：花瓣凋零了，树木枯萎了，河流干涸了，房屋坍塌了，动物少了四蹄或是尾巴，犁铧残破了，玻璃窗像是心疼什么人似的，漫溢着霜花的泪滴。阳光把这样的泪滴照耀得晶莹剔透，美轮美奂。如果说冬天也有露珠的话，该是它们吧。

霜花在正午时消失了，玻璃窗干干净净的了！不要以为它们的故事就此结束了，夕阳尽了，霜花又会在玻璃窗上重谱新篇。于是像我这种爱做梦的人，又有了新的憧憬。

霜花似乎很懂得主人的心思，有的时候，我能从霜花中看到已故亲人用过的东西，比如茶壶、眼镜，比如砚台、笔管。让人怀疑他们夜间悄悄匍匐在窗棂上，听我梦中的呓语。在冷酷的现实世界中失去的，那个世界又温柔地回馈了我，让我直想亲吻那片霜花，让我所爱的，再度与我的呼吸共融。

没有一个早晨，我不是与霜花共度的。我站在它面前看它，它也在静静地看我。能与心灵共通的世界，谁敢说是虚幻的！霜花是彼岸世界送给此岸世界的哈达，你的目光与它交汇时，就是领受了福气。

二〇一二龙年到来的那一刻，我凑近霜花，仔细地闻。有一个熟悉的声音在我身后说，你还能闻出香味来？是啊，霜花不是尘世的花朵，没有凡俗的香味。可它那股逼人的清新之气，涤荡肺腑，这难道不是上天赐予人间最好的香味吗？我把这话说与身后发问的人，回首处，却看不见人影，只有门楣处的红灯笼，在寒夜里一闪一闪的，像是在跟我搭话。

2012年

美景,总在半梦半醒之间

太阳是不大懂得养生的,只要它出来,永远圆圆着脸,没心没肺地笑。它笑得适度时,花儿开得繁盛,庄稼长势喜人,人们是不厌弃它的;而有的时候它热情过分了,弄得天下大旱,农人们就会嫌它不体恤人,加它身上几声骂。看来过于光明了,也是不好。月亮呢,它修行有道,该圆满时圆满着,该亏的时候则亏。它的圆满,总是由大亏小亏换来的。所以亏并不一定是坏事,它往往是为着灿烂时刻而养精蓄锐。

在故乡的夜晚,一本书,一杯自制的五味子果汁,就会给我带来踏实的睡眠。可是到了月圆的日子,情况就大不一样。穿窗而过的月光,会拿出主子的做派,进了屋后,招呼也不打,赤条条地,仰面躺在我身旁空下来的那个位置。它躺得并不安分,跳动着,闪烁着,一会儿伸出手抚抚我的睫毛,将几缕月光送入我的眼底;一会儿又揉揉我的鼻子,将月华的芳菲再送进来。被月光这样撩拨着,我只能睡睡醒醒了。

月光和月光是不一样的。春天的月光,似乎也带着股绿意,有一种说不出的嫩；夏日的月光呢，饱满，丰腴，好像你抓上一把，它就能在指尖凝结成膏脂；秋天的月光，一派洗尽铅华的气质，安详恬淡，如古琴的琴音，悠远，清寂；冬天的月光虽然薄而白，但它落到雪地后，情形就不一样了，雪地上的月光新鲜明媚得像刚印刷出来的年画。所以冬日赏月，要立在窗前。看着月光停泊在雪地上焕发出的奇异光芒，你会想，原来雪和月光，是这世上最好的神仙眷侣啊。相比较，冬春之交的月光，就没什么特别动人之处了。雪将化未化，草将出未出，此时的月光，也给人犹疑之感，瑟瑟缩缩的。

今年四月十号，是满月的日子，又是周末，故乡的亲人们聚在一起，做了几道风味独特的菜，大家快活地喝酒聊天。晚饭后，我回到自己的住处时，月亮已经升起来了。微醺的缘故，未及望月，我就熄灯睡了。大约凌晨三点来钟的样子吧，我被渴醒了。床畔的小书桌上，通常放着一杯白开水。室内似明非明，我起身取水杯的时候，发现杯壁上晃动着迎春枝条般的鹅黄光影。心想月光大约太喜欢玻璃杯了，在它身上作起了画。喝过那杯被月光点化过的水，无比畅快。回床的一瞬，我有意无意地望了一下窗外，立时被眼前的情景震住了：天哪，月亮怎么掉到树丛中了？我见过的明月，不是东升时蓬勃跳跃在山顶上的，就是夜半时高高吊在中天的，我还从没见过栖息在林中的月亮。那团月亮也许因为走了一夜，被磨蚀得不那么明亮了，看上去毛茸茸的，更像一盏挂在树梢的灯。那些还未发芽的树，原本一派萧瑟之气，可是披在林间的月亮，把它们映照得流光溢彩，好像树木一夜之间回春了。

看过了这样的月亮，我再回到床上时，又怎能不被美给惊着呢！

虽然我接着睡了，可是往往眯上二三十分钟的样子，又惦记着什么似的，醒来了。只要睁开眼，蒙眬中会望一眼窗外——啊，月亮还在林间，只不过更低了些。再睡，再醒来，再望，也不知循环往复了多少次，月亮终于沉在林地上，由灯的形态，变幻成篝火了。这是那一夜的月亮，留给我的最后印象。

第二天彻底醒过来时，天已大亮。窗外的山，哪还有满月时的胜景。消尽了白雪而又没有返青的树，看上去是那么的单调。虽然寻不见月亮的踪迹，但我知道它因为昨夜那一场热烈的燃烧，留下了缺口，不知去哪儿疗伤去了。因为它燃烧得太忘我了，动了元气，所以不管怎么调理，此后的半个月，它将一点点地亏下去。待它枯槁成弯弯的月牙儿，才会真正复苏，把亏的地方，再一点点地盈满。它圆满后，不会因为一次次地亏过，而就不燃烧了。因为月亮懂得，没有燃烧，就不会有灰烬；而灰烬，是生命必不可少的养料。

我怎么能想到，在印象中最不好的赏月时节，却看见了上天把月亮抛在凡尘的情景呢。在那个时刻，那团月亮无疑成了千家万户共同拥有的一盏灯。假使我彻头彻尾醒着，这样的风景即使入了眼，也不会摄人心魄。正因为我所看到的一切在黎明与黑夜之间，在半梦半醒之间，那团月亮，才美得夺目。

2009 年

冰　灯

冰是寒冷的产物，是柔软的水为了展示自己透明心扉和细腻肌肤的一场壮丽的死亡。水死了，它诞生为冰，覆盖着北方苍茫的原野和河流。

我出生在漠河，那里每年有多半的时间被冰雪笼罩着，零下三四十度的气温是司空见惯的。我外婆家的木刻楞房子就在黑龙江畔，才入九月，风便把树梢经霜后变得五颜六色的树叶给吹得四处飘扬，漫山漫坡落叶堆积，斑斓绮丽。然而这金黄深红的颜色没有灿烂多久，雪便从天而降，这时节林中江面都是一片白茫茫的。奔腾喧嚣的黑龙江似乎流得疲惫了，它的身上凝结了厚厚的冰层，只有极深处的水在河床里潜流着。那时候冰上就可以打爬犁，用鞭子抽陀螺玩，当然还可以跑汽车。水在变成冰后异常坚硬，它的负载能力极其惊人。这时节我们还用冰钎凿开冰层捕鱼，将银白的网撒向鱼儿穿梭的底层的水域。撞网的鱼总是络绎不绝。

在水源枯竭的漫漫寒冬，人们曾凿冰放到缸里融化，使之成为饮用水。而将冰做成一盏盏灯，不知是谁最先发明的。总之人在利用冰满足了物质需求之后，理所当然便有了审美的要求。我最初见到冰灯是在童年记事的时候，当然是过年的时候了。人们用维得罗（俄语音译，意为小水桶，一种底小肚大、横面切断呈梯形的盛水用具）装满清水，然后放到屋外的寒风中让它冻成冰，未等它全部冻实，便将其提回屋里，放到火炉上轻轻一烤，冰便不再粘连桶壁，再从正中央凿一小小的圆洞，未成冰的水在桶倾斜时汩汩而出，剩下一具腹中空空、四面冰壁环绕的躯壳，那便是冰灯了。除夕，家家户户门口的左右两侧都摆着冰灯，它们体体面面地坐在木墩上，中央插着蜡烛，漆黑的夜里，它们通身洋溢着无与伦比的宁静和光明，那是每家每户渴望春天的最明亮的眼睛了。

　　北方的百姓如今过年仍然沿袭着这一古老的习俗，在吃热气腾腾的团圆饺子时，屋外干冷的空气中绽放着睡莲般安详的冰灯，它的美丽和光明曾温暖了我寂寞的童年时光。

　　离开大兴安岭后，我来到了哈尔滨。一到冬天，这座有典型俄罗斯情调的城市便开始筹备一年一度的冰灯游园会了。人们在冰封的松花江上切割下一块块巨大的冰，然后用吊车弄到岸上，再由卡车运至兆麟公园，接下来便是来自世界各地的冰雕艺术家施展才华绝技的时候了。他们在园子里竖起了一道道晶莹剔透的冰墙，然后在各个角落雕出了狮子、老虎、雄鹰、孙悟空西天取经、天使、长城、荷花、宫殿等等千姿百态、栩栩如生的冰雕作品。冰雕里装饰着五颜六色的彩灯，一到夜晚，那些灯亮起来，那冰因此而变成了嫣红、橘黄、天蓝、浓翠、浅粉和深紫。来自各地的观光游客就纷纷涌向那里。

　　我也去看了冰灯。公园里人潮涌动，照相机的闪光灯闪烁不休，千姿百态的冰雕作品妖娆地出现在我眼前。我走上一条长长的冰墙筑成的走廊,我摘下手套,用温暖的手去抚摸冰墙,寒冷透过肌肤浸润着我的整个身心。我的心竟悚然为之一抖。我抚摸的是松花江的冰,这玲珑剔透的冰是松花江水失去呼喊后沉默的结晶。这是沦陷时那曾经被鲜血浸染的松花江的水吗? 这是遭受现代工业文明污染后的松花江的水吗? 这是那负载过无数苦难的岁月之舟的松花江的水吗? 它是如此冰冷、凛冽而断肢解体地把那晶莹和单纯展现给观众,它那么虚荣地把河床底层淤积的泥沙和碎屑给摈弃了。它的红色是彩灯装点的结果,而不是沦陷时人民惨遭日军屠戮陈尸松花江的那种血腥之色了;它的黄色也是彩灯装点的结果,而不是连年来遭受严重污染、水患纵横的松花江浊黄的水流了。如果说松花江是多么慷慨大度地把轻盈和美付托给了世人,莫如说松花江是多么脆弱和公正:它的脆弱在于它无法拒绝世人慕美的心态;它的公正在于它只展现瞬间的美,当春风拂动大地的时候,再美的冰雕也会化成空气和水,消失在广阔的土地和茫茫的宇宙之中。

在远离人烟的地方,人们点起冰灯是为了驱散沉重的黑暗;而在人烟稠密被灯火笼罩着的城市,人们之所以不让冰灯呈现本色而装饰起各种彩灯,是因为城市已经没有真正的黑夜可言,人们只能把美寄托给多彩的光焰。而绚丽的色彩永远抵不上一种本色更为经久不衰。

从冰灯乐园出来,我的心中矗立的仍然是二十几年前漠北家门口的那两盏冰灯:它那寂静单纯的美对我的诱惑和滋养是永恒的。

1995年

春天是一点一点化开的

立春的那天,我在电视中看到,杭州西子湖畔的梅花开了。粉红的、雪白的梅花,在我眼里就是一颗颗爆竹,噼啪噼啪地引爆了春天。我想这时节的杭州,是不愁夜晚没有星星可看了,因为老天把最美的那条银河,送到人间天堂了。

而我这里,北纬五十度的地方,立春之时,却还是零下三十度的严寒。早晨,迎接我的是一夜寒流和冷月,凝结在玻璃窗上的霜花。想必霜花也知道节气变化了吧,这天的霜花不似往日的,总是树的形态。立春的霜花团团簇簇的,很有点花园的气象。你能从中看出喇叭形的百合花来,也能看出重瓣的玫瑰和单瓣的矢车菊来。不要以为这样的花儿,一定是银白色的,一旦太阳从山峦中升起来,印着霜花的玻璃窗,就像魔镜一样,散发出奇诡的光辉了。初升的太阳先是把一抹嫣红投给它,接着,嫣红变成了橘黄,霜花仿佛被蜜浸透了,让人怀疑蜜蜂看上了这片霜花,把它们辛勤的酿造,洒向这里了。再后来,太阳升得高了,橘黄变成了鹅黄,霜花的颜色就一层层地淡下去、浅下去,成了雪白了,它们离凋零的时辰也就不远了。因为霜花的神经，最怕阳光温暖的触角了。

虽然季节的时针已指向春天了，可在北方，霜花却还像与主子有了感情的家奴似的，赶也赶不走。什么时候打发了它们，大地才会复苏。四月初，屋顶的积雪开始消融，屋檐在白昼滴水了，霜花终于熬不住了，撒脚走了。它这一去也不是不回头，逢到寒夜，它又来了。不过来得不是轰轰烈烈的，而是闪闪烁烁地隐现在窗子的边缘，看上去像是一树枝叶稀疏的梅。四月底，屋顶的雪化净了，林间的积雪也逐渐消融的时候，霜花才彻底丢了魂儿。

在大兴安岭，最早的春色出现在向阳山坡。嫩绿的草芽像绣花针一样顶破丰厚的腐殖土，要以它的妙手，给大地绣出生机时，背阴山坡往往还有残雪呢。这样的残雪，还妄想着做冬的巢穴。然而随着冰河乍裂，达子香花开了，背阴山坡也绿意盈盈了，残雪也就没脸再赖着了。山前山后，山左山右，是透着清香的树、烂漫的山花和飞起飞落的鸟儿。那蜿蜒在林间的一道道春水，被暖风吹拂得起了鱼苗似的波痕。投在水面的阳光，便也跟着起了波痕，好像阳光在水面打起蝴蝶结了。

我爱这迟来的春天。因为这样的春天不是依节气而来的，它是靠着自身顽强的拼争，逐渐摆脱冰雪的桎梏，曲曲折折地接近温暖，苦熬出来的。也就是说，极北的春天，是一点一点化开的。它从三月化到四月甚至五月，沉着果敢，心无旁骛，直到把冰与雪安葬到泥土深处，然后让它们的精魂，又化作自己根芽萌发的雨露。

春天在一点一点化开的过程中，一天天地羽翼丰满起来了。待它可以展翅高飞的时候，解冻后的大地，又怎能不做了春天的天空呢！

2009年

谁能让我带走星空

祭灶前夜，我回到故乡。想必半个冬天在哈尔滨为烟霾所困，没过多少有蓝天的日子，也没呼吸多少好空气，眼睛和肺子空前亏着了，所以下了火车进了家，一顿酒肉下肚，见午后阳光甚好，窗外是白雪世界，也不顾旅途劳顿，冒着零下四十度的严寒，就去户外散步了。

我没戴口罩，大口大口呼吸着来自山野的新鲜空气。呼出的热气与冷空气交融，很快在我面部制造了一场"树挂"，未被帽子围巾护卫住的刘海、鬓角和睫毛，顷刻间濡满霜雪。刘海宛如盛开的梨树，变得沉实了——那是花朵压弯枝条了！而寒风在我鬓角，不打招呼地插上两支鹅毛笔了！它们这么做，想让我书写冬天的诗篇吧。最有趣的是上下睫毛，霜雪做了红娘，生生将它们黏在一起了！可我要赏这大好冬景，就得让它们劳燕分飞。不管外部环境多么酷寒，人的眼睛永远涌动着温泉，只要使劲眨眼，眼底的热气就把睫毛的霜雪融化了！不过睫毛正浓情蜜意着，拆散它们是要付出代价的。你眨眼撕扯它们的时候，脱落的霜雪会掠走几根睫毛，做它们的俘虏。如果你冰天雪地走一遭回来，发现睫毛稀疏了，千万不要大惊小怪啊。

踩着白雪走在街上，听着"咯吱——咯吱——"的回声，如闻天籁。抬头看天，它是那么的蓝，蓝得不真实似的，让人怀疑自己被罩在水晶玻璃里，直想用一把大锤，砸向那片蔚蓝，看它是不是天！百货商场前的小广场，成了爆竹、春联和灯笼的专卖场。卖主们一边招揽生意，一边跺脚御寒。不跺脚也不行啊，他们穿得再厚，也厚不过寒风的脸皮。我心想，这红红火火的春联和灯笼，要是变成一汪炭火该多好啊，可惜我不是魔法师。

腊月的街市，一派忙年的情景。街角卖花生瓜子的汉子，在外站了多半天了吧，他的黑胡子挂着霜，成了白胡子了！卖糖葫芦的女人，冻得嘶嘶哈哈的，脸颊比糖葫芦还鲜艳！最引人注目的，是一条拉着三轮车奔跑的大黄狗。三轮车上载着一个老头和他采购的年货。狗跑得一身热气，眼睑处雪茫茫的，而老头叼着烟袋，自在地吸烟。联想起在城里看到的那些被主人打扮得漂漂亮亮的宠物狗，我对这条大黄狗，无比怜惜。但转而一想，这狗参与了忙年的事务，有新鲜空气可吸，能为主人出力，兴许还很快乐呢。

这场雪中漫步，使我受了风寒，当夜就咳嗽起来。咳得睡不着的时候，我关掉灯，站在窗前望星空。窗外的山峦原野，此刻被白雪统帅着，即便下弦月的日子，半个月亮加上满天繁星，也把它们照亮了。十多年前我和爱人最喜欢夜晚撩开窗帘，依偎在床上赏月。我们不止一次看见流星划过。很奇怪，他去世后，我回到我们生活的地方，还是躺在这张床上，独自也赏了无数轮好月亮，却很少看到流星。如果说他是流星的话，划过短暂的生命时空后，我是多么希望他落入我的心底啊。因为到了我心底,他就是做了恒星了,再不会陨落。可我深知故乡的原野,是他魂牵梦系之地。而他坠入原野,是坠入辽阔和自由,比坠入爱人的心,更加地久天长。

故乡的星空显得很低,星星仿佛枝头的花朵,唾手可得。这样的星空,也就给人花团锦簇的感觉。我也曾无数次站在城市窗前望星空,可那里空气一年不如一年,我见到的星月,容颜也就越来越憔悴。月亮常常乌蒙蒙就出来了,像是多日没洗脸似的;而星星稀疏极了,混沌的大气中,有一张看不见的嘴,吞噬了太多的星星。所以每次回乡,我最惬意的,就是望星空。

第二天母亲推门而至,见我重感冒了,埋怨我不该一下火车就去散步,待她看到我夜里没拉窗帘,"啊呀——"叫了一声,说我这是犯着星星了!在她眼里,星星不都是好东西,有心肠坏的,夜里缠磨在人身上,会让人害病。我小的时候,她不止一次听了算命先生的,勒令我"躲星"。天一擦黑,家里就像进入备战一样,早早关门闭户,不许外人进来。睡房的窗帘拉得严严实实的,外屋地的尿罐被端了进来,我不能到透进星光的外屋地解小手。好像星光是刀刃,擦着它们就会有灾。我长大以后,母亲虽然不迷信算命的了,但她对星星仍是心怀抵触,总嘱咐我睡觉别忘了拉窗帘。

明明是寒风犯下的错儿,母亲非算到星星身上,我心里直为它们叫屈。星星知道自己落了埋怨吧,我生病的那几天,它们忙碌极了,频频来我床前探视。没有一个夜晚,我不是沐浴着星光入睡的。这样的星光就是一味芬芳的药,很快治好了我的病。

我的故乡并不是世外桃源,因为有人类的地方,就会有罪恶,有腐臭和腥膻。所幸它的广阔和它的不发达,给这里的人们提供了良好的生存空间。即便是冬天，哪怕零下三四十度的严寒，哪怕吸进肺子的是冰碴，但这清冽的空气是多么令人留恋啊。

年过完了，我也要返城了。每次离开故乡，家人都会让我带上各色绿色食品，野生的蘑菇木耳，小磨坊磨出的黑面，各类江鱼、韭菜花、风干肠、小笨鸡、山野菜等等，够我吃小半年的。因为这半个冬天在哈尔滨被PM2.5所害，太向往新鲜空气了，我这次最想带走的，不是故乡的吃食，而是星空！因为带走这样的星空，就有了蓝天，有了好空气，有了温柔的梦乡！

可是谁能让我带走星空呢？我们又是在哪里失去了灿烂星空呢？

三十年前，我曾写过一篇童话《拾月光》，说是一个少年背着桦皮篓，带把小铲子，每天去冰面拾月光，把月光带到冰屋子里，当柴来烧。那时的我无论在城市还是乡村，都被月亮朗照着，所以写出了这样的童话。而如今身处之境越来越污浊，怕是这样的幻想，再不会在心中发芽了。

如果我们不能给下一代一个美丽星空，我们眼前的繁华，都将化为尘埃。

2013年

上个世纪的飞雪和溪流

　　去年深冬，在回故乡的慢行列车上，我遇见了两个老者。他们一胖一瘦，相对着坐在茶桌旁，一边喝酒，一边愉快地交谈。其中的一个说，四十多年前的一个夜晚，他驾着手推车，从山上拉烧柴回家。走到半程时，天飘起了雪花。雪越下越大，到了一个三岔路口时，他习惯地上了一条路。然而走了一会儿，他发现那路越走越生，于是掉转车头，又回到岔路口。雪花纷纷扬扬的，天又黑，他分辨不出南北东西了，于是凭着直觉，又踏上了一条路。可是他越走越心虚，因为那条路似乎也是陌生的，他害怕了，又一次回到岔路口，心想这么目的不明地乱走，不如停在原地，等待天明雪住了再说。怕夜里狼来袭击，他生起了一团火。深夜时，家人寻来了。他这才知道，他第一次踏上的路，是正确的。只不过因为雪太大，改变了路的风貌。那人说："谁能相信，我让雪花给迷了路呢！要是搁现在，可能吗？"他指着车窗外的森林说，"看看，这雪一年比一年小，风一年比一年大，这还叫大兴安岭吗？"

　　透过车窗，我看见稀疏的林地上，覆盖着浅浅的积雪，枯黄的蒿草在风中舞动。而在雪大的年份,那些蒿草会被雪深深地埋住,你是看不到的。天虽然仍是蓝的,可因为雪少得可怜,那幅闪烁的冬景给人残破不堪的感觉。

而这样的景象,在大兴安岭,自新世纪以来,是越来越司空见惯了。

我想起童年在小山村的时候,每逢冬天来临,老天就会分派下一项活儿,等着我们小孩子来接收,那就是扫雪。那个年代的雪,真是恋人间啊!常常是三天一小场,十天一大场,很少碰到一个月没有雪的时候。雪会大到什么程度呢?有的时候,它闷着头下了一夜,清晨起来,你无法出去抱柴了,因为大雪封门了。这个时候,就得慢慢地推门,让它渐渐透出缝隙,直到能伸出笤帚,一点点地掘开雪,门才会咧开嘴,将满院子的白雪推进你的视野,有如献给你一个明朗的笑。门开了,我们赶紧穿上棉鞋,戴上围脖和手套,去院子中扫雪。先是扫出一条能容人通行的小路,然后把雪撮到大花筐里,放到爬犁上,一车车地运到自家的菜园里,堆起来,做肥料了。第二年春天,融化的雪水会滋润黑土,利于耕种。

因为雪造访得频繁,冬天时,那些爱串门的人,在踏进别人家的门槛时,第一件事就是跺脚,抖掉沾在鞋上的雪。因此,那儿的人家,在冬天时,爱在门口放一个毡垫。

那个年代,不光是雪多,溪流也是多的。夏天,我们常到山上玩,渴了,随时捧山间的溪水来喝。溪水清洌甘甜,带着草木的清香,我喝的这世上最好的水,就是大兴安岭的溪水。那时植被好,雨水丰沛,因而溪流纵横。女孩们夏天洗衣服,爱到溪水旁。省了挑水,可以洗个透彻。洗衣服的时候,蝴蝶和蜻蜓在你眼前飞来飞去的,它们的翅膀有时会温柔地触着你的脸；而溪水中呢，不仅浸泡着衣服，还浸泡着树和云的影子，好像它们嫌自己不干净，要你帮着洗一洗似的。洗完了衣服，我们往往会趁着太阳好，把衣服搭在溪畔的草地上。晾晒着的衣服紫白红黄都有，蜜蜂也许把金黄的衣服当成了大盘的向日葵，围着它嗡嗡地闹；而盘旋在红衣服上空的，往往是乌鸦，它们一定以为那是一大块鲜肉，想着大快朵颐。

大兴安岭的河流，到了冬天都封冻了。柔软的水遇到零下三四十度的严寒，哪有不僵的呢？可母亲告诉我，我们家在设计队住的时候，后山上有一道泉水，冬天是不冻的。她觉得这条泉神奇，于是常常去那儿接了泉水，挑回来给我们喝。她常用劳苦功高的语气说："你聪明，就是喝那山泉喝的！"可我也有愚蠢的时候，便问她是否也曾让我喝过阴沟的水？母亲气呼呼地冲我翻白眼，叫着："没良心啊！"母亲说，我们后来搬家了，所以那道泉水在那座山上，究竟活了多少个冬天，她是不知道的。

冬天有冬天的样子，夏天有夏天的样子，风霜雨雪交替而来，那才叫好日子啊。雪灾、旱灾和火灾，那时真是少有啊。我还记得，有一年起了雷击火，父亲奉命去打火，他们到了山中，只是打了防火隔离带，守着它而已。火着到一定程度，自然灭了，父亲回家了，他带回了公家发放的压缩饼干，我们抢饼干吃的时候，竟然觉得打火是一件美妙的事情。

大兴安岭的开发，使林木资源日渐匮乏，小时候常见的参天大树，好像都被老天召走，做了另一个世界晚祷的蜡烛，难觅踪影了。而那如丰富的神经一样遍布大地的溪流，也悄然消逝了。好在政府实施了天然林保护工程，使受到摧残的林地有了复苏的机会。如今的大兴安岭，冬天少雪，夏季少雨，风天多了起来，火灾时有发生，在那儿工作的人，春秋两季的防火，成了一年中最重要的事情。我已故的爱人，对人是悲观的，他说只要人在，自然就会遭受破坏。他曾天真地对我说："大兴安岭全境人口不过五十多万人，我看不如把所有的人口都迁出去，异地安置，做到真正的封山。这样，政府也不用往这儿投一分钱，靠自然的力量，几十年后，树起来了，动物也起来了，中国会留下最好的一片原始森林。"大兴安岭的面积相当于一个法国，如果他的愿望实现的话，这不仅仅是中国人的福气，也是世界人的福气。可我知道，这样的想法，无论是在他生前还是死后，都是"天上的想法"。

我怀念上个世纪故乡的飞雪和溪流。我幻想着，有一天，它们还会在新世纪的曙光中，带着重回人间的喜悦，妖娆地起舞和歌唱。

2007年

雪山的长夜

午夜失眠,索性起床望窗外的风景。

以往赏夜景,都不是在冬季。春夜,我曾望过被月光朗照得莹光闪闪的春水;夏夜,我望过一叠又一叠的青山在暗夜中呈现的黝蓝的剪影;秋夜,曾见过河岸的柳树在月光中被风吹得狂舞的姿态。只有冬季,我记不起在夜晚看过风景。也难怪,春夏秋三季,窗户能够打开,所以春夜望春水时,能听见鸟的鸣叫;夏夜看青山的剪影时,能闻到堤坝下盛开的野花的芳香;秋夜看风中的柳树时,发丝能直接感受到月光的爱抚,那月光仿佛要做我的一绺头发,从我的头顶倾泻而下,柔顺光亮极了。而到了寒风刺骨的冬季,窗口就像哑巴一样暮气沉沉地紧闭着嘴,窗外除了低沉的云气和白茫茫的雪之外,似乎就再没什么可看的了。

然而,在这个失眠的故乡的冬夜,我却于不经意间领略到了冬夜的那种孤寂之美。

站在窗前,最先让我吃惊的是那三座雪山。原以为不到月圆的日子,雪山会隐去真形,谁知它们在半残的月亮下,轮廓竟然如此分明，我甚至能看清山脊上那一道一道的雪痕！

那三座雪山，一座向东，另两座向南。在东向和南向的雪山之间，有一道很宽的缝隙，那就是呼玛河。我在春夜所观赏过的春水，就是它泛出的波光。冬夜里，河流被冰雪覆盖着，它看上去就像遗弃在山间的一条手杖。这巨大的手杖白亮而光滑，想必是天上的巨人所用之物。夜晚的雪山不像白日那么浑厚，它仿佛是瘦了一壳，清隽秀丽，因而显得高了许多。仿佛黑夜用一把无形的大剪刀，把雪山彻底修剪了一番，使它看上去神清气朗，英姿勃勃。

这三座曾十分熟悉的雪山，让我格外的惊诧。它们仿佛是三只从天上走来的白象，安然凝望着北国的山林雪野和人间灯火。小城灯火阑珊，山脚下倒是有两簇灯火，一簇在南侧，一簇在东侧。这两簇灯火异常的灿烂华美，让我觉得它们是这白象般的雪山脚下挂着的金色铃铛，只要雪山轻轻一动，它们就会发出清脆的响声。

我久久地望着那两簇灯火。每日午后，我都要在山下的小路上散步。小城人没有散步的习惯，所以路上通常是我一人。一个人走在雪路上，是多么渴望雪山能够张开它宽阔的胸怀，拥我入怀啊。有一日我曾在河滩碰到几个挖沙的人，想必东侧的灯火是挖沙人的居所。而南侧的雪山并没有房屋，那儿的灯火是谁的呢？也许是打渔人的？呼玛河中有味美的鲇鱼和花翅子，一些打渔人就在河面凿了一口口冰眼下网捕鱼。看着这一派寒冷和苍凉的景象，谁能想到坚冰之下，仍有美丽柔软的鱼在自由地畅游呢！当我一厢情愿地认定那簇灯火是打渔人的之后，我就幻想打渔人起网的情景。那一条条美丽的出水芙蓉般的鱼跃出水面，看到这个暗夜中的冰雪世界，是不是会伤心泪垂？

雪山东侧的那簇灯火先自消失了。是凌晨一时许了，想必挖沙人已停止了夜战，歇息去了。而南侧的那簇灯火仍如白莲一样盛开着。我盯着那灯火，就像注视着挚爱的人的眼睛一样。

以往归乡，我在小路上散步总是有爱人陪伴。夏季时，我走着走着就要停下脚步，不是发现野果子了，就是被姹紫嫣红的野花给吸引住了。我采了野果，会立刻丢进嘴里。爱人笑我是个"野丫头"。有时蚊子闹得凶狂，我就顺手在路边折一根柳枝，用它驱赶蚊子。而折柳枝时，手指会弥漫上柳枝碧绿而清香的汁液。那时我觉得所有的风景都是那么优美、恬静，给人一种甜蜜、温馨的感觉。可自从爱人因车祸而永久地离开了我，我再望风景时，那种温暖和诗意的感觉已荡然无存。当我孤独一人走在小路上时，我是多么想问一问故乡的路啊：你为什么不动声色地化成了一条绳索，在我毫无知觉的时候扼住了他的咽喉？你为什么在我感觉最幸福的时候化成了一支毒箭，射中了我爱的那颗年轻的心？青山不语，河水亦无言，大自然容颜依旧，只是我的心已苍凉如秋水。以往我是多么贪恋于窗外的好山好水，可我现在似乎连看风景的勇气都没有了。

我很庆幸在这个失眠的冬夜里，我又能坦然面对窗外的风景了。凌晨两点多，南侧雪山的灯火也消失了。三座雪山没有因为灯火的离去而黯淡，相反，它们在星光下显得更加的挺拔和光华。当你的眼睛适应了真正的黑暗后，你会发现黑暗本身也是一种明亮。仰望天上的星星，我觉得它们当中的哪一颗都可以做我身旁的一盏永久的神灯。而先前还如花一样盛开的人间灯火，它们就像我爱人的那双眼睛一样，会在我为之无限陶醉时，不说告别，就抽身离去。

雪山沐浴着灿烂的星光，焕发出一种孤寂之美。那隐隐发亮的一道道雪痕，就像它浅浅的笑影一样，温存可爱。凌晨四时许，星光稀疏了，而天却因为黎明将至呈现着一股深蓝的色调，雪山显得愈发的壮美了。我想我在望雪山的时候，它也在望我。我望雪山，能感受到它非凡的气势和独特的美，而它望我的房屋，是否只是一头牛的影子？而我只是落在这牛身上的一只飞蝇？

我还记得一九九八年河水暴涨之时，每至黄昏，河岸都有浓浓的晚雾生成。有一天我站在窗前，望见爱人从小路上归家。他的身后是起伏的白雾，而他就像雾中的一棵柳树。那一瞬间，我有一股莫名的恐慌感，觉得这幻影一样的雾似乎把爱人也虚幻化了，他在雾中仿佛已不存在。现在想来，死亡就像上帝撒向人间的迷雾，它说来就来，说去就去。它能劫走爱人的身影，但它奈何不了这巍峨的雪山。有雪山在，我的目光仍然有可注视的地方，我的灵魂也依然有可依托的地方。

我感谢这个失眠的长夜，它又给予了我看风景的勇气。凌晨的天空有如盛筵已散，星星悄然隐去了，天空只有一星一月遥遥相伴。那月半残着，但它姿态袅娜，就像跃出水面的一条金鱼。而那颗明亮的启明星，是上帝摆在我们头顶的黑夜尽头的最后一盏灯。即使它最后熄灭了，也是熄灭在光明中。

2003 年

第六辑

情

伤怀之美

不要说你看到了什么,而应该说你敛声屏气凝神遐思的片刻感受到了什么。那是什么? 伤怀之美像寒冷耀目的雪橇一样无声地向你滑来,它仿佛来自银河,因为它带来了一股天堂的气息,更确切地说,为人们带来了自己扼住咽喉的勇气。

我八岁的时候,还在中国最北的漠河北极村。漫天大雪几乎封存了我所有的记忆,但那年冬天的渔汛却依然清晰如目。冬天的渔汛到来时,几乎家家都彻夜守在江上。人们带着干粮、火盆、捕鱼的工具和廉价的纸烟从一座座木刻楞房屋走出来。一孔孔冰眼冒出乳白的水汽,雪橇旁的干草上堆着已经打上来的各色鱼类。一些狗很懂得主人的心理,它们摇头摆尾地看到上鱼量很大,偶尔又有杂鱼露出水面时,就在主人摘钩的一瞬间接了那鱼,大口大口地吞嚼起来。对那些名贵的鱼,它们素来规规矩矩地忠实于主人,不闻不碰。就在那年渔汛结束的时候,是黄昏时分,云气低沉,大人们将鱼拢在麻袋里,套上雪橇,撤出黑龙江回家了。那是一条漫长的雪道,它在黄昏时分是灰蓝色的。大人们挽着袖口跟在雪橇后面慢腾腾地走着,他们之间没有任何言语,世界是如此沉静。快到家门口的时候,天忽然落起大片大片的雪花,我眼前的景色一片迷蒙,我所能听到的只是拉着雪橇的狗的热气沼沼的呼吸声。大人们都消失了,村庄也消失了,我感觉只有狗的呼吸声和雪花陪伴着我,我有一种要哭的欲望,那便是初始体会到的伤怀之美了。

年龄的增长是加深人自身庸碌行为的一个可怕过程。从那以后,我更多体会到的是城市混沌的烟云。狭窄而流俗的街道,人与人之间的争吵,背信弃义乃至相互唾弃,那种人、情、景相融为一体的伤怀之美似乎逃之夭夭了。或者说伤怀之美正在某个角落因为蒙难而掩面哭泣。

一九九一年年底,我终于又在异国他乡重温了伤怀之美。那是在日本北海道,我离开札幌后来到了著名的温泉胜地——登别。在此之前已经领略过层云峡的温泉之美了。在北海道旅行期间一直大雪纷纷,空气潮湿清新,景色奇佳。住进依山而起的古色古香的温泉旅馆后,已是黄昏时分了,我洗过澡穿上专为旅人预备的和服到餐厅就餐。席间,问起登别温泉有何独到之处时,日本友人风趣地眨眨眼睛说,登别的露天温泉久负盛名。也就是说,人直接面对着十二月的寒风和天空接受沐浴。我吐了下舌头,有些兴奋,又有些害怕。露天温泉只在凌晨三时以后才对女人开放。那一夜我辗转反侧,生怕不慎一觉醒来云开日朗而与美失之交臂。凌晨五时我肩搭一条金黄色的浴巾来到温泉区。以下是我在访日札记中的一段文字:

  温泉室中静悄悄的,仍然是浓重的白雾袭来。我脱掉和服,走进雾中,那时我便消失了。天然的肤色与白雾相融为一体。

我几乎是凭着感觉在雾中走动——先拿起喷头一番淋浴，然后慢慢朝温泉走去。室内温泉除我之外还有另外两人，我进去后就四处寻找露天温泉的位置。日语不通，无法向那两位女人求问，看来看去，在温泉的东方望见一扇门，上写五个红色大字：露天大风吕。汉语中的"露天大风"自不用解释，只是"吕"字却让人有些糊涂。汉语中的"吕"除了做姓氏之外，古代还指用竹管制成的校正乐律的器具，代表一种音律。把这含义的"吕"与"露天大风"联系起来，便生出了"由风弹奏，由吕校音"的想法。不管如何，我必须挺身而出了。

我走出室内温泉，走向那扇朝向东方的门。站在门边就感觉到了寒气，另外两位女子惊奇地望着我。试想想在隆冬的北海道，去露天温泉，实在需要点勇气啊。我犹豫片刻，还是将门推开。这一推我几乎让雪花给吓住了，寒气和雪花汇合在一起朝我袭来，我身上却一丝不挂。而我是不想再回头，尤其有人望着我的时候，是绝不肯退却的。我朝前走去，将门关上。

我全身的肌肤都在呼吸真正的风、自由的风。池子周围落满了雪。我朝温泉走去，我下去了，慢慢地让自己成为温泉的一部分，将手撑开，舒展开四肢。坐在温泉中，犹如坐在海底的苔藓上，又滑又温存，只有头露出水面。池中只我一人，多安静啊。天似亮非亮，那天就有些幽蓝，雪花朝我袭来，而温泉里却暖意融融。池子周围有几棵树，树上有灯，因而落在树周围的雪花是灿烂而华美的。

我想我的笔在这时刻是苍白的。直到如今，我也无法准确表达当时的心情，只记得不远处就是一座山，山坡上错落有致地生长着松树和柏树，三股泉水朝下倾泻，琤琤有声。中央的泉水较直，而两侧的面积较大，极像个打渔人戴着斗笠站在那儿。一边是雪，一边是泉水，另一边却结有冰柱（在水旁的岩石上），这是我所经历的三个季节的景色，在那里一并看到了。我呼吸着新鲜潮湿而浸满寒意的空气，感觉到了空前的空灵。也只有人，才会为一种景色，一种特别的生活经历而动情。

我所感受到的是什么？是天堂的绝唱？那无与伦比的伤怀之美啊！我以为你已经背弃了我这满面尘垢的人，没想到竟在异国他乡与你惊喜地遭逢，你带着美远走天涯后，伤怀的我仍然期待着与你重逢。

去年九月上旬，我意外地因为心动过速和痢疾而病倒了。一个人躺倒在秋高气爽的时节，伤感而绝望，窗外的阳光再灿烂都觉得是多余的。我盼望有一个机会出去呼吸新鲜空气，在城市里我已经疲惫不堪。九月二十日，大病初愈的我终于踏上了一条豪华船。历时十天的旅行开始了。省人大的领导考察沿江大通道，加上新华社、《光明日报》的两位记者和我的一位领导及同事陪同，不过二十人。船是"黑龙江"号，整洁而舒适。我们白天在甲板眺望风景，看银色水鸟在江面上盘桓，夜晚船泊岸边，就宿在船上。船到达边境重镇抚远，停留一天后，第二天正午便返航了。那时船正行驶在黑龙江上，岸两侧是两个国度：中国和俄罗斯。是时俄罗斯正在内乱，但叶利钦很快控制了局面。那是九月二十五日的黄昏，饭后我独自来到船头的甲板。秋凉了，风已经很硬了，落日已尽，天边涌动着轰轰烈烈的火烧云，映红了半面江水。这时节有一群水鸟忽然出现在船头不远处，火烧云使它们成为赤色。它们带着水汽朝另一岸飞去，我目随着它们，这时我突然发现它们身上的红色蓦然消失，俄罗斯那岸的天空月白风清，水鸟在那里重现了单纯的本色。真是不可思议，一面是灰蓝的天空和半轮淡白的月亮，另一侧却是红霞漫卷。船长在驾驶室发现了我，便用扩音器送出来一首忧郁缠绵令人心动的乐曲。我情不自禁地和着乐曲独自舞蹈起来。我旋转着，领略着这红白相间的世界的奇异之美。我长发飘飘，那一时刻我感觉自己就是一个女巫。没有谁来打扰我，陪伴我舞蹈的，除了如临仙界的音乐，便是江水、云霓、月亮和无边无际的风了。伤怀之美在此时突然闯入我的心扉，它使我忘却了庸俗嘈杂的城市和自身的一切疾病。我多想让它长驻心中，然而它栖息片刻就如袅袅轻烟一般消失了。

　　伤怀之美为何能够打动人心？只因为它浸入了一种宗教情怀。一种神圣的不可侵犯的忧伤之美，是一个帝国的所有黄金和宝石都难以取代的。我相信每一个富有宗教情怀的人都遇见过伤怀之美，而且我也深信那会是人一生中为数不多的几次珍贵片断，能成为人永久回忆的美。

1994年

萤火一万年

在张家界的一天夜里，我非常迫切地想独处一会儿。我朝一片茂密的丛林走去，待我发现已经摆脱了背后的灯火和人语时，一片星月下的竹林接纳了我。

我拨开没膝的蒿草坐在竹林里。其实我并不喜欢竹子，尤其是在各座名山的栈道上见到由它做成的滑竿抬着人咿咿呀呀地上下时，便觉得它的卑贱和不成器。然而它的秀气却是无可争议的，只有在南方的水泽之乡才能生长这种植物。

竹林里的空气好得让人觉得上帝也在此处与我共呼吸，山涧的溪水声幽幽传来。在风景宜人的游览胜地，如果你想真正领略风景的神韵，是非常需要独自和自然进行交流的。

那是个朗朗的月夜，我清清楚楚地记忆着竹林里无处不在的月光。我很惧怕阳光，在阳光下我老是有逃跑的欲望，而对月光却有着始终如一的衷情，因为它带给人安详和平静，能使紧张的心情得到舒缓与松弛。

眼前忽然锐利地一亮。一点光摇曳着从草丛中升起，从我眼前飞过。正在我迷惑不已时，又一点光从草丛中摇曳升起，依然活泼地从我眼前飞过。

这便是萤火虫了。如果在我的记忆中不储存关于这种昆虫的知识有多好，我会认定上帝开口与我说话了。我也许会在冥想中破译这种暗夜里闪光的话语。

然而我知道这是昼伏夜出的萤火虫。它在腹部末端藏有发光的器官。它出现在墓地的时候，人们老是将它说成鬼火在一明一灭。我的周围没有坟墓，只有洋洋洒洒的一片竹林，可萤火虫依然出现了，也许我的身上附着谁前世的幽魂。

这种飞翔的光点使我看到旧时光在隐隐呈现。它那颤颤飞动的光束不知怎的使我联想到古代仕女灿烂的白牙、亮丽的丝绸、中世纪沉凝的流水、戏院里琤琮的器乐、画坊的白绸以及沙场上的刀光剑影。一切单纯、古典、经久不衰的物质都纷至沓来，我的心随之飘摇沉浮。

萤火虫的发光使它成为一种神奇的昆虫，它总是在黑夜到来时才出现，它同我一样不愿沉溺于阳光中。阳光下的我在庸碌的人群和尘土飞扬的街市上疲于奔命，而萤火虫则伏在安闲的碧草中沉睡。它是彻头彻尾的平静，而我只在它发光时才消除烦躁，获得真正的自由。因为它本身是光明的，所以它能在光明下沉睡，只有在黑暗中它才如鱼得水，悠游自如。而哪一个人能申明自己是完全拥有光明的呢？我们曾被一些阳光下的暴行吓怕了，所以我们无法像萤火虫一样在阳光下无忧无虑地沉睡。我们睡着，可我们睡得不安详；我们醒着，可我们却又糊涂着。萤火虫则不然，它睡得沉迷，醒得透彻，因而它能心无旁骛地舞蹈，能够在滚滚而来的黑夜中毫不胆怯地歌唱。

月光下萤火虫的光束毕竟是微不足道的，能够完全照亮竹林的还得是月光。然而萤火虫却在飞翔时把与它擦身而过的一片竹叶映得无与伦比的翠绿，这是月光所不能为的。萤火虫也在飞过溪涧的一刻将岩石上的一滴水染得泛出珍珠一样的光泽，这也是月光所不能为的。

萤火虫忽明忽灭地在我眼前飞来飞去，我确信它体内蓄积着亿万年以前的光明。多少人一代一代地去了，而萤火虫却永不泯灭。旧坟塌了成为泥土，又会有新坟隆起，而萤火虫却能世世代代地在墓园中播撒光明。也许它汲取了人的白骨中没有释放完全的生气和光芒，所以它才成为最富于神灵色彩的一种昆虫。

我坐在竹林里，坐在月光飞舞、萤火萦绕的竹林里，没有了人语，没有了房屋的灯火，看不见炊烟，只是听着溪流，感受着露水在叶脉上滑动，这样亲切的夜晚是多么让人留恋。

可我还是朝着有人语和灯火的地方回返了。那种亘古长存的萤火在一瞬间照亮了我的青春。我将要走出竹林时一只萤火虫忽然从草丛中飞起，迅疾地掠过我面前，它在经过我眼前时骤然一亮，将我眸子里沉郁的阴影剥落了一层。

1997年

泥　泞

　　北方的初春是肮脏的,这肮脏当然源自我们曾经热烈赞美过的纯洁无瑕的雪。在北方漫长的冬季里,寒冷催生了一场又一场的雪,它们自天庭伸开美丽的触角,纤柔地飘落到大地上,使整个北方沉沦于一个冰清玉洁的世界中。如果你在飞雪中行进在街头,看着枝条濡着雪绒的树,看着教堂屋顶的白雪,看着银色的无限延伸着的道路,你的内心便会洋溢着一股激情:为着那无与伦比的壮丽或者是苍凉。

　　然而春风来了。春风使积雪融化,它们在消融的过程中容颜苍老、憔悴,仿佛一个即将撒手人寰的老妇人。雪在这时候将它的两重性毫无保留地暴露出来:它的美丽依附于寒冷,因而它是一种静止的美、脆弱的美;当寒冷已经成为西天的落霞,和风丽日映照它们时,它的丑陋才无奈地呈现。

　　纯美至极的事物是没有的,因而我还是热爱雪。爱它的美丽、单纯,也爱它的脆弱和被迫的消失。当然,更热爱它们消融时给这大地制造的空前的泥泞。

小巷里泥水遍布；排水沟因为融雪后污水的加入而增大流量，哗哗地响；燕子在潮湿的空气里衔着湿泥在檐下筑巢；鸡、鸭、鹅、狗将它们游荡小巷的爪印带回主人家的小院，使院子里印满无数爪形的泥印章，宛如月下松树庞大的投影；老人在走路时不小心失了手杖，那手杖被拾起时就成了泥手杖；孩子在小巷奔跑嬉闹时不慎将嘴里含着的糖掉到泥水中了，他便失神地望着那泥水呜呜地哭，而窥视到这一幕的孩子的母亲却快意地笑起来……

这是我童年时常常经历的情景，它的背景是北方的一个小山村，时间当然是泥泞不堪的早春时光了。

我热爱这种浑然天成的泥泞。

泥泞常常使我联想到俄罗斯这个伟大的民族，罗蒙诺索夫、柴可夫斯基、陀思妥耶夫斯基、托尔斯泰、蒲宁、普希金就是踏着泥泞一步步朝我们走来的。俄罗斯的艺术洋溢着一股高贵、博大、阴郁、不屈不挠的精神气息，不能不说与这种春日的泥泞有关。泥泞诞生了跋涉者，它给忍辱负重者以光明和力量，给苦难者以和平和勇气。一个伟大的民族需要泥泞的磨砺和锻炼，它会使人的脊梁永远不弯，使人在艰难的跋涉中懂得土地的可爱、博大和不可丧失，懂得祖国之于人的真正含义。当我们爱脚下的泥泞时，说明我们已经拥抱了一种精神。

如今在北方的城市所感受到的泥泞已经不像童年时那么深重了。但是在融雪的时节，我走在农贸市场的土路上，仍然能遭遇那种久违的泥泞。泥泞中的废纸、草屑、烂菜叶、鱼的内脏等等杂物若隐若现着，一股腐烂的气味扑入鼻息。这感觉当然比不得在永远有绿地环绕的西子湖畔撑一把伞在烟雨蒙蒙中耽于幻想来得惬意，但它仍然能使我陷入另一种怀想,想起木轮车沉重地碾过它时所溅起的泥珠,想起北方的人民跋涉其中的艰难的背影,想起我们曾有过的苦难和屈辱,我为双脚仍然能触摸到它而感到欣慰。

我们不会永远回头重温历史,我们也不会刻意制造一种泥泞让它出现在未来的道路上,但是,当我们在被细雨洗刷过的青石板路上走倦了,当我们面对着无边的落叶茫然不知所措时,当我们的笔面对白纸不再有激情而苍白无力时,我们是否渴望着在泥泞中跋涉一回呢?为此,我们真应该感谢雪,它诞生了寂静、单纯、一览无余的美,也诞生了肮脏、使人警醒给人力量的泥泞。因此它是举世无双的。

1995年

是谁扼杀了哀愁

现代人一提"哀愁"二字，多带有鄙夷之色。好像物质文明高度发达了，"哀愁"就得像旧时代的长工一样，卷起铺盖走人。于是，我们看到的是张扬各种世俗欲望的生活图景，人们好像是卸下了禁锢自己千百年的镣铐，忘我地跳着、叫着，有如踏上了人性自由的乐土，显得是那么亢奋。

哀愁如潮水一样渐渐回落了。没了哀愁，人们连梦想也没有了。缺乏了梦想的夜晚是那么的混沌，缺乏了梦想的黎明是那么的苍白。

也许因为我特殊的生活经历吧，我是那么地喜欢哀愁。我从来没有把哀愁看作颓废、腐朽的代名词，相反，真正的哀愁是一种悲天悯人的情怀，是可以让人生长智慧、增长力量的。

哀愁的生长是需要土壤的，而我的土壤就是那片苍茫的冻土，是那种人烟寂寞处的几缕鸡鸣，是映照在白雪上的一束月光。哀愁在这样的环境中，悄然飘入我的心灵。

我熟悉的一个擅长讲鬼怪故事的老人在春光中说没就没了，可他抽过的烟锅还在，怎不使人哀愁；雷电和狂风摧折了一片像蜡烛一样明亮的白桦林，从此那里的野花开得就少了，怎不令人哀愁；我期盼了一夏天的园田中的瓜果，在它即将成熟的时候，却被早霜断送了生命，怎不使人哀愁；雪来了，江封了，船停航了，我要有多半年的时光看不到轮船驶入码头，怎不叫人哀愁！

我所耳闻目睹的民间传奇故事、苍凉世事以及风云变幻的大自然，它们就像三股弦。它们扭结在一起，奏出了"哀愁"的旋律。所以创作伊始，我的笔触就自然而然地伸向了这片哀愁的天空，我也格外欣赏那些散发着哀愁之气的作品。我发现哀愁特别喜欢在俄罗斯落脚，那里的森林和草原似乎散发着一股酵母的气息，能把庸碌的生活发酵了，呈现出动人的诗意光泽，从而洞穿人的心灵世界。他们的美术、音乐和文学，无不洋溢着哀愁之气。比如列宾的《伏尔加河上的纤夫》、柴可夫斯基的《悲怆交响曲》、艾托玛托夫的《白轮船》、屠格涅夫的《白净草原》、阿斯塔菲耶夫的《鱼王》等等，它们博大幽深、苍凉辽阔，如远古的牧歌，凛冽而温暖。所以当我听到苏联解体的消息，当全世界很多人为这个民族的前途而担忧的时候，我曾对人讲，俄罗斯是不死的，它会复苏的！理由就是：这是一个拥有了伟大哀愁的民族啊。

人的怜悯之心是裹挟在哀愁之中的，而缺乏了怜悯的艺术是不会有生命力的。哀愁是花朵上的露珠，是洒在水上的一片湿润而灿烂的夕照，是情到深处的一声知足的叹息。可是在这个时代，充斥在生活中的要么是欲望膨胀的号叫，要么是麻木不仁的冷漠。此时的哀愁就像丧家犬一样流落着。生活似乎在日新月异发生着变化，新信息纷至沓来，几达爆炸的程度，人们生怕被扣上落伍和守旧的帽子，疲于认知新事物，应付新潮流。于是，我们的脚步在不断拔起的摩天大楼的玻璃幕墙间变得机械和迟缓，我们的目光在形形色色的庆典的焰火中变得干涩和贫乏，我们的心灵在第一时间获知了发生在世界任何一个角落的新闻时却变得茫然和焦渴。

在这样的时代，我们似乎已经不会哀愁了。密集的生活挤压了我们的梦想，求新的狗把我们追得疲于奔逃。我们实现了物质的梦想，获得了令人眩晕的所谓精神享受，可我们的心却像一枚在秋风中飘荡的果子，渐渐失去了水分和甜香气，干涩了、萎缩了。我们因为盲从而陷入精神的困境，丧失了自我，把自己囚禁在牢笼中，捆绑在尸床上。那种散发着哀愁之气的艺术的生活已经别我们而去了。

是谁扼杀了哀愁呢？是那一声连着一声的市井的叫卖声呢，还是让星光暗淡的闪烁的霓虹灯？是越来越炫目的高科技产品所散发的迷幻之气呢，还是大自然蒙难后产生出的滚滚沙尘？

我们被阻隔在了青山绿水之外，不闻清风鸟语，不见明月彩云，哀愁的土壤就这样寸寸流失。我们所创造的那些被标榜为艺术的作品，要么言之无物、空洞乏味，要么迷离傥荡、装神弄鬼。那些自诩为切近底层生活的貌似饱满的东西，散发的却是一股雄赳赳的粗鄙之气。我们的心中不再有哀愁了，所以说尽管我们过得很热闹，但内心是空虚的；我们看似生活富足，可我们捧在手中的，不过是一只自慰的空碗罢了。

2006年

黄沙蔽天时

　　看过了秦始皇兵马俑，游过了茂陵、乾陵，领略了汉武帝、武则天占尽风水的寝陵后，我又去了大雁塔、小雁塔，以为对西安已有了全面了解，所以安然地在落霞时分流连于西大学府南路的市场，听当地人操着土语吆喝买卖，时不时踅进小吃部经济而实惠地饱尝一顿美味，至今对那条街上的李记玫瑰油糕、张记油泼扯面、福顺羊肉泡馍记忆犹新。常常是一碗面或泡馍落肚后还觉得余兴未尽，于是饭后的一块玫瑰油糕就成了一道好点心。我边吃边慢慢地踱步在小街上，看着两侧摊床上新鲜的牛羊肉、瓜果、蔬菜，听着买卖双方互不相让的讨价还价声，有一种十分朴实和亲切的感觉。那条街上总是有卖山核桃和板栗的，这是我读书之余比较青睐的零食，当然还有水晶柿子和猕猴桃，我散步回来手里总是提着吃的东西。

　　就这样在一种散漫富足的情调下开始了在西安的求学生活。有时候突然起了浪漫情调，就跑到古城墙上望云，感觉那天空和云彩都不同寻常的晴丽；有时也在炎热的夏日彻夜躺在柔软而清香的草坪上，看夜空和星星，感觉那夜空和星星也是不同寻常的晴丽。我以为西安就是这样子，有古中国的生活情韵，节奏缓慢，民风淳朴，繁荣而不雕琢，朴素而不失大都市情调，天清气朗，晴日永照。然而一九八八年春季的一场黄沙却使我改变了对它的看法。

那天上午并没有风沙袭来的任何迹象，天空很蓝，透明度也很高，一上午的课程结束后我在食堂吃过午饭便回宿舍休息。我的午睡时间一向很长。大约三点左右我懒散起床到学府南路散步，看见摊床上的草莓鲜艳而饱满，便称上一些边走边吃。还未走到市场尽头，忽然感觉一阵旋风袭来，天蓦然黯淡了，树叶被疾风吹得哗哗地响，一些挂在树枝上的广告条幅被刮得四处飞扬。商贩们吆喝叫着麻利地收摊床，几家店铺很快把板窗落了下来。先前还忙碌而从容的街市一下子变得纷乱起来，人在风中急急地侧着身子赶路，狂风似乎想使每一个人都成为秃子，奋力撕扯着人的头发。我的长发狂舞着，几乎蒙住了整个的脸。

黄沙就在此时滚滚而来，它们那细小而尖锐的尘埃不遗余力地击打着店铺的玻璃窗、惊慌失措的行人、树木以及商贩们没有完全收完的水果。太阳不见了，远远近近都是苍黄的色彩。空气令人窒息，我在弥漫的黄沙中艰难地朝回走。然而我只能是踉踉跄跄地走，没吃完的草莓早已沦落风尘中。学府路到我的住处并不很远，可我却觉得那是我一生中走得最漫长的路。没有说话声，有的只是默默前行的人。人们一律垂头躬背走着，以尽可能地减轻黄沙对自身的侵害。世界一片混沌。我的眼前一片模糊，只觉得自己被人活生生地抛到了荒郊野外，人群不见了，房屋不见了，树木不见了，公共汽车也不见了，无边无际弥漫着的是那用粗哑的嗓子歌唱着的黄沙。

它来自苍凉无垠的黄土高坡，来自域外曾经刀光剑影、血染黄沙的古战场。它带来了晦暗的窑洞里那微弱的一点光亮，带来了玉米身上一缕抖不掉的沉香，带来了在这黄土地上终年耕种着的农人们沉重的咳嗽和叹息。黄沙蔽天，西安不见了，西安仿佛沦陷了。我也消失了，因为我变成了一粒黄沙，我的思绪漫无边际地飘游。我隐约看见一个女人抱着孩子贴着围墙慢慢而小心地走着，而一对恋人则紧紧相拥相抱在一爿店铺的墙下。在如潮一般涌来的黄沙中，所有的人都像是刚出土的泥塑，古典而沉重。我不由蓦然想起气势恢宏的秦始皇兵马俑，如果没有展厅高大的棚屋环绕着它们，让它们经受一次黄沙的洗礼该有多壮观！它们本来就来自地下，来自蒙蒙黄沙之中，它们与风雨有着肌肤之亲，它们在地下是活的，而它们的出土则意味着死亡。当不绝如缕的中外游客一遍遍地将惊奇的目光投向它们时，它们为什么总是显得无与伦比的冷漠和持重？也许它们渴望回到它们诞生的地方，渴望着我们视为劫难而它们视为辉煌的横贯天际的黄沙的洗礼，渴望着一种心对心的交流。

我在黄沙中有一种说不出的辛酸，有一种要哭的欲望，有一种想呐喊的欲望，有一种要永久消失的欲望。多少帝王将相将他们颓败的宫殿留了下来，将他们的黄金、珠宝、玉玺留了下来，然而他们死后无一不是归隐黄土。黄土是一个血肉之躯最后的永恒的梦乡。我们在一心一意建设一个城市时，筑起了高楼，修起了宽敞的水泥马路，使那么多房屋色彩纷呈，雕梁画栋，以绿化为名种植了一排排单调的树木。我们以为已经隔绝了黄尘，隔绝了贫穷之气，然而就在我们几近麻木的庸碌而饱食终日的生活中，一场黄沙却浩浩荡荡地袭来了，它为我们自以为是的生活敲响了警钟。

那是我一生中走得最漫长的一段路，我在黄沙蔽天时为自己在古城墙上附庸风雅地望云有了一种彻骨的羞耻感。我知道我先前了解的只不过是西安的一些皮毛的东西，它深层的内蕴我还远远没有挖掘到。两个相爱的人在黄沙中相拥体味的是爱情，一个女人抱着一个孩子在黄沙中体味的是母子间的挚爱深情。而只有我，一个独行者，才能体味到黄沙鞭打心灵的那种疼痛和温暖。我知道自己很可能在一生中都处于一种孤独的境地，但这并不可怕，因为只有孤独的人，却没有孤独的心灵。当我步履蹒跚将要回到住处时，我的嘴巴、鼻孔、耳朵、头发、颈窝里满是黄沙，我想此刻有人把我送入秦始皇兵马俑的俑坑该是多么恰当——我满身风尘如泥塑，而那里又是多么缺乏一位裙裾飞扬、长发飘飘的女人与它们相守。

1996年

那个唱着说话的地方在哪儿

我的童年，是在大兴安岭的山野中度过的。由于地广人稀，我认识的动植物比人要多。老人们说故事的时候，动植物常常是人的化身，所以我从小就把它们当人看。我会跟猫狗说话，跟樟子松和百合花说话，跟春天的飞鸟和秋日的蘑菇说话。我一直梦想着有朝一日写本童话，把我跟它们说过的话写出来。

那时在我眼里，世界就是我们的村庄！这个世界的美好是短暂的，春天一闪即逝，冬天无比漫长。我被寒流鞭笞的日子，远比闻花香的日子多得多。而这个世界的故事是说不完的，夜晚偎在火炉旁，老人们总有传奇故事可讲，那些神仙鬼怪故事，令我无限惊奇和遐想。

春天往农田运粪肥，夏天铲地拉犁杖，秋天起土豆，冬季拉烧柴，这些是我童年做过的季节性的大活。小活就多得数不过来了，劈柴挑水，喂猪喂鸡，洗衣做饭，晒干菜糊窗缝，擦屋子扫院子叠被子，等等等等。做这些看似枯燥的活儿时，也有浪漫的事情发生。比如夏季铲地，在野地采酸木浆解渴时，顺便会采一把野花，回家栽在罐头瓶里，照亮我们的居室。劈柴的时候，我不止一次从松木样子里劈出肥美的白虫子，这时我会眼疾手快捉住它，喂给鸡吃，鸡再看你时，眼神都是温柔的了！拉犁杖的时候呢，犁铧往往把土里的蚯蚓给掘出来了，在后面扶犁杖的父亲见了，会把蚯蚓捡起，放进盛着土的铁皮盒里，这是上佳的鱼饵。我们家有一根鱼竿就放在地头的草丛中，随用随取。田地旁的水泡子是死水，钓上的鱼有土腥味，但我们有办法征服它，我们把鱼剁碎了，炸鱼酱吃！大酱雄赳赳的咸香气，将腥味这个捣蛋鬼收编了，鱼酱鲜香可口，上了餐桌，总会被我们一扫而光！而拉烧柴的时候呢，总能在雪地看见奔跑的雪兔，要是逮着它们，家里的灶房会飘出炖肉的香气不说，我们还有漂亮的兔毛围巾可戴了！当然，最美妙的活计，是采山。夏季采都柿和水葡萄时，逢着粒大饱满、果实甘甜的，我总要先填到自己肚子里，吃得心满意足了，再填充带去的容器。都柿可以酿酒，吃多了会醉。有一年我跟人采都柿，挎着都柿桶回村时，摇摇晃晃的——不是桶太沉了，而是我吃醉了。被果实醉晕的感觉真好，那时大地成了天空，而我成了一朵云。

　　当然，我们的童年，也有忧伤，也有对死亡的恐惧，也有离愁。那时有老人的人家，几乎家家院子都备下一口棺材。月光幽幽的晚上，我经过这样的棺材前时，就会头皮发麻。最恐怖的是那些英年早逝人，他们未备棺材，这时寂静的山村，就会回荡起打棺材的声音，那种声音听起来像鬼在叫。而所有的棺材，总是带着我们熟悉的人，去了山上的墓园，不再回来。这让我自小就知道，原来生命在某一年不是四季，而是永无尽头的冬天。进了这样的冬天，就是与春天永别了。

九久读书人的陈丰女士策划出版"我们小时候"这套丛书，使我有机会回望和打量自己走过的路。书中的篇章，写作时间不同，但它们却有一个清晰的指向，那就是我的童年。而童年的光影，在我心中从未暗淡过，因为它永远是生命中最明亮的部分。

记得小时候，有一年夏天，我从山村步行到县城，看了场电影《沙家浜》。里面的人物对话时，咿咿呀呀地唱，所以我认定沙家浜那地方的人，说话要唱着说。我一回到家就问父亲：电影里那个唱着说话的地方在哪儿？

父亲笑了，全家人都笑了。

几十年过去，我却还抱有童年的幻想，希望在这世界的某个角落，有一群人，唱着说话。不论他们唱出的是悲歌还是喜歌，无疑都是满怀诗意的。可是，那个唱着说话的地方在哪儿呢？

2013年

第七辑

理

一只惊天动地的虫子

我对虫子是不陌生的。小时候在菜园和森林中，见过形形色色的虫子。绿色的软绵绵的喜欢吊在杨树枝上的毛毛虫，爱在菜园中飞来飞去的有着漂亮的壳的花大姐，以及在树缝中养尊处优的肥美的白色虫子，都曾带给我许多的乐趣。我曾用树枝挑着绿色的毛毛虫去吓唬比我年幼的小孩子，曾经在菜园中捉了花大姐将它放到透明的玻璃瓶中，看它金红色夹杂着黑色线条的光亮的"外衣"，曾经抠过树缝中的虫子，将它投到火里，品尝它的滋味，想着啄木鸟喜欢吃的东西，一定甘美异常。至于在路上和田间匍匐着的蚂蚁，我对它们更是无所顾忌，想踩死一只就踩死一只，仿佛虫子是大自然中最低贱的生灵，践踏它们是天经地义的。

成年之后，我不拿虫子恶作剧了，这并不是因为对它们有特别的怜惜之情，而是由于逐渐地把它们给淡忘了。这时候我注意的是飞鸟，是流云，是高耸入云的百年老树，是湖泊中的野雁，是森林的白雪地上奔逃的兔子。虫子就像尘埃一样，被这些事物给深深地掩埋了。

然而去年的春节，我却被一只虫子给深深地震撼了，这一年来，我从来没有忘记过它，它就像一盏灯，在我心情最灰暗的时刻，送来一缕明媚的光。如今我写着以上的文字，想要描述它时，又仿佛看见了它那矫健的身影——虽然说它是那般的小；又仿佛听见了它被摔下来时那山呼海啸般的声音——虽然说根本就没有什么声音出现。

去年在故乡，正月初一，我从弟弟家过完除夕回到自己的家。推开家门，见陈设还是过去的陈设，杜鹃依然如往年一样怒放着，而窗外的雪山和草滩也一如既往地沐浴着冬日清冷的阳光，这物是人非的场景让我觉得分外的苍凉。我孤独地站在屋子的窗前，久久不肯离开。我想让目光与那些流云做伴，因为它们行踪飘忽，时有时无，与我迷离的心态正吻合。

后来是一个电话让我把目光又转向室内。接过电话，我给供奉在厅堂的菩萨上了三炷香，然后席地而坐，闻着檀香的幽香，茫然地看着光亮的乳黄色的地板。地板干干净净的，看不到杂物和灰尘，突然，我的视野中出现了一个小黑点，开始我以为那是我穿的黑毛衣散落的绒球碎屑，可是，这小黑点渐渐地朝佛龛这侧移动着，我意识到它可能是只虫子。

它果然就是一只虫子！我不知它从哪里来，它比蚂蚁还要小，通体的黑色，形似乌龟，有很多细密的触角，背上有个锅盖形状的黑壳，漆黑漆黑的，它爬起来仪态万千，一会儿横着走，一会儿竖着走，好像这地板是它的舞台，它在上面跳着多姿多彩的舞。当它快行进到佛龛的时候，它停住了脚步，似乎是闻到了奇异的香气，显得格外的好奇。它这一停，仿佛是一个指挥着千军万马的将军在酝酿着什么重大决策。果然,它再次前行时就不那么恣意妄为了,它一往无前地朝着佛龛进军,转眼之间,已经是兵临城下,巍然站在了佛龛与地板的交界上。我以为它就此收兵了,谁料它只是在交界处略微停了停,就朝高高的佛龛爬去。在平面上爬行,它是那么的得心应手,而朝着呈直角的佛龛爬,它的整个身子悬在空中,而且佛龛油着光亮的暗红的油漆,不利于它攀登,它刚一上去,就栽了个跟斗。它最初的那一跌,让我暗笑了一声,想着它尝到苦头后一定会掉转身子离开。然而它摆正身子后,又一次向着佛龛攀登。这回它比上次爬得高些,所以跌下时就比第一次要重,它在地板上四脚朝天地挣扎了一番,才使自己翻过身来。我以为它会接受教训,掉头而去了,谁料它重整旗鼓后选择的又是攀登!佛龛上的香燃烧了近一半,在它的香气下,一只无名的黑壳虫子一次一次地继续它认定的旅程。它不屈不挠地爬,又循环往复地被摔下来,可是它不惧疼痛,依然为它的目标而奋斗着。有一回,它已经爬了两尺来高了,可最终还是摔了下来,它在地板上打滚,好久也翻不过身来,它的触角乱抖着,像被狂风吹拂的野草。我便伸出一根手指,轻轻地帮它翻过身来,并且把它推到离佛龛远些的地方。它看上去很愤怒,因为它被推到新地方后,是一路疾行又朝佛龛处走来,这次我的耳朵出现了幻觉,我分明听见了万马奔腾的声音,听见了嘹亮的号角,我看见了一个伟大的战士,一个身子小小却背负着伟大梦想的英雄。它又朝佛龛爬上去了,也许是体力耗尽的缘故,它爬得还没有先前高了,很快又被摔了下来。我不敢再看这只虫子,比之它的顽强,我觉得惭愧,当它跟跟跄跄地又朝佛龛爬去的时候,我离开了厅堂,我想上天对我不薄,让我在一瞬间看到了最壮丽的

一只惊天动地的虫子

诗史。

　　几天之后，我在佛龛下的角落里发现了一只死去的虫子。它是黑壳的，看上去很瘦小，我不知它是不是我看到的那只虫子。它的触角残破不堪，但它的背上的黑壳，却依然那么的明亮。在单调而贫乏的白色天光下，这闪烁的黑色就是光明！

2004年

时间怎样地行走

墙上的挂钟，曾是我童年最爱看的一道风景。我对它有一种说不出的崇拜，因为它掌管着时间，我们的作息似乎都受着它的支配。我觉得左右摇摆的钟摆就是一张可以对所有人发号施令的嘴，它说什么，我们就得乖乖地听。到了指定的时间，我们得起床上学，我们得做课间操，我们得被父母吆喝着去睡觉。虽然说有的时候我们还没睡够不想起床，我们在户外的月光下还没有戏耍够不想回屋睡觉，都必须因为时间的关系而听从父母的吩咐。他们理直气壮呵斥我们的话与挂钟息息相关："都几点了，还不起床！"要么就是"都几点了，还在外面疯玩，快睡觉去！"这时候，我觉得挂钟就是一个拿着烟袋锅磕着我们脑门的狠心的老头，又凶又倔，真想把他给掀翻在地，让它永远不能再行走。在我的想象中，它就是一个看不见形影的家长，严厉而又古板。但有时候它也是温情的，比如除夕夜里，它的每一声脚步都给我们带来快乐，我们可以放纵地提着灯笼在白雪地上玩个尽兴，可以在子时钟声敲响后得到梦寐以求的压岁钱，想着用这钱可以买糖果来甜甜自己的嘴，真想在雪地上畅快地打几个滚。

我那时天真地以为时间是被一双神秘的大手给放在挂钟里的，从来不认为那是机械的产物。它每时每刻地行走着，走得不慌不忙，气定神凝。它不会因为贪恋窗外鸟语花香的美景而放慢脚步，也不会因为北风肆虐、大雪纷飞而加快脚步。它的脚，是世界上最能禁得起诱惑的脚，从来都是循着固定的轨迹行走。我喜欢听它前行的声音，总是一个节奏，好像一首温馨的摇篮曲。时间藏在挂钟里，与我们一同经历着风霜雨雪、潮涨潮落。

我上初中以后，手表就比较普及了。我看见时间躲在一个小小的圆盘里，在我们的手腕上跳舞。它跳得静悄悄的，不像墙上的挂钟，行进得那么清脆悦耳，"滴答——滴答——"的声音不绝于耳。所以，手表里的时间总给我一种鬼鬼祟祟的感觉，从这里走出来的时间因为没有声色，而少了几分气势。这样的时间仿佛也没了威严，不值得尊重，所以明明到了上课时间，我还会磨蹭一两分钟再进教室，手表里的时间也就因此显得有些落寞。

后来，生活变得丰富多彩了，时间栖身的地方就多了。项链坠可以隐藏着时间，让时间和心脏一起跳动；台历上镶嵌着时间，时间和日子交相辉映；玩具里放置着时间，时间就有了几分游戏的成分；至于电脑和手提电话，只要我们一打开它们，率先映入眼帘的就有时间。时间如繁星一样到处闪烁着，它越来越多，也就越来越显得匆匆了。

十几年前的一天，我在北京第一次发现了时间的痕迹。我在梳头时发现了一根白发，它在清晨的曙光中像一道明丽的雪线一样刺痛了我的眼睛。我知道时间其实一直悄悄地躲在我的头发里行走，只不过它这一次露出了痕迹而已。我还看见,时间在母亲的口腔里行走,她的牙齿脱落得越来越多。我明白时间让花朵绽放的时候,也会让人的眼角绽放出花朵——鱼尾纹。时间让一棵青春的小树越来越枝繁叶茂,让车轮的辐条越来越沾染上锈迹,让一座老屋逐渐地驼了背。时间还会变戏法,它能让一个活生生的人在瞬间消失在他们曾为之辛勤劳作着的土地上,我的祖父、外祖父和父亲,就让时间给无声地接走了,再也看不到他们的脚印,只能在清冷的梦中见到他们依稀的身影。他们不在了,可时间还在,它总是持之以恒、激情澎湃地行走着——在我们看不到的角落,在我们不经意走过的地方,在日月星辰中,在梦中。

  我终于明白挂钟上的时间和手表里的时间只是时间的一个表象而已,它存在于更丰富的日常生活中——在涨了又枯的河流中,在小孩子戏耍的笑声中,在花开花落中,在候鸟的一次次迁徙中,在我们岁岁不同的脸庞中,在桌子椅子不断增添新的划痕的面容中,在一个人的声音由清脆而变得沙哑的过程中,在一场接着一场去了又来的寒冷和飞雪中。只要我们在行走,时间就会行走。我们和时间是一对伴侣,相依相偎着,不朽的它会在我们不知不觉间,引领着我们一直走到地老天荒。

2004年

足球不可演绎

近读足球皇帝贝肯鲍尔的自传《半世球魂》，才知这位足球场上有史以来最为风度翩翩的自由人竟然拍过一部电影，名为《自由中卫》。它于一九七三年摄制完成，一九七四年上映。当它出笼后，德国一些新闻媒体对贝氏的表演颇多微词。这使我联想到我看到的有关足球的电影电视剧，的确没有一部让人动心过。我想用影视来演绎足球是极为冒险的，因为足球是激情的产物，它以无与伦比的真实性和现场感牵制着球迷，而影视则不可能达到这种效果。所以它给人一种隔靴搔痒甚至是做作的感觉。哪怕像贝肯鲍尔这样的大牌球星亲自参与的拍摄，也不可能给人一种赏心悦目之感。我很理解那些尖刻的批评，因为球迷希望看到的还是贝肯鲍尔在真正的足球场上像风一样流畅地奔跑的身影，他在电影中哪怕使尽浑身解数展示球技，也不可能得到观众的喝彩，因为人们感觉他在演戏。

看足球的人大概都会有这种体验，对现场直播的比赛总是怀着无比激动的心情，而对录播节目则明显缺乏热情。所以几乎所有的球迷在看录播节目时最恐惧事先知道比赛的结果，他们力图在既成事实的结果中仍然营造出一种悬念感，这样在观赏的过程中还能随着足球场上的风云变幻或喜或悲。即使如此，录播节目因为缺乏中场休息而让人感觉少了点什么。这一点我跟别人大约不一样，我太喜欢中场休息了。在那段时间里，球员们是在休息室里稍事休整、听教练员布置下半场的技战术安排，而我则能在中场休息时离开座位去喝水或吃水果。有时还跑到阳台上看一会儿夜景，感觉一下晚风的清爽宜人。最常看的是周六的德甲和周日的意大利联赛的直播，中场休息时基本都是接近午夜的时光，所以若想更舒服地看下半场比赛，就得赶紧去卫生间洗漱，然后偎在被窝里舒舒服服地看暂时消散的硝烟又如何在足球场上弥漫。最让人觉得惬意的是中场休息时你可以不知不觉地扮演教练员的角色，上半场哪位锋线队员在频频出现的良机下总是难以洞穿对方的球门，哪位中场球员又不能纵观全局、毫无眼光地把球传到最平庸的不可能撕开对方防线的点上，哪位后卫又在集体造越位时总是戏剧性地慢半拍或者在别人的快速反击中只会亦步亦趋地跟着，直至到达禁区才幡然醒悟飞身铲断，而这迟来的决断往往是恭恭敬敬地送给对方一个吃下就可能会饱的点球，却将自己一方推上死亡的边缘。凡此种种，你会想锋线、中场或者后卫在下半场该进行人员调整了，这时你会有一种忐忑不安的心情，不知自己的预感是否准确。下半场一开球，若是发现教练的想法果然与你不谋而合，你会有一种猜谜者猜中谜底的喜悦。再看锋线球员也许会觉得他充满了灵感，而中场球员则像年轻而健康的人的血管中的血一样充沛地流淌。至于新上场的后卫，也许仅仅因为如你所愿换了人，你会觉得他不再呆头呆脑。中场休息带给人的遐想和乐趣简直太多了。所以缺乏了中场休息的录播节目即使再好，也仿佛是看到一座轻隽美观的桥梁断了一个桥墩而充满遗憾。

球迷是挑剔的，就连缺乏了中场休息的录播球赛都让人充满遗憾，更何况是对足球戏剧化的演绎呢，它带给人的肯定是一种如鲠在喉的阻塞感。因为影视是要靠故事来串联的，足球在里面即使作为主线来发展，也肯定给人一种似是而非的感觉，因为它不是纯粹的足球，与足球精神相去甚远。把它消解为诸多故事其实是对它本身魅力的一种败坏。足球是现场感色彩尤为强烈的一种运动，它瞬息万变，我们可以随时领略看台上球迷肝肠欲断或者欣喜若狂的表情，这种场面影视是要靠"演"才能完成，而演绎激情是不可能成功的。说到底，足球只需要真正的角色，它是演员难以替代的。即使像贝肯鲍尔这样的球星可以积极地以身试法，也是和者寥寥。《自由中卫》尘封在电影资料馆中也就不足为奇了。

足球的不可演绎除了因为它无法与足球场上的激情和真实同步外，还在于它缺乏观赏性和审美感。那些不热爱足球的人对以它为题材的影视肯定不感兴趣，他们不如去看港台电视连续剧或好莱坞的经典爱情片来得过瘾。对此类影视感兴趣的，还是球迷。而球迷是吃过大菜的人，对这类作品中若有若无、不痛不痒的足球景观肯定视其为小菜一碟，不以为然也就在所难免了。战争是可以演绎的，因为战争不可能使每个人身临其境，除了幸存下来的一些新闻资料片外，不会有人看到对战争的现场直播，所以它能演绎出催人泪下的故事。而足球却与人有着密切的关系，它因为较少距离感而使其出现的一切都变得格外丰富多彩和诱人，那么即使你费尽心血地去演绎，也只能给人皮毛之感。足球赛本身就是极富魅力的故事。它有悲伤、幸福、绝望、快乐、失落等等复杂的情感。你不仅能看到球员的表现，还能随时领略裁判和教练的风采，更有看台上的广大球迷的形形色色的表演使你大饱眼福。这还不够吗？

我曾和同事开过玩笑，我说旧式婚姻一个最大的好处就是，夫妻双方往往是到了入洞房的时候才能目睹对方的容貌。我想新郎为新娘掀红盖头的那一瞬，肯定跟球迷看现场直播的足球赛一样充满激情，因为它具有神秘感。当然，盖头掀开之后，也许是彻头彻尾的幸福，也许是苦不堪言的失望，这也与球迷观看足球赛过程中的复杂心情一样。现在德甲和意甲联赛已经硝烟散尽，双休日的夜晚因此也变得黯淡无华。不知《足球之夜》的编导们能否与德方联系，将那部躺在资料馆里的《自由中卫》的拷贝买来，让我们在联赛间歇一饱眼福？尽管我一再申明足球不可演绎，但能够看到二十多年前贝肯鲍尔的风采不也是一件快事吗？

1998年

光与影

　　光肯定不单单是为了黑暗而存在的，因为光也生长在光明的时刻。比如白昼时大地上飞舞的阳光，它就是光明中的光明。当然，大多的光是因了黑暗的存在而存在的，生长这样光明的物品有蜡烛、油灯、马灯、电灯泡、灯笼、篝火，等等。月亮和星星无疑也是生长在黑暗中的光明，但它们可能是无意识地生长的，所以对待黑暗的态度也相对宽容些。月亮有圆有缺，即使它满月时，也可能一头扎进乌云的大厚被子中蒙头大睡，全不管有多少夜行人等待它的光明。星星呢，它们的光暗淡的时候多于明亮时，所以人类想借助它们的光明，是不大容易的。

　　我记忆最深的光，是烛光。上小学的时候，山村还没有通电，就得用烛光撕裂长夜了。那时供销社里卖得最多的是蜡烛，蜡烛多是五支一包，用黄纸裹着。当然也有十支一包的，那样的蜡烛就比较细了。蜡烛白色的居多，但也有红色的，人们喜欢买上几包红蜡烛，留到节日去点。所以供销社里一旦进了红蜡烛，买它的人就会挤破门槛。在那个年代，蜡烛是完全可以作为礼品送人的。正月串亲戚的人的礼品袋中，除了鸡、鸭、罐头和布匹外，很可能就会有几包蜡烛。懂得节省的人家，一支蜡烛能使上四五天，只要月亮的光能借上，他们就会敞开门窗，让月光奔涌而入，刷碗扫地，洗衣铺炕。我最爱做的，就是剪烛花。蜡烛燃烧半小时左右，棉芯就会跳出猩红的火花，如果不剪它，费蜡烛不说，它还会淌下串串烛泪，脏了蜡烛。我剪烛花，不像别人似的用剪刀，我用的是自己的手，将大拇指和二拇指并到一起，屏住气息探进烛苗，尖锐的指甲盖比剪刀还要锋利，一截棉芯被飞快地掐折了，蜡烛的光焰又变得斯文了。我这样做，从未把手烧着，不是我肉皮厚，而是做这一切眼疾手快，火还没来得及舔舐我。烧剩的蜡烛瘪着身子，但它们也不会被扔掉，女孩子们喜欢把它们攒到一起，用一个铁皮盒盛了，坐到火炉上，熔化了它们，采来几枝干树枝，用手指蘸着滚烫的烛油捏蜡花。蜡花如梅花，看上去晶莹璀璨，有喜欢粉色的，就在蜡烛中添上一截红烛，熔化后捏出的蜡花就是粉红色的了。在那个年代，谁家的柜子和窗棂里没有插着几枝蜡花呢！看来光的结束也不总是黑暗，通过另一种渠道，它们又会获得明媚的新生。

　　光中最不令我喜欢的就是阳光了。往往我还没有睡足呢，它就把窗户照得雪亮了。夏天的时候，它会晃得你睁不开眼睛，让人在强烈的光明中反倒有失明的感觉。不过我不讨厌黄昏时刻的阳光，它们简直就是从天堂播撒下来的一道道金线，让大地透出辉煌。比较而言，月光是最不令人厌烦的了，也许有强大的黑暗作为映衬，它的光总是柔柔的，带着股如烟似雾的缥缈气息，给人带来无边的遐想和温存的心境。好的月光质感强烈，你觉得落到手上的仿佛不是光，而是绸带，顺手可以用来束头发的。而且泻在山山水水的月光也不像阳光那样贫乏，月光使山变得清幽，让水变得柔情，流水裹挟着月光向前，让人觉得河面像根巨大的琴弦一样灿烂，清风轻轻抚过，它就会发出悠扬的乐声。

马灯和油灯，因为有了玻璃灯罩作为衬托，其性质有点像后来的电灯了。很奇怪，我印象中使马灯的都是些老气横秋的更倌和马夫，他们提着它，要么去给牲口喂夜草，要么去检查门闩是否闩上了。而掌着油灯的人呢，又多数是年老的妇人，她们守着油灯纳鞋底或者是补衣裳，油灯那如豆的火苗一耸一耸的，映着她们花白的头发和衰老平和的面庞。所以我觉得马灯和油灯与棺材前的长明灯密切相关，因为使着这两种灯的人，离点长明灯的日子是不远的了。

有了光，而又有了形形色色的天上和人间的事物，就有了影子。云和青山有影子，它们的影子往往是投映在水面上了；树、房屋、牲畜、篱笆、人、花朵与飞鸟，都会产生影子。有些影子是好看的，如月光下被清风摇曳的树影，黄昏时水面漂泊的夕阳的影子以及烛光中小花猫蹑手蹑脚偷食儿的影子。我印象最深的影子，是烛光反射到墙面的影子，它们有桌子的影子，有花瓶的影子，有插在柜角的鸡毛掸子的影子，也有人影。这些上了墙的影子随着光的变幻而变幻着，忽而胖了，忽而又瘦了；忽而长了，忽而又短了，让人觉得影子毕竟是影子，一从实物中脱离出来，它就走了样了。

老人们爱说，一个人有影子是好事情，要是有一天你发现自己的影子消失了，说明你离做鬼的日子不远了。所以我从小特别恐惧看自己的影子。它在，你可以气定神凝；一旦寻不着它，真的会急出一身冷汗，以为身后已经跟着一群小鬼了。而一个人即使沐浴在光明中，也并不总能看到自己的影子。而且，自己的影子有时也会吓着自己，比如走夜路的时候，我在前面走，我的影子就跟在我后面走，让我觉得身后跟着一个人，惴惴不安的。回过头一望，影子却不见了，可当你转过身接着行走的时候，影子又跟在身后了，甩也甩不掉，就像一条忠诚于主人的狗一样，一直跟着你。

在光与影的回忆中，有一把小提琴的影子会浮现出来。我家的墙壁上挂着一把小提琴，只有父亲能让它歌唱。它的旋律响起来的时候，即使在阴郁的天气中，你仍能感受到光明。"文革"中，那把小提琴被砸烂了，因为那是属于小资阶级的东西。琴声能流淌出光明，这样的光明能照亮人荒芜的心，可是这种光明是看不到影子的，如果用老人们的说法去推理它，音乐与鬼魅就是难解难分的了。难怪最忧伤最动人的旋律在给人带来心灵光明的时候，也会在一个特殊年代带来生活上的灾难，因为音乐带着鬼啊。

生活的富足，使马灯、油灯渐次别我们而去了，烛台也只成了一种时髦的展览了。当我们踏着繁华街市中越来越绚丽的霓虹灯的灯影归家，为再也找不见旧时灯影的痕迹而发出一声叹息的时候，那些灯影斑驳的往事，注定会在午夜梦回时幽幽地呈现。

2005 年

红颜读书郎

读高中一年级的时候，物理和化学这两个科目像两道阴森森的门一样令我心生寒冷、望而却步。这两块难啃的骨头使我吃尽苦头。我现在所理解的物理仍然停留在牛顿从苹果坠地发现了万有引力，而对化学的理解则只是居里夫人发现了镭。万有引力是什么？镭是什么？没有万有引力东西不是照样落到地上吗？难道一个苹果从树上掉下来不是落在地下，而是像鸟一样扶摇直上冲入云霄吗？没有镭我们不是照样吃饭吗？锅碗瓢盆又不是由镭制成的。

物理老师常常把滑轮车带到讲桌上来进行试验，一会儿讲斜坡，一会儿又讲加速度，听得我昏头昏脑，物理成绩总徘徊在五十分左右。至于化学呢，成绩也好不到哪里去，只是凭着背题的本事勉强及格。

化学课常常也是要做实验的。我对实验的目的一向糊涂，而却对这形式本身充满好奇。你想想啊，一个个透明的试管里装着各种溶液，有些试剂纸一进去后居然就变了颜色，紫白红黄的，仿佛那颜色被施了魔法，呼之欲出。尤其是酒精灯，它那典雅的形态和幽蓝的火苗是如此动人，每逢要给液体加热时，我都心潮澎湃地看酒精灯那安然沉迷燃烧的姿态，真是妙不可言。一堂实验课下来，我并没有学会氢气是如何制成的，只记住了闪闪发光的试管和令人心醉的酒精灯。所以一到考试的时候，这两科成绩自然是被风劫落的青果子，尝起来又苦又涩。

　　幸好有其他科目的成绩的支撑，使我觉得自己还不是一个差生。我的语文成绩从小学到高中一直都是出类拔萃的，历史和地理也都说得过去。所以升到高二，老师让面临高考的我们自行选择文理科时，我毫不犹豫地就进了文科班。一下子拔出了物理和化学这两潭泥淖，心中好不畅快。只是文科中的政治令人恼火，除了路线就是纲领，枯燥而说教，不像历史那么令人神往，可你必须得认真对待它，因为它在高考中也占一百分。高考的总成绩可比作一轮满月，若是哪一科成绩拖了后腿，无疑就像是被天狗给啃了一块下去，残缺着。所以各科成绩都比较平均的考生最容易考上大学。没有突出成绩的考生往往也是缺乏个性的人，所以大学里造就的大都是循规蹈矩的学生，而一些有思想锋芒和艺术才华的人却会被摒弃于门外，这不能不说是一种遗憾。

　　我不知道别人在考大学前夕是怎样的心情，反正那时的我对大学充满了渴望，又充满了恐惧。原因在于我对许多的必学科目已渐渐失去耐心。今天发下来一堆历史模拟试卷，明天又接过来一沓地理和政治模拟试题。永远有填不完的空，永远有解答不完的问题。你得一丝不苟地记住哪朝哪代的皇帝登基的年月，开国年号，甚至连这个王朝覆灭的时间也要了如指掌，它在升学上远远比你的生日更有意义。你得明白秦始皇为什么要"焚书坑儒"，要知道美国独立战争是怎么回事，第一次世界大战的导火索是什么，还要准确无误地说出社会主义的基本路线是什么，资本家剥削工人的最主要手段是什么。而这时你对世界只停留在初级的认知阶段，既不知道秦始皇焚的都是些什么书，也不知道资本家究竟是个什么东西。可你必须要解答问题，于是只能强迫自己去背书，坐在宿舍的床头上背，在教室里昏暗的走廊尽头背，到晨露摇曳的草地上背，到屋顶上去背。背来背去，如果记忆力好，脑子里经纬分明，不混淆题目，那么临场发挥时镇定自若就行了。那时你便是一架性能完好的机器，一按电钮，记忆中储存的知识便会鱼贯而出，频频给你的试卷添彩，为你撞开大学这多少有些神秘的大门。

尽管文科所开科目还比较遂我心愿，但我最偏爱的还是语文。尤其是作文，是我最为钟情的。从文字中可以读出韵律，读出喜怒哀乐，读出只有人类才有的弥漫着的情感。那时我便偷偷写诗、散文和小说。记得大家正紧锣密鼓地为高考而慨叹时间不足时，我却云山雾罩地炮制一篇小说，写一个女学生高考不中受不了家庭和社会的压力而自杀的故事。我自以为文章锦绣，高考时语文成绩一定会"咄咄逼人"，结果命运与我开了一个浪漫而残酷的玩笑，我将作文写跑题了，只得了八分。

我没有很好地领会所给予的那段文字的引申意义，关键时刻还是因为缺乏思想性而吃了亏。但那又有什么呢？由于总分低我只考入了大兴安岭师范专科学校，这个没有围墙的学校直接面对原野、山林和草滩，我在那里才真正地做起了作家梦，这个梦一直延续到现在，将我殷殷实实地包裹着，使我充实而自由地活着。

2000年

朗诵与逆向思维

从上小学起,我就喜欢朗诵。汉语的魅力在朗诵中得到了完美的体现。好的文章会给人一种欣赏音乐的感觉,比如朗诵鲁迅的《雪》、朱自清的《背影》,你感觉是在听一首如泣如诉的小提琴曲;而朗诵苏轼的《赤壁赋》和王勃的《滕王阁序》,你感觉是在听一首气势磅礴的交响乐。

由于我少年时代生活在大森林里,所以朗诵课文的时候,我除了喜欢站在屋前的菜园里对着瓜果蔬菜、蜻蜓蝴蝶朗诵,还喜欢到离家极近的山上对着树木溪水、野草飞鸟朗诵。大自然的清风、鸟语和流水声,为我的朗诵做了最好的伴奏。

我觉得朗诵可以最直接地品味到语言的美。有的句子富有阴柔之美,便可以轻声细气地对它浅吟慢读;而有的句子富有阳刚之美,读它时就会用激越高亢的声调。朗诵不仅帮助我们体味到了文字的旋律美,还可以激发我们对作文的兴趣和热爱。想着有些文章读起来竟然如此朗朗上口,如临仙乐,谁能按捺住一试身手的激情呢?我最早的作文,就是从朗诵中获得的灵感。我现在仍然认为，能够让人读出声来，读出气象的文章，才是好文章。这样的文章生动，有光彩。所以，直到如今，我虽然已人到中年，并且蜗居在大都市冰冷而苍灰的楼群中，仍然没有间断过朗诵。辛弃疾的诗词是我常放在枕边作为朗诵之用的。如果邻人听见一个女人在屋子里抑扬顿挫地朗诵诗词，一定会认为我神经不健全，可他们又怎能体悟到朗诵给人带来的审美的愉悦呢？

朗诵能够培养我们对文字的感情和写作的勇气。好文章仿佛只有读出声来才觉得过瘾。文章被朗诵，如同食物被咀嚼，你能细细品味其中的奥妙。如果一道美食仅仅只能看，却不能品味，就如同好文章未被朗诵一样，难解其真味。在朗诵的过程中，我们渐渐喜欢上了文字，并且生发了要驾驭这些文字的欲望。这可贵的"欲望"就是灵感袭来的前兆。所以，我觉得中小学生应该注重朗诵，注意——是朗诵，而不是背诵，背诵往往只是囫囵吞枣地完成老师布置的作业，只记住了文章的内容，那充其量只能称为皮毛的东西；而朗诵却能读出文章的气韵，能品咂到文章的精髓。

在我上中学和高中的时候，所接触到的作文基本都是命题的，比如《一件小事》《难忘的一天》《我的母亲》《记一次劳动》等等。我相信如今的学生也经常遭遇到这类命题作文。命题作文最大的弊端就是容易使学生的思维模式化，遏制想象力的发展，这是非常可怕的。所以，能够独辟蹊径地把"命题作文"写出新意，是我们所要思考的问题。要知道，命题作文就是在你身旁设置了一道厚厚的墙，你如果只是在墙的阴影下徘徊，写出的文章必然会老气横秋、毫无生气。可是如果你穿越了这堵墙，就会看到别致的风景。

我记得那是一九八〇年，我读高一的那年，秋天的时候，学校组织了一次作文竞赛。老师出的题目是《秋风与黄叶》。但见同学都已经执笔唰唰有声地下笔了，我却不急不躁地仍在思考这篇作文究竟该怎么写。如果仅仅写秋风席卷大地、落叶飘飞的景色，我会毫不费力。而且可以赋予落叶以一种意义：它曾充沛地活过，它的凋零因而是壮丽的！可我猜测很多同学都会想到这个立意，就没有兴趣去写。突然，我灵机一动，为什么不能把历史比喻为黄叶，而把历史上一次一次的农民起义比喻为秋风呢？历史这枚叶子之所以如此金黄灿烂，不就在于这些农民起义之风的吹拂嘛！灵感如天梯一样垂下，我终于可以从容地逾越《秋风与黄叶》这堵墙了。我的笔开始在白纸上飞快地走动，独特视角的择取使我在写作时一直洋溢着充沛的激情。我如释重负地参加完作文竞赛，我相信它会是最好的一篇作文。果然，它得了一等奖，我的卷子被张贴在一楼宣传栏的玻璃橱窗里，很多同学都围过去看。我听到最多的一个议论是："这个题目可以这么写呀。"是的，这件事使我获益匪浅，那就是看待问题一定要有自己的眼光，不能流俗。还有，我对我的语文老师一直心存感激，如果他当时认定我的文章立意有问题，排斥了它，也许会扼杀我的创造力。要知道学生时代的一点鼓励，都会在人的成长过程中起着至关重要的作用。

如果不想使自己在写作时陷入庸常立意的泥淖，我认为可以调动和开发"逆向思维"这根神经。逆向思维，并不是说考虑问题一定要朝相反的方面去想，而是说可以从独特的角度切入问题。这样，能使你的思维始终富有新鲜感和活力，从而使由此生发的文字散发出一股与众不同的气息。逆向思维的培养，主要有赖于想象力的支撑，想象力是逆向思维的后盾，所有的奇思妙想，皆得力于想象力的推波助澜。当然，强调"逆向思维"，并不是鼓励学生放弃对常识知识的学习，没有对常识知识的基本掌握，是不可能有修成"正果"的"逆向思维"的。如果仅仅为了独特而独特，很可能使文章看上去乖张、艰涩，难入情理。而有了基础和积淀的独特，才能焕发出绚丽的艺术之光。

2003年

必要的丧失

一九九四年九月在云南的大理,有天傍晚我在散步时与一个精神失常者相遇。当时我正走在河岸上,空气很凉爽,明月下能见到苍山幽蓝的剪影。河岸上少见行人,月光使河水发出亮色。当我走上一座桥,在石桥的一端突然与一个人相遇。他衣着洁净,笑嘻嘻地望着桥下的流水,那样子仿佛水中有他的美如天仙的新娘。古朴的石桥、平静的河水、清朗的月光,这种充满古典情怀的场景使我对那男子产生了好奇,或者说他正在诱惑我。月色给他的脸涂上一层柔和的光彩,我见他相貌平平,入神地微笑着,一动不动地望着河水。如果不是他始终如一地笑着,毫无顾忌地笑着,我是想不到他是精神失常者的。当我意识到他的精神有问题时,他已侧转身朝我走来,我大胆地打了一声招呼:"嗨,你好!"他并没有停住脚步,但他冲着我笑了,而且笑出了声。他与我擦身而过,他像大多数的精神失常者一样,走路很散漫,晃晃悠悠,有一种逍遥感。

我想象他为何而精神失常:爱情?金钱?权力?事业?这世俗

生活中能制约、桎梏和诱惑人的种种事物我都想了一番，最后仍然是一团迷雾，得不到任何答案。但有一点是肯定的，他丧失了世俗人要为之奔波、劳碌、明争暗斗的职称、住房待遇、官职、金钱、荣誉等这一切为人所累的东西，那么他心中留下的那一点是什么？也许仅存爱情了。留下的必定是唯一的、单纯的、永恒的、执着的。这种东西带给了他安详、平和、宁静与超然，而到达这种境界却必须以丧失作为代价。

他对我的那一笑常常使我警觉，这使我想起了里尔克，他在自己的一生中努力追求一种孤独感，有时候朋友或亲人破坏了他这种孤独感，他就会离他们而去。这种孤独感是否是精神失常者心中仅存的一种古典诗意之美呢？距离产生了，客观、清醒和冷静的良好品质，必然在人的身上出现，而距离总是以丧失作为前提的。

必要的丧失是对想象力的一种促进和保护。许多秀山秀水、文化底蕴深厚的地方频频产生过大学问家，而很大气的艺术家却寥寥无几，我一直以为这样尽善尽美的环境没有给想象力以飞翔的动力，而荒凉、偏僻的不毛之地却给想象力提供了更广阔的空间。可惜这样的地方又缺乏足够的精神给养。没有了满足感、自适感，憧憬便在缺憾、失落、屈辱中脱颖而出，憧憬因而变得比现实本身更为光彩夺目。

怀旧是否也是一种丧失呢？我认为是。尽管怀旧的形式本身是拾取和藕断丝连，但就怀旧的事物本身而言，它却是对逝去所有事物的剔除和背叛，因为你不是怀恋已逝的所有事物，而是只对一件事物情有独钟，那么你在怀旧，就意味着你对往昔大部分生活的丧失，你用阅历和理性判断出了一种值得追忆的事物，这种东西对你而言是永恒的。几乎所有的作家都有怀旧情绪，这种拾取实在是一场轰轰烈烈的丧失，而这种丧失又是必不可少的。

那么憧憬呢？它也是一种丧失吗？我认为憧憬也是一种丧失。憧憬是想象力的飞翔，它是对现实的一种扬弃和挑战。现实太满或者太流于平庸了，憧憬便会扶摇而上，寻找它自己的阳光和雨露。憧憬脱离尘世，当然是对许多俗世生活的一种丧失。

怀旧和憧憬，这是文学家身上必不可少的两个良好素质，它们的产生都伴随着丧失。而任何人并不是每时每刻都能怀旧和憧憬的，它需要营养的补充，也就是需要培养人的一种孤独感，一种近于怪癖的艺术家的精神气质。一个八面玲珑、缺乏个性的人是永远不会成为艺术家的，因为他们拥抱一切，缺乏问询、怀疑、冷静和坦诚，因而也就产生不了距离和美。

我又想起了在大理石桥上遇见的那个人。以往我会像绝大多数人一样称他们为精神病患者，但我现在不那么以为了。首先我已经不敢肯定这是一种病，当然就不能说他是患者了。我们是用常人的眼光打量他们的，他们的失神和超常状态其实是引起了我们自身的恐慌，他们那不顾一切、彻头彻尾的丧失令我们疑惑不解，所以我们认定他们有病。有一个小常识很说明问题，几乎绝大多数病的症状都伴有抑郁、焦虑、暴躁、惊慌的表现，当你身上出现这种情绪时，你可能生病了。而精神失常者却表现出一种使人迷醉的冷静、平和及愉悦，这有他们脸上的笑容为证。他们战胜了抑郁、焦虑、暴躁和惊慌，他们的心中也许仅存一种纯粹的事物，他们在打量我们时，是否认为我们是有病的，而他们却是正常的？因为我们所说的正常是以大众的普通人的行为作为尺度的，所以我只能认为他们是精神失常者，或者说是精神漫游者。

要到达那种境界要丧失多少东西？我不敢设想。也许他们也怀想和憧憬，就像我们一样。

1995年

第八辑

读书谈

枕边的夜莺

我喜欢躺着读书,这个习惯的养成已有二十多年了,从枕边掠过的书,自然是少不了的。

十七八岁,我读师专的时候,开始了真正的读书。每到寒暑假,最惬意的事情,就是躺在故乡的火炕上看书。至于读了些什么,已经记不清了,但读书的氛围却历历在目。夏天时,闻够了墨香,我会敞开窗子,嗅花圃搅起的一波一波的香气;冬天时,窗外的北风吹得窗纸唰啦啦响,我便把书页也翻得唰啦啦响。疲倦的时候,我会撇下书,趴在窗台上看风景。窗外的园田被雪花装点得一片洁白,像是老天铺下来的一张纸。

如果说枕头是花托的话,那么书籍就是花瓣。花托只有一个,花瓣却是层层叠叠的。每一本看过的书,都是一片谢了的花瓣。有的花瓣可以当作标本,作为永久的珍藏;有的则因着庸常,随着风雨化作泥了。

这二十多年来,不管我的读书趣味发生了怎样的变化,有一类书始终横在我的枕畔,就像一个永不破碎的梦,那就是古诗词。夜晚，读几首喜欢的诗词，就像吃了可口的夜宵，入睡时心里暖暖的。

我最喜欢的词人，是辛弃疾。一句"青山遮不住，毕竟东流去"，让我对他的词永生爱意，《稼轩集》便是百读不厌的了。屈原、李白、杜甫、白居易、李商隐、陆游、苏轼、李清照、李煜、纳兰性德、温庭筠、黄庭坚、范仲淹，也都令我喜爱。有的时候，读到动心处，我会忍不住低声吟诵出来，好像不经过如此"咀嚼"，就愧对了这甘美至极的"食粮"似的。

我父亲最推崇的诗人，就是曹植了。因为爱极了他的《洛神赋》，我一出生，父亲就把"子建"的名字给了我。长大成人后，我不止一次读过《洛神赋》，总觉得它的辞藻过于华丽，浓艳得有点让人眼晕。直到前几年，我的个人生活遭遇变故，再读《洛神赋》，读出了一种朴素而凄清的美！洛水上的神仙宓妃，惊鸿一现，顷刻间就化作烟波了。"悼良会之永绝兮，哀一逝而异乡"，"恨人神之道殊兮"，这才是曹植最想表达的。他以短短一曲《洛神赋》，写出了爱情的短暂、圣洁、美好，写出了世事的无常。我真的没有想到，曹植在诗中所描述的一切，正是我此刻的感悟，原来父亲早就知道，幻影才是永恒的啊！所以现在读《洛神赋》，别有一番滋味在心头！

中国的古典诗词，意境优美，禅意深厚，能够开启心智。当你愤慨于生活中的种种不公，却又无可奈何时，读一读黄庭坚的"贤愚千载知谁是？满眼蓬蒿共一丘"，你就会获得解脱。而当你意志消沉、黯然神伤时，读一读张若虚的《春江花月夜》，你就会觉得所有的不快都是过眼云烟。从这个意义上说，那些古诗词就是我枕畔的《圣经》。

这些伟大的诗人，之所以能写出流传千古的词句，在于他们有着对黑暗永不妥协的精神。他们高洁的灵魂，使个人的不幸得到了升华。杜甫评价李白时，曾满怀怜惜和愤懑地写道："敏捷诗千首，飘零酒一杯。"而这是那个时代大多数诗人坎坷命运的真实写照！个人的生死，在他们眼里，不过草芥，所以他们的诗词才有着大悲悯、大哀愁，这也是我深深喜爱他们的原因。

无论是读书还是写作，我们都在经历着一个前所未有的喧嚣时刻。能够保持一份清醒和独立，在读书中去伪求真，去芜存菁，并不是一件容易的事。我的枕畔，也曾有过名声显赫却难以卒读的书，但它们很快就从我的记忆中消失了。能够留下的，是鲁迅，是《红楼梦》，是《牡丹亭》《聊斋志异》，是雨果和陀思妥耶夫斯基，等等，这些人的书和这些作品可以一读再读。它们不会随着时光的流逝而变旧，它们是日出，每一次出现都是夺目的。

我常想，我枕边的一册册古诗词，就是一只只夜莺，它们栖息在书林中，婉转地歌唱。它们清新、湿润，宛如上天洒向尘世的一场宜人的夜露。

2008年

"红楼"的哀歌

《红楼梦》是书中的"月光宝盒",哪怕你把它放在尘埃中,它也不会因蒙垢而失去光彩。只要你拭去岁月的浮尘开启它,它就会把惊喜带给你,让你在一个狭小的空间里能看到无限的风景。这是一部常看常新的书,是一部值得永久品味的小说"极品"。每隔几年,我都会不由自主地把它从书架上取下,重温它的美好。

年轻的时候读《红楼梦》,特别喜欢给里面的人物贴标签,比如林黛玉是敏感娇弱、单纯如水的好女孩,薛宝钗是个八面玲珑、满腹心机的坏女孩;王熙凤满肚子的男盗女娼;贾宝玉是个情种,这"浊物"对有姿色的女孩都"怜香惜玉";至于丫鬟中的晴雯和袭人,一个是可爱到极点,一个则阴损到极致。所谓少不更事,特别容易给人物下论断,把一部丰富的、磅礴大气的作品看简单了。

人到中年后,再读《红楼梦》,体会到了薛宝钗的那种无奈,王熙凤在张扬中内心的苦辣酸甜,贾宝玉热闹生活背后的那种孤单,贾母行将就木时预感到繁华将逝的那种内心的苍凉。《红楼梦》中的主要人物,没有一个不是性情多重的,它不像《三国演义》中的人物那么脸谱化，它深刻挖掘了人性的丰富性和复杂性，从这个意义上说，它的文学价值也就更高。

前一段再读《红楼梦》，依然很顺畅地把它读下来了，它的语言魅力是其他的名著难以比拟的，所以阅读的过程是兴味盎然的。只是掩卷之后，有一种深深的怅惘之情，觉得《红楼梦》在哪里损失了点什么。想来想去，我觉得是高鹗所续的那部分出了问题。

《红楼梦》最精彩的篇章，其实还是曹雪芹写的那部分，它很扎实，充满了生活情趣和人间烟火的气息，比如刘姥姥一进大观园和醉卧怡红院、王熙凤毒设相思局、大观园试才题对额、荣国府元宵开夜宴、憨湘云醉眠芍药裀等等。在曹雪芹的笔下，我们能看到黛玉葬花、宝钗扑蝶、晴雯撕扇等经典片段；能在酒席之间的填词歌赋的游戏中，认识那个粗俗的薛蟠；能在风雪红梅的壮美景色中，看到青春而灵性的薛宝琴；能在与贾琏的打情骂俏声中，见识到平儿的俏皮和机智。就是那些比较悲壮的章节，如尤三姐拔剑为柳湘莲自刎，在刚烈之中亦可感知那如水的缠绵。曹雪芹的人物，穿梭在大观园的红花绿柳、碧水清溪中，他们是那么的容易感物伤怀，那么的缠绵悱恻。他们就像大观园中的花草植物一样，多姿多彩，充满质感。而到了高鹗那里，有情趣的生活少了，人物间细致入微的情感纠葛和争风吃醋不见了，高鹗急不可耐地让大观园荒芜，让姊妹离散，让人物在小小年纪就看破红尘。我们可以说，高鹗是深刻的，可是，小说中人物的可信性却大打折扣。究其原因，我以为曹雪芹在第五回《贾宝玉神游太虚境　警幻仙曲演红楼梦》中的收尾一段的《飞鸟各投林》，对高鹗的影响太大了："为官的，家业凋零；富贵的，金银散尽；有恩的，死里逃生；无情的，分明报应。欠命的，命已还；欠泪的，泪已尽……看破的，遁入空门；痴迷的，枉送了性命。好一似食尽鸟投林，落了片白茫茫大地真干净！"这段词好极了，妙极了，但我想曹雪芹要是写"盛宴必散"这个大结局，他肯定还是要秉承温暖的笔触，一针一针地慢慢挑出伤疤里的痛疽，而不是呼啦啦地一上场就喊一声"杀"，闹得个刺刀见红，血淋淋的，使作品的艺术风味发生了逆转。于是，当我读到"宴海棠贾母赏花妖""苦绛珠魂归离恨天"的章节时，心中总有不舒服的感觉。黛玉在《红楼梦》中是个必死无疑的人物，因为她偿还完神瑛侍者的"灌溉之恩"后，就要"归位"。我觉得在曹雪芹笔下，已经隐藏着黛玉之死的方式，那就是"葬花"的方式，是隐含着浪漫之气的死亡，而不是高鹗所续的焚稿断痴情。这边宝钗出阁成大礼，那边黛玉含着一腔幽愤离去，这种过于鲜明的对比我想肯定不是曹雪芹想要的结局。按我的理解，黛玉眼泪流干后，应该如一朵被风劫掠而落入水中的花朵一样死亡，异常的平静，也异常的鲜浓和华美。这样处理黛玉，其悲剧性会更强烈一些。但高鹗太想做哲学家了，他看透了人世间的兴衰荣辱，他把太沉重的思想的"核"附加在那些柔弱的女孩身上，由她们来做代言人，他毫不在意这种"承担"的结果会带来小说那种"水分"的丧失，所以当我读到"活冤孽妙尼遭大劫"时，真的是忍无可忍。妙玉的结局因为有着高鹗先入为主的一定要处理成悲剧的想法，被写得过于"惨烈"，其实这有悖于曹雪芹对妙玉性情的描述，不太符合妙玉命运的发展逻辑。为什么不能把她处理成荒凉的大观园中的最后一位孤独的守望者呢？

　　小说是要有丰沛的"水分"的，这样它才会因"汁液饱满"而好看。我觉得曹雪芹精心搭制了一座"红楼"，如果是他亲手毁掉它，他会一根木椽、一条横梁地轻轻地拆除，看着它渐渐倾斜，而不是像高鹗一样，上来就一顿"狂轰滥炸"，倏忽间，便令大厦成为废墟。所以我觉得曹雪芹是文学家，而高鹗是哲学家。哲学家续写文学家的书，肯定是"气不相接"，这也是《红楼梦》带给人的遗憾之处。高鹗为自己的"深刻的思想"唱了一曲赞歌，而他为《红楼梦》和曹雪芹，却是唱了一首哀歌。

2003年

一脉清流消逝

在中国现代文学史中，活跃于二三十年代的诗人的文学成就是比较高的。他们大都出身书香门第，有扎实的国学功底，又都留过洋，在各名牌大学执过教，对新诗的发展做出了卓越的贡献。我们所熟知的就有闻一多、徐志摩、戴望舒等等。然而有一个人却无形中被我们忽略了，他就是朱湘。

朱湘之所以引起我的注意并不是由于他的诗，而是因为他的自杀。在儒道之教盛行的中国，自古文人在失意之后往往选择徜徉于山水之间的隐士生活，而选择自杀的却微乎其微。朱湘的自杀比起屈原和王国维，并没有引起广泛的重视和影响，也许是因为屈原和王国维的自杀带有悲壮的惨烈色彩，他们都是殉国而死，而朱湘的自杀则看上去有些平淡，因为他死于灵魂的无可归依。屈原的死获得了一个"端午节"，成为世世代代的永久的纪念；王国维的殉清得到了"忠悫公"的谥号，尽管赐谥给他的清朝末代皇帝溥仪认为王国维的死主要是由于他与姻亲罗振玉之争的失利，但是在知识界王国维的美誉却并未由此减色，而是与日俱增；只是朱湘，当他乘着一艘陈旧的船漂泊在上海至南京的河流上，经历了失业、贫穷、婚姻的痛苦、友人间的龃龉、事业的苦辣酸甜的他终于在渐朗的黎明中纵身河水，化作一脉清流。朱湘曾在一首《残诗》中写道："虽然绿水同紫泥，是我仅有的殓衣，这样灭亡了也算好呀，省得家人为我把泪流。"这竟不幸成了诗人命运的写照。

朱湘曾是赫赫有名的"清华四子"之一，他性格孤傲，才华横溢，自尊自负，曾一度愤然退出清华大学，而后又被恢复学籍。他与闻一多由至交到决裂，而后又重拾友谊直至再次出现裂痕，都说明他在个性上更接近于诗人气质。他在北平曾拜访过徐志摩的寓所，对徐家沙发上摞得高高的绸衣和奢侈排场很反感，这说明他在骨子里更亲近质朴的乡情。所以徐志摩的作品像贵妇人华丽服饰上的流苏，而朱湘的作品毫无奢靡之气，他的代表作《采莲曲》可算作一个实证。

我曾经用三个夜晚拜读了朱湘的全部诗作，他的诗同他的自杀一样给了我同样的震动。他的多首十四行诗尤其令我喜欢。如他致霍桑（美国小说家，代表作《红字》）的那首诗的开篇："如其我能有你的那座苔屋，日里在廊前看暖色逗清幽；晚上读书，或许，陪伴着朋友，听栗子与柴薪对语在墙炉……"再如："湖里的便是岸上的山；不过那青翠倒影而下，在水里显得生动、变化，像恋爱的形影在心坎。要翠环映出白的手指……没有山，这湖水在薄暮，由哪里去染嫩绿、藤黄？"

毋庸讳言，朱湘的才华是卓尔不群的。他的绝大多数诗作都是抒发个人情怀，而且也大都属于他的成功诗作。他涉及民族气节和政治的一些作品则看上去言之无味，平平淡淡，这说明他的内心更为关注的是人类共有的永恒的情感，而这又恰恰是一个伟大作家所应具备的思想行为。比之闻一多的《红烛》和《死水》，朱湘的诗显得纤巧、柔弱、单纯，他不是那种发呐喊之声的诗人，而是一个极度敏感和忠于自我的人，他的声音因为独特而显得微弱，因为极易消失和被忽视。

《采莲曲》被公认为朱湘的代表诗作，也是作者引以为自豪的诗作，所以当年它在《诗镌》发表未被排在显要位置时，朱湘曾打电话大声斥责杨世恩，以泄心中不平，可见他对这首诗的钟爱和他的诗人气质。《采莲曲》是一首形式工整而又自由活泼的不可多得的清新之作，整首诗洋溢着对生活的热情和乐观态度："小船呀轻飘，杨柳呀风里颠摇；荷叶呀翠盖，荷花呀人样娇娆。日落，微波，金丝闪动过小河。左行，右撑，莲舟上扬起歌声……薄雾呀拂水，凉风呀飘去莲舟。花芳，衣香，消溶入一片苍茫；时静，时闻，虚空里袅着歌音……"这首诗称得上唯美，读它时我的眼前会闪现出中国山水画的风韵。朱湘有理由看重它，因为它仿佛是一个孩子童贞般的梦呓，任何诗人能够从容地进入这种境界在一生中都是难得一遇的。

朱湘在娶妻生子后又经历了几年海外求学生涯，漂泊无定的生活始终使他的精神处于一种流浪状态。在芝加哥大学他再度重演了退出大学的一幕，他忍受不了学校的沉闷之气。朱湘对他不喜欢的事物的全然拒绝固然证明了作为一个诗人的纯粹和透明度，但也从另一个方面暗示出他的脆弱和适应能力之差。当他在海外孤独无依、几乎难以维持日常生活时，闻一多又向他伸出宽容之手，邀他归国后去安徽大学执教。朱湘一生过得最平静和幸福的一段生活就是在安庆的几年。之后他又故态复萌，开始讨厌大学，加之经济陷入拮据，使他有了无票上船被查出而遭白眼和讥笑的一段经历，这种彻底的落魄使朱湘的自尊陷入万丈深渊，这对他是致命的一击。朱湘在这种绝望的生活环境中如果有家庭这个温暖的退避之所，也许情况会稍有好转，而此时他又与霓君心生隔阂。朱湘在自尊被剥蚀殆尽之后，便一无所有了，他自然而然就看见了生命的尽头。

朱湘其实非常渴望他的诗作会带给他世俗的一些利益和回报，这隐喻着诗对于他并不完全属于维系他生命的呼吸，所以他能在一切都不合心意时断然放弃生命和诗歌。有人分析朱湘的自杀是当时的战乱和社会的黑暗所致，在我看来更多地源自他的性格悲剧。要知道在和平年代也有自杀的诗人。朱湘的死也向我们证明，即便是一个艺术家，他的承受能力也是有限的，世界上没有不可放弃的东西。

朱湘实现了自己化作紫泥的愿望。他死得无声无息。他的有限的诗作已达到了超凡脱俗的境界，可惜它没有得到发展，这是使我深为遗憾而要写这篇文章的动机。我很欣赏朱湘早期的那首《废园》："有风时白杨萧萧着，/无风时白杨萧萧着；/萧萧外更听不到什么。//野花悄悄的发了，/野花悄悄的谢了；/悄悄外园里更没什么。"

我怀念那个三十年代付诸清流的人，那个自卑又自负的人，那个集翻译、编辑和著述于一身的才华卓绝的人。怀念他曾有的而我正在经历的憧憬和叹息。

1995 年

拾贝壳的人

我最早接触的外国文学作品,是在中学语文教材上。印象最深的大约要算高尔基的《海燕》、莫泊桑的《项链》和都德的《最后一课》了。我至今仍然能够把《海燕》背诵下来。它是我们学校演出时必备的一个诗朗诵节目——"在苍茫的大海上,狂风卷集着乌云。在乌云和大海之间,海燕像黑色的闪电,在高傲地飞翔!"那个时候,一读到这富有激情和旋律感的句子,就觉得豪情万丈,它的确给人一种蓬勃向上的力量。相反,那时读《项链》,却不觉得它有多好。一个贫穷的女人为了参加一个舞会,向女友借了一串假项链,当它被遗失之后,她一厢情愿地认为那是真的项链,竟然借债买了一条真的项链来还给女友。我觉得这故事像是一出相声,很滑稽,骆塞尔太太实在是太倒霉了!我甚至想,她当初丢失了项链,如果如实对女友说出这一切,就不会有她辛劳十年为偿还一条项链而牺牲了青春的悲剧了。可没有了悲剧,这篇小说还有震撼力吗?至于《最后一课》,记得老师讲这篇小说时说它是对法西斯的控诉,它表现了法国人的爱国主义精神。而我觉得它的有趣之处在于:老师当年想钓鳟鱼时，竟然可以给学生放假，看来那也是个没有王法的学校。

现在，我已经不太喜欢《海燕》的那种张扬和夸张了。高尔基有许多比《海燕》要优秀得多的作品，它们质朴深沉，如《童年》，如《伊则吉尔老婆子》，等等。不过，我仍然赞同在教材里使用《海燕》，它能培养学生的激情和勇往直前的精神，这对处于成长期的学生来讲是至关重要的。相对于《海燕》和《最后一课》，我现在倒比较欣赏《项链》，因为我读出了生活的辛酸和无奈，读到了它捉弄一个善良人时的那种无耻。

我真正广泛地接触外国文学作品，是在上师专之后。那时系里刚好开了一门外国文学的课程。老师给我们开了一个长长的书单，让我们去图书馆借阅。这位从上海来的老师太高看我们那个山区学校的图书馆了，他开的书目十有六七都查不到。这样，我们只有看那些已存书目。印象最深的是同一宿舍的人传看一套罗曼·罗兰的《约翰·克利斯朵夫》。这四卷本的书被七个女孩子的手逐一翻过，最后已被翻阅得变厚了。我想是我们翻书过程中用的唾沫和喝水时不慎淋上的水渍增加了它的厚度。一般来说，喜欢读小说的人多，因为小说可以谈情节，人们对故事有无穷的好奇心。喜欢读诗歌和戏剧的人却极少。于是，我就利用这类书好借的空隙，读了大量的诗歌和戏剧。同学们在谈论《飘》中的郝思嘉和《红与黑》中的于连以及《复活》中的玛丝洛娃时，我在读莎士比亚的戏剧，读雪莱、普希金、莱蒙托夫、泰戈尔、拜伦的诗。碰到精美的句子像珍珠一样闪闪发光时，我还要把它们读出声来，然后将其抄在读书笔记上。我现存的二十年前的一个用账本做成的读书笔记上，还歪歪斜斜地记着一些诗句。我对莎士比亚戏剧的喜欢，从那时一直贯穿到现在。那一时期，我还托人从哈尔滨买来了一套但丁的《神曲》，看得如醉如痴。等到图书馆里的小说像经历了涨潮的贝壳被冲上岸、遗弃在沙滩上时，我就能从容地读那些小说作品了。《红与黑》中的于连叫我恨得直咬牙，《茶花女》中女主人公的遭遇让我流下眼泪，《猎人笔记》中的大草原让我无比钟情，与风车斗争的堂·吉诃德让我觉得他的可笑与可爱。《安娜·卡列尼娜》中写到安娜卧轨自杀时，我恨不能举起一把刀，帮安娜杀了渥伦斯基。有了诗歌和戏剧的铺垫，我读小说时除了关注情节的发展之外，也留意那些精彩的肖像描写、风景描写和人物对话。我也喜欢把这样的段落摘抄在读书笔记上，不时拿出来浏览一番。

在师专时期，我最喜欢的两位外国文学作家是屠格涅夫和川端康成。我认为《木木》和《雪国》都是绝唱。不过，现在我不太喜欢屠格涅夫了，因为他的作品因为过分追求"唯美"而略显苍白。相比之下，川端康成的"唯美"因为血肉丰满而仍然令我钟情。

从师专毕业后，我开始发表小说作品。这时候由于参加工作有了工资，就能购买自己想读的书了。那时正是卡夫卡、加缪、塞林格风行的时期，所以读了他们的一些作品，总的感觉还不错，但并没有激起我灵魂的那种震荡。接着，加西亚·马尔克斯的《百年孤独》横空出世了，它确实像一道闪电一样，照亮了二十世纪末文学黯淡的天空。我非常喜欢这部长篇，直到如今仍然认为它是世界文学史上的杰作。那一时期风行的还有《挪威的森林》，这样的小说如同萨冈的《你好，忧愁》一样，读过之后很快就淡忘了。相反，杜拉斯的《情人》和三岛由纪夫的《金阁寺》读了多年以后仍然余音袅袅。

我在西安求学的那一年里，曾经格外迷恋三岛由纪夫的作品，但多看了几部之后，热情就减淡了。八十年代末、九十年代初，我在北京鲁迅文学院读研究生，那一时期被人们谈论最热烈的作家就是米兰·昆德拉和劳伦斯。前者是因为《生命中不能承受之轻》而广为人知，而后者则是由于《查太莱夫人的情人》而为人津津乐道。根据两部小说改编的电影也是大出风头，《布拉格之恋》我是后来看到的，而《查太莱夫人的情人》则是在鲁迅文学院时作为资料片观摩的。我当时是班上最小的女生，还记得电影要开映的时候，师兄莫言对同学说："迟子建属于儿童团的，不能让她看。"这虽然是一句玩笑话，但也从一个侧面说明了劳伦斯作品的风格——那就是对"性"的特别关注。所以其后又有亨利·米勒的《北回归线》之类的作品登陆时，读者对其已没有那么好奇了，因为劳伦斯已经把"性爱"之风刮得足足的了。那一时期，普鲁斯特的《追忆似水年华》也广为推崇，我是把这部多卷本的长篇当散文来读的。它属于那种随时可以拿起来读，又随时可以放下的作品。

从鲁迅文学院毕业回到哈尔滨后，我一下子从一个喧闹的环境回到了寂静之中。这个时候无论是在创作还是读书上，心都能够更加沉静下来。这时我已不喜欢随着潮流一窝蜂地去读某个作家的作品了。我觉得经典是百读不厌的，于是又重新看了《复活》《鱼王》《白鲸》《日瓦戈医生》等作品。我觉得它们比那些潮流中的作品要优秀得多，是大浪淘沙后留下的一粒粒金子。这一时期，我还仔细读了爱伦·坡和福克纳的一些小说，对它们很喜欢。尤其是卡尔维诺的短篇小说，我实在是崇拜之极，他的《牲畜林》《马可瓦尔多逛超级市场》《糕点店的盗窃案》等，足以与福克纳的《纪念艾米莉的一朵玫瑰花》、拉克斯奈斯的《青鱼》、海明威的《老人与海》、契诃夫的《小公务员之死》等著名短篇小说相媲美。不过卡尔维诺的《命运交叉的城堡》我看起来十分吃力，这种吃力同阅读詹姆斯·乔伊斯的《尤利西斯》的感觉一样。对这样造成了阅读障碍的小说，我是敬而远之的。

除了以上的一些作家作品令我青睐之外，我还喜欢读童话作品，这如同我喜欢看动画片是一样的。《尼尔斯骑鹅旅行记》好看，安徒生的童话好看，王尔德的童话好看（王尔德的童话我注意得比较晚）。这一段读卡尔维诺的意大利童话。我觉得童话的最大魅力在于，它充满了智慧和神性，它的荒诞和浪漫都透露着清纯的气息，令人流连不已。童话使人的想象力达到了极致，读童话的时候，你会有一种远离尘嚣的感觉。

读外国文学作品就如同在海边拾贝壳。初始时你会良莠不分地见到贝壳就拾，走的路程远了，你见到的贝壳更多了之后，就懂得取舍了。这时候，你会把原来自认为是美的、其实是很平庸的贝壳一个个地扔出去。你再去拾捡的，也许并不是那些表面光滑、有着奇妙花纹的贝壳，而是看似粗糙却内蕴深厚的那些贝壳。其实不管是被捡起后又扔下的，还是一直保存在手中的贝壳，它们都是值得珍重的。而且，在我所走过的路中，肯定也遗漏了许多光彩独具的贝壳。好在拾贝壳可以一直向前走，也可以再折回身来，这样就能弥补"遗珠之憾"了。

2002年

多美的夜色啊

虽然哈尔滨的夏天足够凉爽，但我还是喜欢在每年的七八月份放下笔来"歇伏"。这时最惬意的事情，就是读书。我会把插在书架中的那些花花绿绿的书打量个周详，如同皇帝选妃一样，抽出想读的，放在沙发旁和枕边。被选中的既有那些散发着微微霉味的、可以一读再读的老书，也有外表光鲜漂亮、漫溢着油墨芬芳的新书。比之新书，我更爱那些老书。经过了漫长岁月淘洗后仍然能留传下来的文字，总会像金子一样闪闪发光。

在浏览了两本空洞乏味、装神弄鬼的最新畅销书后，我已打算重温《聊斋志异》的诡谲、奇异之美了。那里的神仙鬼怪在我眼中是有血有肉的。在电闪雷鸣的夏日，读这样的书无疑就是聆听天籁。

由于搬家后没有给书做细致的分类，所以很多书都是乱插的。我在取《聊斋志异》的时候，发现了相挨着它的《欧洲美术中的神话和传说》，这是著者王观泉先生三年前所赠的，我记得爱人在那年春天离开我的最后一个夜晚，读的就是这本书。

书页上一定留有我用肉眼看不见的爱人的指纹，所以打开它的时候，那一幅幅绚丽的画面，在我眼里就是天堂的圣景图。

最先打动我的，是一组《丽达与天鹅》图画。丽达与天鹅的故事，是最传奇的爱情故事。天神宙斯有一天在神山上，看到身下的斯巴达草原上，有一个美丽的姑娘，她就是丽达。宙斯爱上了丽达，为了摆脱天后赫拉的控制，他变成一只天鹅，飞向人间，与丽达相爱，并生下了希腊的绝世美女海伦。海伦与特洛伊战争的故事，比丽达与天鹅的故事还要著名。

在对《丽达与天鹅》这个神话的演绎上，我最喜欢达利的那幅。柯勒乔的过于甜美，达·芬奇的太圆熟了，而达利表现的天鹅充满了激情和力量，它那富有质感的展开的双翼，是那么的刚健和柔美，充分体现了宙斯飞临人间、见到心爱的人时那种内心的狂喜。

在这本书中，既可看到威廉·琼斯表现的爱上自己倒影、最终化作水仙花的美少年那而珂苏斯，也可以看到鲁本斯以表现众女神为了争夺金苹果而引起祸端的《帕里斯的裁判》，以及波提切利描绘的以色列民族女英雄《朱提斯》。随着纸页翻动的唰唰声，我看到了充满阴郁之气的伦勃朗的《大卫在扫罗面前弹竖琴》。扫罗得了疯病，他只有在听大卫弹奏竖琴时，疯病才会暂止。可他却想杀死这个日后会取代自己成为以色列王的大卫。可是除掉大卫，聆听不到竖琴的声音，扫罗将永远活在癫狂中，灰黑的画面除了衬托了疯子扫罗内心的矛盾和焦虑，也把竖琴的凄美展现无疑。我觉得在描写音乐对人的影响的深刻性上，这则神话无疑是登峰造极的。

在书将结尾的时候，我看到了那个舞蹈着的莎乐美。二〇〇〇年秋天，我曾经在都柏林的皇家剧院看过王尔德的话剧《莎乐美》。那个声音略微沙哑、轻盈美丽的女演员给我留下了深刻的印象。

《莎乐美》是写施洗者约翰死亡的故事的作品。希律王娶了弟弟腓力的妻子希罗底，约翰对此反对，惹恼了希律王，被关进监牢。莎乐美是希罗底的女儿，她美丽而富有才情，传说她向约翰表达过爱情，但遭到了拒绝。在希律王的生日宴会上，莎乐美被邀跳舞，为希律王助兴，莎乐美不从。希律王就许诺莎乐美，如果她当众舞蹈，就可以让她做一件最想做的事情。于是，莎乐美跳起舞来，舞毕，她要求希律王割下约翰的头给她，她终于吻到了死去的约翰的嘴唇。在约翰的头即将落地的时候，莎乐美感慨道：多美的夜色啊！

是啊，用这句台词来概括这本书的气质再合适不过了。欧洲那些美妙的神话和传说，当它们凝固在画面中的时候，它们就是人类艺术天空中最迷人的夜景。可惜在这个时代，欣赏这样的夜色的人少而又少了。所以王观泉先生在赠言中这样写道：

> 此书起笔于1953年，时为二十三岁当大兵时。但虽戎装披身，心中想的是保卫和平，使中国乃至世界宁静。忽忽近半个世纪流逝，这才发现世界其实一点儿也不太平。书虽然漂亮，2002年垂暮之年的我已经对世道不感兴趣了，只是愿意比我年轻的你及与你相似的中青年们，能如我在起笔写此书时一样好心情，赏析美。

王观泉先生晚年患有严重的眼疾，一再手术，如今他的一只眼睛几乎失明，而另一只眼睛的视线也极为微弱。这样的画集对他来说，注定是掩藏在心底的永恒的风景了。

　　我想爱人能够在最后的日子看这样的一本书上路，踏着这样的夜色归去，实在是幸运的。因为他是带着美走的。

2008 年

好书如寂寞开放的樱花

一六一六年四月二十三日的夜空，一定超乎寻常的灿烂。生不同时的塞万提斯和莎士比亚，在同一个日子离世。当两颗文学巨星相逢于天国之际，我想天堂也会落泪吧。

这个充满玄机的四月二十三日，在一九九五年，被联合国教科文组织命名为"世界读书日"。

今年，已经是第十六个世界读书日了。

央视《子午书简》的制片人李潘，这个我戏称为"潘娘子"的爱书人，在三月底就打来电话，说是策划了一期特别节目《书香中国》，想请几个作家来谈谈读书。

于是我来到了四月的北京。

节目录制点在大兴的星光梅地亚。那天北京黄沙满天，从机场高速乘车去大兴，感觉是来到了大西北，说不出的苍凉。大兴正在"大兴"土木，到处是工地。一个到处是工地的地方，就像一台音质不好的半导体，嘈杂不堪，是旅人最不喜欢的。

入住酒店后，简单吃了点东西，天色已昏。因为空气不好，惯例的傍晚散步，也就取消了。我躺在床上翻闲书的时候，走廊里忽而传来"咿呀"的练歌声，忽而又传来乐器的演练声，感觉自己是睡在一架破旧的钢琴上，稍一不慎，触碰了哪个键子，它就会喑哑地叫起来。

后来窗外的风，加入了这夜晚的合唱。听着越来越强劲的风声，我的心明朗起来。北京的朋友对我说，只要前一夜刮大风，第二天这个城市就有蓝天可看啦！

果然！次日风住了，晴空如洗！早饭后我迫不及待地出去散步，发现院子里有很多花树。桃花谢了满地，像是哪个姑娘洗了几条银粉的丝巾，晾晒在桃树下而忘了收，看上去皱皱巴巴的，却还带着股抹不去的芳华，惹人怜爱；红色的榆叶梅正在盛时，花容娇艳；西府海棠和初放的紫丁香，香气蓬勃。最令我兴奋的，是一条小路上，竟然栽种着一排樱花，大约有二三十株！半个多月前，我小说的日文翻译者，在东京发来一张怒放的樱花的图片，上面附言"国破了，但樱花开了"，勾起了我看樱花的欲望。没想到我竟在大兴的星光梅地亚，与樱花不期而遇！

日本民谚有"樱花七日"之说，说明樱花花期之短。我眼前的樱花，想来开了一周了吧，虽然枝条上的花朵依然生动，但树下已积了厚厚一层的花瓣了。如果说樱花是一支燃烧的蜡烛的话，那么边开边谢的花瓣，就是它洒下的烛泪了。那些重瓣的樱花，粉红色，团团簇簇，比朝霞还要鲜润。你盯着一朵花美美地赏着时，突然微风搅动了花心，花瓣便像云朵一样游移而出，刹那就谢了，凋零得如此壮丽！樱花仿佛是刚给自己唱完生日歌，又得唱安魂曲。

我在樱花树下流连忘返，可是来来往往的行人，那些带着孩子来追寻明星梦的家长，背着吉他匆匆走过的乐手，奔向各个摄影棚的节目主持人和工作人员，没谁在樱花树下驻足片刻，甚至连看也不看它们一眼。樱花以柔弱的落英，敲打着行人的脚，可它的敲打实在太轻太轻了，没谁察觉。

当日下午在节目录制现场，主持人让上场的作家，每人选择一段心目中最美的文字来朗诵，我选择的是萧红《呼兰河传》中关于火烧云的描写。萧红的命运，也有点樱花的气质，花开花谢，瞬息之间。她留下的，是茅盾先生所言的"一串凄美的歌谣"。如今在图书销售排行榜上，哪里还能寻到鲁迅、萧红、沈从文这些真正的大家的名字？好书很少在热闹之中，它们总是独处一隅，寂寞开放，如同那些无人观赏的樱花，虽然开在春天，却置身于清秋的气氛！

录完节目，进城与朋友们聚会回来，已是晚上十点多了。我在夜色中散步，路过一个摄影棚时，那里灯火辉煌，笑语喧天的。我问了一下门外的保安，他说里面正在录制《欢乐英雄》。我溜进棚里，感觉是撞进了雷电区。台上是炫目的灯光，是尽情表演着的红男绿女，台下是挥舞着荧光棒欢呼着的观众。我站在那儿，耳朵被震得嗡嗡叫，遇见强光的眼睛忍不住哗哗流泪，很快就出来了。

三百九十五年前的四月二十三日去世的两位大文豪，都留下了后人难以逾越的巨作，光耀千秋。莎士比亚在他故乡斯特拉福镇的圣三一教堂安眠着，他的墓前永远有鲜花环绕；而生前境遇凄凉的塞万提斯，下葬时却连一块墓碑都没有，他的墓在哪里，至今是个谜。不过，塞万提斯已经为自己竖起了一座永远不倒的碑:《堂吉诃德》。一个伟大作家的墓碑，可以不用镌刻他自己的名字，因为只有他的作品是丰碑的时候，他的名字才会真正留下。

我又踏上了樱花小路。因为有路灯的映衬，樱花在夜晚依然明亮着。站在花树下，忽然一阵疾风吹过，顷刻之间，淋了一身的樱花雨！这样的花雨，与其说来自樱花树，不如说来自天上，因为好风起自天堂啊！

2011年

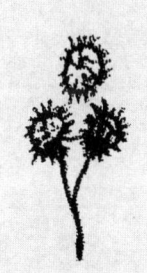

第九辑

写作谈

我的梦开始的地方

从中国的版图上看,我的出生地漠河居于最北端,大约在北纬53度左右的地理位置上。那是一个小村子,它依山傍水,风景优美,每年有多半的时间白雪飘飘。我记忆最深刻的,就是那里漫长的寒冷。冬天似乎总也过不完。

我小的时候住在外婆家里,那是一座高大的木刻楞房子,房前屋后是广阔的菜园。短暂的夏季来临的时候,菜园就被种上了各色庄稼和花草,有的是让人吃的东西,如黄瓜、茄子、倭瓜、豆角、苞米等;有的则纯粹是供人观赏的,如矢车菊、爬山虎、大烟花(罂粟)等等。当然,也有半是观赏半是入口的植物,如向日葵。一到昼长夜短的夏天,这形形色色的植物就几近疯狂地生长着,它们似乎知道属于它们的日子是微乎其微的。我经常看见的一种情形就是,当某一种植物还在旺盛的生命期的时候,秋霜却不期而至,所有的植物在一夜之间就憔悴了,这种大自然的风云变幻所带来的植物的被迫凋零令人痛心和震撼。我对人生最初的认识,完全是从自然界的一些变化而感悟来的。比如我从早衰的植物身上看到了生命的脆弱,同时我也从另一个侧面看到了生命的从容。因为许多衰亡了的植物，在转年的春天又会焕发出勃勃生机，看上去比前一年似乎更加有朝气。

童年围绕着我的，除了那些可爱的植物，还有亲人和动物。请原谅我把他们并列放在一起来谈。因为在我看来，他们都是我的朋友。我的亲人，也许是由于身处民风淳朴的边塞的缘故，他们是那么的善良、隐忍、宽厚，爱意总是那么不经意地写在他们的脸上，让人觉得生活里到处是融融暖意。当然，他们也有自己的痛苦和苦恼，比如年景不好的时候，他们会为没有成熟的庄稼而惆怅；亲人们故去的时候，他们会抑制不住自己的悲哀情绪。我从他们身上，领略最多的就是那种随遇而安的平和与超然，这几乎决定了我成年以后的人生观。至于那些令人难忘的小动物，我与它们之间也是有着难分难解的情缘。我养过狗和猫，它们都是公认的富有灵性的动物，我可以和它们交谈，可以和它们搞恶作剧，有时它们与我像朋友一样亲密，有时则因着我对它们的捉弄，它们好几天对我不理不睬。至于猪、鸡、鸭等等这些家禽，虽然养它们的目的是为了食肉的，但我还是常常把它们养出了感情，所以轮到它们遭屠戮的时候，内心就有一种说不出的痛苦。但是大人们告诉我，这些家禽养来就是被人吃的。我想幸好人类没有吃花的嗜好，否则这些有灵性的、美好的事物还有多少能被人"嘴下留情"呢？

生物本来是没有高低贵贱之分的，但是由于人类的存在，它们却被分出了等级，这也许是自然界物类竞争、适者生存的法则吧，令人无可奈何。尊严从一开始，就似乎是依附着等级而生成的，这是我们不愿意看到和承认的事实。虽然我把那些动物当成了亲密的朋友对待，但久而久之，它们的毙命使我的怜悯心不再那么强烈，我与庸常的人们一样地认为，它们的死亡是天经地义的。只是成年以后，遇见了许多恶意的人的狰狞面孔后，我又会情不自禁地想起那些温柔而有情感的动物，愈发地觉得它们的可亲可敬来。所以让我回忆我的童年，我想到亲人后，随之想到的就是动物，想到狗伸着舌头对我温存的舔舐，想到大公鸡在黎明时嘹亮的啼叫声，想到猫与我同时争一只皮球玩时的猴急的姿态。在喧哗而浮躁的人世间，能够时常忆起它们，内心会有一种异常温暖的感觉。所以，在我的作品中，出现最多的除了故乡的亲人，就是那些从我的脑海中挥之不去的动物，这些事物在我的故事中是经久不衰的。比如《逝川》中会流泪的鱼，《雾月牛栏》中因为初次见到阳光，怕自己的蹄子把阳光给踩碎了而缩着身子走路的牛，《北极村童话》里的那条名叫"傻子"的狗，《鸭如花》中那些如花似玉的鸭子等等。此外，我还对童年时所领略到的那种种奇异的风景情有独钟，譬如铺天盖地的大雪、轰轰烈烈的晚霞、波光荡漾的河水、开满了花朵的土豆地、被麻雀包围的旧窑厂、秋日雨后出现的像繁星一样多的蘑菇、在雪地上飞驰的雪橇、千年不遇的日全食等等，我对它们是怀有热爱之情的，它们进入我的小说，会使我在写作时洋溢着一股充沛的激情。我甚至觉得，这些风景比人物更有感情和光彩，它们出现在我的笔端，仿佛不是一个个汉字在次第呈现，而是一群在大森林中歌唱的夜莺。它们本身就是艺术。

　　在这样一片充满了灵性的土地上，神话和传说几乎到处都是。我喜欢神话和传说，因为它们就是艺术的温床。相反，那些事实性的事物和已成定论的自然法则却因为其冰冷的面孔而令人望而生畏。

神话和传说喜欢以两种方式存在，一种类似地下的矿藏，我们看不见摸不着，但能嗅到它的气息，这样的传说有待挖掘。还有一种类似于空中的浮云，能望得见，而它行踪飘忽，你只能仰望而无法将其纳入掌中。神话和传说是最绚丽的艺术灵光，它闪闪烁烁地游荡在漫无边际的时空中。而且，它喜欢寻找妖娆的自然景观作为诞生地，所以人世间流传最多的是关于大海和森林的神话。

对我来讲，神话是伴着幽幽的炉火蓬勃出现的。在漫长的冬季里，每逢夜晚来临的时候，大人们就会围聚在炉火旁讲故事，这时我就会安静地坐在其中听故事。老人们讲的故事，与鬼怪是分不开的。我常常听得头皮发麻，恐惧得不得了。因为那故事中的人死后还会回来喝水，还会悄悄地在菜园中帮助亲人铲草。有的时候听着听着故事，火炉中劈柴燃烧的响声就会把我吓得浑身悚然一抖，觉得被烛光映照的墙面上鬼影憧憧。这种时刻，你觉得心都不是自己的了，它不知跳到哪里去了。当然，也有温暖的童话在老人们的口中流传着，比如画中的美女每天在一个固定的时刻下来给穷人家做饭，比如一个无儿无女的善良的农民在切一个大倭瓜的时候，竟然切出了一个活蹦乱跳的胖娃娃，这孩子长大成人后出家当了和尚，成为一代高僧。这些神话和传说是我所受到的最早的文学熏陶了，它生动、传神、洗练，充满了对人世间生死情爱的观照，具有悲天悯人的情怀。

也许是因为神话的滋养，我记忆中的房屋、牛栏、猪舍、菜园、坟茔、山川河流、日月星辰等等，它们无一不沾染了神话的色彩和气韵，我笔下的人物也无法逃脱它们的笼罩。我所理解的活生生的人，不是庸常所指的按现实规律生活的人，而是被神灵之光包围的人，那是一群有个性和光彩的人。他们也许会有种种的缺陷，但他们忠实于自己的内心生活，从人性的意义来讲，只有他们才值得永久的抒写。

尽管我如此热衷于神话和传说，但我也迫切感觉到它们正日渐委顿和失传。因为生活正变得越来越疲沓、琐碎、庸碌和公式化。人的想象力也相对变得老化和平淡。所以现在尽管有故事生动的作品不停地被人叫好，但我读后总是有一股难言的失望，因为我看不到一部真正的优秀作品所应散发出的精神光辉。

还有梦境。也许是我童年生活的环境与大自然紧紧相拥的缘故吧，我特别喜欢做一些色彩斑斓的梦。在梦境里，与我相伴的不是人，而是动物和植物。白日里所企盼的一朵花没开，它在夜里却开得汪洋恣肆、如火如荼。我所到过的一处河湾，在现实中它是浅蓝色的，可在梦里它却焕发出彩虹一样的妖娆颜色。我在梦里还见过会发光的树，能够飞翔的鱼，狂奔的猎狗和浓云密布的天空。有时也梦见人，这人多半是已经作了古的，我们称之为"鬼"的，他们与我娓娓讲述着生活的故事，一如他们活着。我常想，一个人的一生有一半是在睡眠中度过的，假如你活了八十岁，有四十年是在做梦的，究竟哪一种生活和画面更是真实的人生呢。梦境里的流水和夕阳总是带有某种伤感的意味，梦里的动物有的凶猛，有的则温情脉脉，这些感受，都与现实的人际交往相差无二。有时我想，梦境也是一种现实，这种现实以风景人物为依托，是一种拟人化的现实，人世间所有的哲理其实都应该产生自它们之中。我们没有理由轻视它们，把它们视为虚无。要知道，在梦境中，梦境的情、景、事是现实，而孕育梦境的我们则是一具躯壳，是真正的虚无。而且，梦境的语言具有永恒性,只要你有呼吸、有思维,它就无休止地出现,给人带来无穷无尽的联想。它们就像盛宴上酒杯被碰撞后所发出的清脆温暖的响声一样,令人回味无穷。

  我对文学和人生的思考,与我的故乡,与我的童年,与我所热爱的大自然是紧密相连的。对这些所知所识的事物的认识,有的时候是忧伤的,有的时候则是快乐的。我希望能够从一些简单的事物中看出深刻来,同时又能够把一些貌似深刻的事物给看破,这样的话,无论是生活还是文学,我都能够保持一股率真之气、自由之气。

  当我童年在故乡北极村生活的时候,因为不知道"山外有山、天外有天",我认定世界就北极村这么大。当我成年以后到过了许多地方,见到了更多的人和更绚丽的风景之后,我回过头来一想,世界其实还是那么大,它只是一个小小的北极村。

2002年

心在千山外

在中国的北部边陲,也就是我的故乡大兴安岭,生活着一支以放养驯鹿为生的鄂温克人。他们住在夜晚时可以看见星星的撮罗子里,食兽肉,穿兽皮。驯鹿去哪里觅食,他们就会跟到哪里。漫漫长冬时,他们三四天就得进行一次搬迁,而夏季在一个营地至多也不过停留半个月。那里的每一道山梁都留下了他们和驯鹿的足迹。

由于自然生态的退化,这个部落在山林中的生活越来越艰难,驯鹿可食的苔藓逐年减少,猎物也越来越稀少。三年前,他们不得不下山定居。但他们下山后却适应不了现代生活,于是,又一批批地陆续回归山林。

去年八月,我追踪他们的足迹,来到他们生活的营地,对他们进行采访。其中一个老萨满的命运引起了我巨大的情感震荡。

萨满在这个部落里就是医生的角色。他们为人除病不是用药物,而是通过与神灵的沟通,来治疗人的疾病。不论男女,都可以成为萨满。他们在成为萨满前，会表现出一些与常人不一样的举止，展现出他们的神力。比如，他们可以光着脚在雪地上奔跑，而脚却不会被冻伤；他们连续十几天不吃不喝，却能精力充沛地狩猎；他们可以用舌头接触烧得滚烫的铁块，却不会留有任何伤痕。这说明，他们身上附着神力了。他们为人治病，借助的就是这种神力。而那些被救治的，往往都是病入膏肓的人。萨满在为人治病前要披挂上神衣、神帽和神裙，还要宰杀驯鹿献祭给神灵，祈求神灵附体。这个仪式被称为"跳神"。萨满在跳神时手持神鼓，他们可以在舞蹈和唱歌中让一个人起死回生。

　　我要说的这个萨满，已经去世了。她是这个放养驯鹿的鄂温克部落的最后一个萨满。她一生有很多孩子，可这些孩子往往在她跳神时猝死。她在第一次失去孩子的时候，就得到了神灵的谕示，那就是说她救了不该救的人，所以她的孩子将作为替代品被神灵取走。可是她并未因此而放弃治病救人。就这样，她一生救了无数的人，她多半的孩子却因此而过早地离世，可她并未因此而悔恨。我觉得她悲壮而凄美的一生深刻地体现了人的梦想与现实的冲突。治病救人对于一个萨满来讲，是她的天职，也是她的宗教。当这种天职在现实中损及她个人的爱时，她义无反顾地选择了前者——也就是"大爱"。而真正超越了污浊而残忍的现实的梦想，是人类渴望达到的圣景，这个萨满用她那颗大度、善良而又悲悯的心达到了。我觉得她就是一个伟大的作家，她一生的经历就是一部杰作。我在长篇小说《额尔古纳河右岸》中，把这个萨满的命运作为了一个主线。

　　我心目中的伟大作品，就是这种经过了现实千万次的"炼狱"，抵达了真正梦想之境的史诗。一个作家要有伟大的胸怀和眼光,这样才可以有非凡的想象力和洞察力。我们不可能走遍世界,但我们的心总在路上,这样你即使身居陋室,心却能在千山外! 最可怕的是身体在路上,心却在牢笼中!

2006年

一个作家应该谢谢什么

对于我这样一个出生在中国最北端的写作者来说，首先要谢谢脚下的冻土地，它在五十四年前元宵节的黄昏，让我落脚，尽管我像其他婴儿一样，带给它的第一声是哭声。但大地就是大地，它从不会因哭声而不向我们敞开怀抱。其次我要谢谢正月的飞雪，它使我睁开眼睛，就看见它们精灵的舞蹈，尽管它们脱胎于天，但也选择大地作为飞翔的终点——它是为大地的复苏，做着滋润的储备吧。当然，还要谢谢长夜火炉里燃烧的劈柴，以及户外寒风中飘拂的灯笼，它给予一个婴儿的身体和眼睛，以最初的暖和光明。

我渐渐长大了，大自然让我知道春花不会永远开，冬天的寒风也不会没有闭嘴的时刻。我要谢谢姥姥给我讲的神话故事，让我知道生命以外还有星空；我要谢谢姥爷给我讲的采金故事，让我知道闪光而珍贵的东西，常埋于深处，要去挖掘。我要谢谢妈妈，她在我六岁时带着我们姐弟回乡，由于长途客车中途抛锚，我们赶到三合站的码头时，每周一趟的大轮船，已经起航了。我在妈妈近乎绝望的哭声中，看着那艘渐行渐远的轮船，明白自己虽然爱做会飞的梦,却是没有翅膀的家伙!我要谢谢会拉琴的爸爸,他让琴声在一座山村小镇的泥屋萦绕,让我懂得,能从屋顶袅袅升起的,不止炊烟,还有音乐。

我要谢谢夏日的激流,那些诱人的野果常生长在镇子对岸,我想采得,必须学会渡过激流;我要谢谢暴风雪,当我在户外迎击它时,不仅要穿得暖,还要学会奔跑,让血液快速流动,点燃自己。我要谢谢那些长着如水眼睛的小动物,猫儿是粮仓的守护神,而看家狗就是门上的锁头。当然,我也要谢谢山中那一座座曾给我带来恐惧的坟墓,它们是森林一年四季都会生长出来的"蘑菇",让我知道生命是有句号的,句号前的每一个逗号都是呼吸。

我要谢谢端午采到的带着露水的艾蒿,赏过的中秋圆月和除夕焰火,园田和地窖的蔬菜,豆腐坊的豆腐,以及家乡河流的鱼。它们给予我精神和身体双重的营养。谢谢帮我们犁地的牛,给我们下蛋的鸡,来我们窗前歌唱的燕子,当然还要感谢马车——它曾载着童年的我进城买年画,也载着成人的我去山外求学,最后它还载着红棺材,把爷爷和爸爸送到松林安息处。

我还要谢谢在异域相遇的莫斯科郊外教堂打扫祭坛烛油的老妇人,让我懂得光明的获得不在仰头时刻,而在低头一瞬;谢谢在悉尼火车站遭遇的精神颓废的土著,突然发出的悲凉无奈的哭声,让我反思现代文明丛林里游荡着多少无可皈依的灵魂;谢谢在都柏林海滩相遇的迎风而立的盲人老妪,让我懂得听海的心比看海更重要;谢谢在卑尔根格里格故居赏乐时,那扇不推自开的门,让我幻想是格里格回来了;谢谢能够在香港维多利亚海滩上空看见飞翔的鹰,让我从同样盘旋着私人飞机的那片视域中,辨出这世上真正的繁华是什么；谢谢阿根廷大冰川以悲壮的一次次解体，为我们敲示的警钟；谢谢巴黎奥赛博物馆里米勒的油画，让我知道经典的魅力；谢谢在美国爱荷华国际写作坊时，与聂华苓老师把酒言谈的每个时刻，山坡一闪一闪的野鹿，让我们把目光转向窗外的精灵。

我要谢谢乡亲，三十二年前我父亲去世后，我去井台挑水，所有的人自动闪开，无声地让给一个刚失去父亲的人，一条优先打水的雪路；谢谢已经离世十六年的爱人，他带走了爱，却留给了我故乡依然明亮的窗，让我看到天上人间，咫尺之遥。爱人的永诀给予我痛，但透过个人的痛，我看到了众生之痛。我要谢谢我年过半百孤独地行走在故乡的雪野时，在我头顶呀呀飞过的乌鸦，它们以骑士的姿态，身披黑氅，接替爱人，护卫着我。我要谢谢磨难，谢谢我生命中从未断过的寒流，它们的吹打，使我筋骨更加强健，能够紧握不离不弃的笔，发现和书写着这大地之泥泞、之壮美，之创痛、之深沉，成为一个不会倒在命运隘口的人。我要谢谢我笔下因之诞生的人物，让我在一个虚构的世界中，与高贵的灵魂对话，也识得魑魅魍魉。

当然，在我们的生活中，还有很多无处答谢的谢谢，那是我作品闪烁的人性之光的来源吧，比如我爱人去世的那年春天，正是婆婆丁生长的时节，我妈妈好几次清晨打开家门，发现院门外放着谁采来悄悄送给我们的婆婆丁，妈妈说这一定是大家知道她失去了女婿，一家人沉浸在悲伤中，特意采来可以败火的婆婆丁给我们。这种馈赠，怎能忘怀！

一个作家写了三十多年，在持续攀登的时候，也会遭遇写作的艰难时刻。我要谢谢这样的时刻，它让我知道有所停顿，懂得自省，在伟大的书籍和丰富复杂的生活中汲取营养。只有储备更足，脚踏实地，艺术的翅膀才会刚健，才有可能实现真正的飞跃。

当一个作家能够对万事万物学会感恩，你会发现除了风雨后的彩虹，拥着一轮明月入睡的河流，那在垃圾堆旁傲然绽放的花朵和在瓦砾中顽强生长的碧草，也是美的。酸甜苦辣，是人生和写作的春夏秋冬，缺一不可。而从我们降生到大地的那一刻，当我们与母体相连的那条脐带被"咔嚓——"剪断时，我们生命的脐带，就与脚下的大地终生相连了。这条看不见的脐带，流淌着民族之血、命运之血，无论你身处何方，无论它是清澈还是浑浊，无论冷热，也无论浓淡，它注定是我们的命根子，是我们的心脏得以勃勃跳动的情感溪流，是我们的笔得以飞升的动力之源。谢谢这条脐带吧。

2018年

失去了"热血",作家还剩下了什么

在我眼里一个好的写作者,就像个杂货店主,无需大店面,无需高档货品,无需占据繁华街市,只管开在寻常百姓家,烟火稠密处。消费者跨进小店门槛,可以两腿泥,可以醉醺醺,可以哭啼啼,可以骂咧咧;可以抽着劣质烟,可以剔着牙,可以嚼着最后一口饭,可以大声和谁打着电话;可以用他们粗糙的手,随意触摸你货架上的东西,对着油盐酱醋、烟酒糖茶、肥皂毛巾、碗盘杯盏、牙膏牙刷、鞋垫手套等等,嘟嘟囔囔,挑挑拣拣。他们拎走是生计,留到你店里是泥、烟蒂、酒气甚至臭屁。货架的东西可以被他们翻乱,一瓶酱油可以留有五六个人的指纹;而你摆在门口的花盆,也许会被顾客领来的冒失的狗给打翻;你柜台上的秤盘,也许会匍匐着顾客的衣袖携来的一条毛毛虫。所以生意好的杂货店,每天都要重新归置一下货架,补充货品,然后在熄灯时分,倾情打扫一遍店面,等待迎接另一个苦辣酸甜的日子。

每个作家都有自己写作的源头活水,有这样一爿心灵世界的小杂货店。最初开张的时候,它也许没什么人气,但你捧出的"货品",

因为朴实，因为天然，因为是潮流之外的耐用产品，消费者得到的是干货，所以渐渐成了气候。很多作家的早期作品，正因熏染了扑面而来的生活气息，以朴素为天籁，所呈现的作品也就有筋有骨，活色生香，广受欢迎。可当你腰包鼓了，顾客多了之后，容易被成功和利益冲昏了头脑，将店改弦更张，另作他用；或是为了更上层楼，给血液"注水"，盲目扩大店面；更有甚者，以为自己会是文学天地的巴菲特，冒险开分店。要知道富丽堂皇的店面，往往是伪贵族的秀场；而所有的分店，都是主流之下的支流，干涸风险最大。所以有的作家惊艳亮相后，以探索之名，背离初衷，妄自求大，把自己做成一锅夹生饭。写作有野心是对的，但将自己束之高阁的"野心"，离地三千丈，难免缺氧，让作品变得生硬。所以对写作者来说，不要妄想着做大富豪，做个小店主，其文学疆域一样辽阔。也就是说，文学格局的大小，绝不以店的规模来论断。

其实一个小杂货店，能赢得持久人心的就是个"真"字。作品的"真"和货品的"真"一样，是人体的热血造就的，带着经营者的体温和性情，所以一个作家最不可少的，就是造血功能。它强，则作品饱满结实，气象万千；它衰竭，作品就会涣散，失去魂魄。

而一个作家的"热血"又是什么呢？是你对世界的好奇心？对历史无尽的探索欲？对现实的敏锐洞察力？对万事万物的悲悯情怀？对江河与日月的敬畏之心？对高贵灵魂永怀的敬意？对卑微生灵的体恤关爱？对束缚自己的枷锁勇于说不？对一切丑恶敢于拍案？对肉麻的歌颂能常怀警惕之心？对自己的足迹，能够清醒承认哪一步是踉跄的？对别人的成果，能够发现其中哪怕一丝丝你不具备的优点？对历史裂隙处和现实泥淖中，那一张张扭曲的脸孔，能够看到他们内心深处的眼泪？对五味杂陈的生活，能够做一个公允的见证人和记录者？等等等等。它们似乎让"热血"具有饱和度，但又不绝对。因为写作的绚丽之境，可以是繁华落尽的苍凉，也可以是万籁俱寂的虚无。但这一切的出发地，都是那片小店。

我喜欢托尔斯泰和巴尔扎克的写作。其实托尔斯泰从出身上，是可以做金碧辉煌的宫殿的殿主的，但他的志趣更喜欢小杂货店。作为法国小说之父的巴尔扎克，他从一个小小的窗口，望见了大千世界，用笔打造了一条他文学海洋的航空母舰，所向披靡。契诃夫、陀思妥耶夫斯基、果戈理、蒲宁、福克纳、亨利·劳森、鲁迅、沈从文等等，都是以小博大的高手。出入这些作家杂货店的，是内心备受煎熬的贵族，是失败的革命者，是破落地主，是让人满怀同情的寡妇和妓女，是蒙冤的囚犯，是放高利贷的嗜血者，是小公务员、农民、淘金工、酒鬼、摆渡人等等。这些人物背后，是战争的硝烟，腐败的权力场，贪婪而愚昧的社会，囚禁人性的牢笼，以及人间无处不在的泥泞。而为人物提供呼吸的，是他们背后的森林草原，是溪流湖泊，是鹅毛大雪和绵绵细雨，是轻轻阳光和溶溶月色。

当然还有一类作家，也是这种写作的成功范例。乔伊斯、卡尔维诺、爱伦·坡、加缪、卡夫卡、马尔克斯、萨拉马戈等等，他们从夸张中看合理，从怪诞中洞悉人类的荒诞剧，也极为伟大。我相信他们身上洋溢着叛逆的热血，不然不会实现艺术的飞升。

我是个影迷，每年奥斯卡入围影片，我大都会找来看看。今年获奖的是韩国奉俊昊导演的《寄生虫》，而我更喜欢他的《杀人回忆》。《寄生虫》呈现的贫富差距以及社会阶层的分裂，动机很好，但却生硬。作为电影叙事来说，它缺乏逻辑性。而同时入围的《爱尔兰人》，尽管是类型片，却有催人泪下的表达。而《好莱坞往事》之类的电影，则沦落为一个大杂烩。所以这个时刻，我格外怀念日本导演小津安二郎，他的电影不猎奇，不花哨，平凡日常，安然通透，但他所呈现的主题，无论生与死，无论婚姻与爱情，又不可不谓大。近年走红的几部片子，无论中外，似乎都靠罪犯支撑情节推动。喜欢展览鲜血，已成为新的套路。而小津安二郎从不让鲜血四溅，但看了他的片子，你的内心却有滴血的感觉。

我从一九八三年开始写作，在创作路上走了快四十年了。我守着的小杂货店，扎根冻土，面向熟悉的城市乡村、山峦田野、江河日月、动物植物。出入我小店的，也多是我熟悉的人物。经营近四十年的小店，如果还有一点人气，仰赖的是我所提供的货品，没有掺假。当然没有掺假的货品，也未必都是上品，但至少是心血之作。

一个作家在文学的海洋中徜徉近四十年，也会有彷徨之时，懈怠之时。而一个小店历经风霜雨雪侵蚀，也许房梁承重力减弱了，窗口歪斜了，门口下沉了，地面凹陷了，那么你要及时修葺，以对历史更透彻的回溯，对现实更深入的体察，对未来更广阔的遐思，以及对审美不懈的追求，不让它扭曲变形甚至坍塌。还有，在一个店里待久了，是否会变得木讷迟钝、僵化保守？所以更要开窗透气，看看日新月异的大千世界，捕捉它的脉搏，你才能与出入的人物无隔阂对话，与他们的欢笑共融，也与他们的叹息合拍。还有你开的一片小店，也许会遭到无赖的撒泼，遭遇到莫名的棍棒，当你无比委屈时，只要想想这人也许在冷雨中一路走来，脚上也有自己的荆棘，你便能够怜惜地递上一杯热茶。因为没有谁家的店，会是被恶人砸了招牌而倒闭的。大河依然滔滔奔流，高空的云雀也依然歌唱！

一个作家的"身体"失去了"热血"，还剩下什么呢？也许剩下的是一层干涩的皮，还妄想着做月亮的彩衣；也许剩下的是一双空洞的眼睛，还贪恋世俗的狂欢；也许剩下的是凸起的青筋，还想冒充雷电劈向乌云；也许剩下的是双瘦骨嶙峋的手，还做着捧起金碗的黄粱梦；也许剩下的是丧失了语言功能的嘴，还憧憬着浮泛的情话。当然如果一个作家在艺术上向死而生，有大觉悟，也会绝境逢生，给自己打入强心剂，演绎文学传奇。如同福克纳的《纪念艾米丽的一朵玫瑰花》中，那干枯的尸体旁的一缕"长长的铁灰色头发"，在腐败的气息中，告诉我们岁月和婚姻的真相，告诉我们爱情的相守，有多挣扎和艰难！

哦，当一个作家丧失了"热血"，还可能变成一个耽于说俏皮话的饶舌者，对什么都敢张大嘴巴评头品足，再没有驰骋于创作疆场的霸气，成为一个只会写创作谈的家伙，所以我还是少说多做，赶紧打住吧——俺家的杂货店也来人了。

2020年3月5日　哈尔滨

第十辑

演讲录

用文字收拢时代速度的缰绳

来新加坡参加文学节前,我向《联合早报》的张曦娜女士询问,这次活动是否有演讲环节? 她回复说有(我心想要是没有多好呀,相当于上学时成功逃过一课),并且告诉我这届文学节的主题是——时代速度,文字温度,让我围绕它备稿。

这个主题八个字,但涵盖面太广了。也就是说,它是连绵的群山,望不到边际,可我作为参与者,也只能进山,找到熟悉的风景,谈点个人创作体会。也许它只是群山中一个不起眼的山头,或是山间一条无名的小河,但可以肯定的是,这样的山河,是我的脚丈量过的,用心印证过的,带有我的体温。

速度和温度,虽然都有个"度"字,但是两个不同的概念。先说速度,按照词典解释,它是表示物体运动的快慢程度;而温度,是物体冷热程度的物理量。速率和温标,无疑是物体的外化形式,是我们能够记录到的。而文字的温度,因为出自人体,靠的是心灵捕捉,我们在谈文字温度时,显然与记录其他物体的温度、标尺不同。

在一个全球化的时代,似乎很多事物都在竞赛,不由自主地进入跑道。竞赛自然产生了速度。最快的速度应该是什么呢？在不同领域不同地区的人眼里，高速度的概念是不一样的。比如在经济学家眼里，GDP的涨幅就是完美速度；在探索宇宙的人眼里，火箭的速度是最震撼人的；在铁路设计者心目中，列车在铁轨上稳健地每一次提升时速，是最激动人心的。可是在一些经济欠发达地区，耕牛被拖拉机取代，自行车被摩托车打入冷宫，那么拖拉机和摩托车的速度，在这些人眼里，就是高速。这如同人们看待日子，对它的快慢，感受程度也是不一样的。在生活节奏快的都市白领眼里，因繁忙而感觉一天很短，时间总是不够用；而在遥远的乡村，能够过闲适日子的人眼里，日升月落，就像唱京剧，一板一眼，一天太长了。所以速度进入人类生活轨道后，就不是绝对速度了。

　　快速发展不可避免地消耗地球资源，我们的物质生活获得极大丰富和便利的同时，也付出了沉重代价。全球气候变暖，北冰洋冰盖快速缩小，大气臭氧层中臭氧含量逐日减少，地球上物种消失的速度超过科学家预测，各类化工物质的过量排放，让我们与星空成了隔世情人。信息的发达，生活方式的改变，使我们的文学作品，可能永远少了一些诗意人物，比如乡村邮差，比如以手工劳作之美而著称的木匠、铁匠、人工割麦者和淘金者、专办红白喜事的阴阳先生等。

　　在发展过程中，现代和文明，本该是铁轨的双轨，共同负载时代的高速列车，可这两条轨道，出现了越来越多的不对称，甚至扭曲变形。所以我们生活的列车，在人类日渐膨胀的欲望中，并不是一路凯歌高奏的，越来越多的站台出现了迷失者。盲目向前，让人疲惫空虚，灵魂无所依托，快速度并没有带来与之同步的愉悦度。

这个时候，文学作品以它独立不羁的气质，加入做时代速度减速阀的行列中——回望我们的足迹，反思我们发展中的过激行为，从各个不同角度，拾取我们不该遗忘的事物，让灵魂有所皈依。文学比时代慢半拍的天性，让它成为收获过的大地之上一个安然的拾穗者，自觉地承担了去沙取金的使命。

那就结合我的个人创作，来谈谈与此话题相关的一些作品吧。

我出生在中国最北的村庄，中俄界河黑龙江，就在村中静静流过。由于地处偏远，每年有半年是飘雪的日子，我感受的大自然风寒，自然比别人要多。我发表的首部中篇《北极村童话》，就是回望式的作品。小说中那个中俄边境的小村庄，就是我童年生活的地方。寒风凛冽的长冬，泥泞的春天，绚烂的夏日，苍凉的秋日，是作品变幻的幕布，而在幕布前穿行的人，莫不有着这样那样的隐秘伤痛——从苏联逃过来的白俄老奶奶，在伪满时为日本人淘过金的姥爷，以及在"文革"阴云中被扭曲的人。我初登文坛，演绎的这曲故地"童话"，弥漫着伤怀之气，为我日后的写作奠定了基调，也为回望式作品的出现，拉开了序幕。这以后三十年出版的作品中，长篇《树下》《伪满洲国》《额尔古纳河右岸》《白雪乌鸦》《群山之巅》；短篇《逝川》《亲亲土豆》《雾月牛栏》《清水洗尘》《一坛猪油》《采浆果的人》；中篇《日落碗窑》《秧歌》《布基兰小站的腊八夜》《世界上所有的夜晚》《晚安玫瑰》等，都与回望有着千丝万缕的联系。

向下看的姿态，回望的眼光，使我的写作一直是一条缓缓流淌的河流，它愿意在历史的幽谷徜徉，拾取往日阳光；它也愿意将浮夸的泡沫荡去，使其相对清澈。我想通过三篇小说，展开来谈我对这个问题的粗浅认识。

写作三十多年，我发表的五百多万字小说作品中，我留意了一下，长篇中篇短篇的比例相对是均衡的，也就是说，这几种小说的长度，在我的写作历程中，从未在哪个阶段缺失，它们是齐头并进向前发展的，所以各选一篇来解读。

先从短篇小说《采浆果的人》入手吧。在社会发展进程中，对金钱的过度崇拜，是人类脚步开始出现踉跄的一大因由。最早感受到金钱对一个村庄的腐蚀的，是我听到的一个故事。我的故乡生长有各类野生浆果，比如都柿（蓝莓）、牙格达（红豆越橘），因为它们富含花青素，对健康非常有益，所以在市场上成为新宠。每到秋天，收购野生浆果的人就来了。这些收购商付给采山人的是现金，因而很吸引人。野生浆果没有成本投入，只需付出辛劳，加上那么一点运气，就可以给家庭增加额外收入。所以一到秋天，那些以种地为生的人，不顾自己辛劳耕耘了几个月的庄稼，把秋收置于脑后，带着采摘浆果的工具，去了深山。北国的冬天说来就来，昨天还是秋阳朗照，一夜之间，天就可能变脸了，降下滔天大雪。有一年农人们疯狂地采浆果的时候，无情的大雪来了，将他们未及收获的农作物，无情掩埋了。这个事件促使我写出《采浆果的人》，在小说中，我塑造了一对智障兄妹大鲁二鲁（我童年生活的山村，确有这样一对智障兄妹，他们非常善良勤劳），小说中的大鲁二鲁尊重父母遗训，也就是农事古训，春天要去田地播种，秋天不忘了收获归仓，这样就会一年衣食无忧。大鲁二鲁将春种秋收的朴素原则，视为生活的最高原则，所以外乡人来收购野生浆果时，他们不为眼前利益所诱惑，按部就班地秋收，将萝卜、土豆、白菜等越冬蔬菜，一样样地收回家中。大雪突袭时，只有他们收完了庄稼，而村庄其他人都傻了眼,因为他们一年的收成,被大雪化为泡影了。我们可以看出,所谓的聪明人在追逐金钱时,舍本逐末,沦为傻子;而看似痴呆的,却是生活中真正的聪明人。结尾我写到二鲁在大雪过后,戴了一串鲜红的项链出来,这项链是用刺玫果串成的,这种野果通常生长在地头的草丛中,看来大鲁二鲁在收获间隙,也采了浆果,并为它做了最美的镶嵌。

接下来要谈到的一部中篇小说《布基兰小站的腊八夜》,是我十年前发表的作品,那正是中国铁路高速发展时期,一次次的列车提速,带来了经济繁荣,也给出行人带来了便利。但是,也出现了一些弊端。也就是说,一些偏远之地的小站,比如四等五等的小站(它们多是村镇所在地),在提速过程中,它们被时代列车甩下来了,列车不再停靠,呼啸着一跃而过。生活在这种地方的人,出行就颇为周折,要驱车去更大的站,比如县城等,才能搭上外出的列车。

小说故事的主要内核,源自一个真实故事。我故乡的一个警察,在腊月忙年的时候,抓到一个贼。贼窜入一户有钱人家的仓房,偷了一袋面、一条肉。北方的冬天一来就是半年,所以我们那儿,家家都在户外搭建了仓房,作为天然冰箱。鸡鸭鱼肉这样的年货,都是放在仓房中的,吃时拿到屋子解冻。贼去的那家仓房,有很多年货,但他偷的东西很少,警察审讯他时,问他这是为什么,他说家里实在太穷,所以只偷了面和肉,想在过年时能像别人家一样,包顿饺子吃,他以为有钱人家不在意丢这点东西,没想到他们报案了,而且案发后他很快就落网了。后来才知道,不是因为警察神勇,是这贼太没经验了,极北的雪地就像干净的白纸,将他作案的足迹清晰地呈供给警方,警察循着足迹就锁定了他。警察自然不相信这个贼所说的一切，去了他家，结果令警察大吃一惊，这家确实穷得快揭不开锅了，警察动了恻隐之心，自掏腰包买了大米和豆油，送到他家，把这个贼放了。

我在小说中，用这个真实故事做了主要线索，然后将故事发展下去——警察的善良之举，让贼无地自容，他发誓不再干偷盗的事情、洗心革面，冲动之下，剁下了自己右手的三根手指以表决心。警察对这个贼的莽撞之举又怜又恨，催促他接指。当地并不太懂行的医生给贼做了断指再植手术，结果发现不行，警察便催促他去哈尔滨做二次手术。我们知道断指再植，如果时间耽搁过久，再高超的医生也回天乏术。因为开往哈尔滨的列车提速了，在这个小站不再停了，而连降的大雪又封锁了陆路交通，公路阻断，他不能乘坐汽车就近去列车停靠站搭上火车，所以警察动了让快车在这个小站停一下的念头。他去联系车站的信号员，信号员跟机务段沟通后未被允许，一筹莫展之际，一个重要人物登场了，她就是小说中的云娘，一个信奉神灵的鄂伦春老妪。她是个孤老婆子，陪伴她的是一条叫嘎乌（鄂伦春语，"撑杆"之意）的老狗。

我将故事放在腊八的日子，在民间传说中，腊八是佛祖释迦牟尼成道日，被称为"法宝节"，人们喜欢在这一天食粥，所以这天有喝腊八粥的习俗。故事的场景就很自然地放在了火车站旁的一家小店——顺吉客店，南来北往者聚集之地。腊八节的晚上，顺吉客店准备了肉粥。小说中的主要人物，警察、云娘、剁掉了手指的贼、车站信号员，以及一对提着一条鲜活红鱼，要搭乘列车去山东威海，赶在儿子忌日时（他们的儿子是见义勇为的英雄）给儿子结阴婚的夫妇，渐次在这里登场。

在构思这篇小说时，我就想这列已不被允许在这个小站停下的快速列车，在腊八节的夜晚，一定要停下。怎么让它停？这是考验作者的问题。于是我让带着神偶口袋的云娘出场，她身后有个真正的神灵，就是叫嘎乌的那条狗。它在山林陪伴主人多年，已是老眼昏花、风烛残年了。我写嘎乌在列车没提速前，每天晚上在固定时刻，从山脚出发，穿越车站的铁轨，到顺吉客店接喝过酒的云娘回家。嘎乌病了好几个月，并不知道列车提速了，但腊八节的这天，久已不来顺吉客店的云娘，一如从前地来喝酒了，各路想让列车停留一刻的人也纷纷登场，在大家绝望之际，嘎乌按照以往时刻，突然来客店接喝酒的主人回家，结果耳聋的它在穿越铁轨时，被提速后的列车撞个正着，嘎乌殒命之际，列车停了下来，那对赶着为儿子操办阴婚的夫妻，如愿踏上列车。我在小说中，没让那个自残的贼踏上那趟列车，因为他已有勇气接受残缺的人生了，他把断指投进客店火炉，当柴烧了。结尾我是让云娘背着死去的嘎乌，在夜色中蹒跚回家。

小说的主要情节就是这样，在飞驰的高速列车下，有我们该停顿片刻拾取的人类神话，有该体恤和关爱的生灵，有穿越生死和时空的大爱。我给这个四等小站所在的镇子，命名为布基兰，它是鄂伦春语，意思是神衣上喇叭状的饰物，是祈福用的。

这篇小说后来被改编成电影，名为《布基兰》，我参加了首映，影片基本的调子是对的，风景足够震撼，但投资方考虑到商业元素，加了一些情节，总体不够和谐，有些遗憾。

讲过了短篇和中篇，大家自然期待我今天要讲的长篇，是哪一部了。如果说我在这个话题的短篇中篇的选本上，略有踌躇的话，那么在长篇的选择上,是没有犹疑的,它一定就是《额尔古纳河右岸》,是的,就是它,我二〇〇五年出版的作品。我在小说中写了鄂温克族使鹿部落近百年的风云。

这个部落目前只有两百多人,与他们饲养的驯鹿相依为伴,在我故乡大兴安岭的山林中迁徙游走。他们信奉萨满教,喜食生肉,住在移动的希楞柱里,日月是他们的灯盏,溪流就是他们永不枯竭的自来水水源。大兴安岭林木茂盛,是新中国建设的重要木材基地,林木经过半个世纪的砍伐和自然灾害,生态环境大不如前。所以政府及时实施了天然林保护工程,禁止采伐,让林木休养生息。

我所描写的部落,就是在这个历史背景下,面临着转型。政府的考虑似乎无可指责,为保护森林,让他们过上更舒适的日子,在山林外造屋,让他们搬迁下山,居有定所。他们用上了煤气灶、自来水,享受较好的医疗,而且政府为他们饲养的驯鹿,盖了鹿圈。但是他们下山定居后,无论是驯鹿还是部族的人,都遇到了生存问题,驯鹿不吃培植的草料,人们不喜欢睡在看不见星星的屋子里,生活方式和文化信仰双重的水土不服,促使他们和驯鹿又回归森林。

我去采访这个部落的时候,印象最深的莫过于他们对死亡的态度(他们平均寿命只在五十岁上下),无比坦然和超然,在与大自然同生共息的岁月中,他们把自己看成了自然的一部分,像一棵树或一朵花一样。他们相信死后会复生,不惧生命在尘世凋谢,当然这与他们的宗教信仰有关。他们已不像过去那样猎杀野生动物,也去山外买牛肉等肉食带到山上,对大自然的索取少之又少,而且极富大爱。比如我小说中写到的女萨满,在实际生活中,她确实是每救一个人，就会死一个自己的孩子，但她从未放弃过救人，她也因此失去了几个自己的孩子。还有，他们喜欢歌唱，能即兴编词，当然他们用的是鄂温克语，一种能说但没有文字记录的语言。这些现实人物触动着我，转化为小说人物——那里有不顾个人安危的萨满，有走出森林后又回归的民族画家，有为鄂温克语言造字的人，等等等等，可以说我是想在一个高速发展的时代，从他们身上看我们将遗失的文明，而那又应该是我们倾情拥抱的。

其实对待这样的我们人类文明的活化石，不仅仅是中国存在着该怎样更好对待的问题，发达国家也如此。写作这部长篇的动因之一，就是二〇〇三年，我在澳大利亚访问了一个月。我在北部的达尔文市见到的土著，刺痛了我，他们进城后，成了政府需要赈济和拯救的一族，他们离开生活领地，在达尔文市消沉地泡在酒馆，或是在街头卖艺，他们那种颓废的精神状态，令我难过。我想他们如果还生活在过去生活的领地，是自己土地的主人，没有来到灯红酒绿的都市，也许就不会迷失。

还有一个事情，是我二〇〇五年在美国爱荷华国际写作中心时经历的，当然那时我已完成了《额尔古纳河右岸》的写作。有一次主办方组织来自世界各地的作家们，游览密西西比河。日程上说我们将参观印第安人的遗址，对此我无比期待。记得那天寻访遗址，走在林木茂盛的山间，我以为所到的遗址一定有着印第安人的生活印迹，哪怕是一件原始武器，一个褪色的生活器物也好，可是我失望了。我们最终看到的遗址，只是一座山下遗留下来的一些石片。印第安人的生活印迹，早已是昨日长风，消失在山谷里了。

再回到刚才的话题，也就是我的这部长篇，当我写作它时，走出山林定居的鄂温克山民，开始渐次回归了，现在政府已给他们提供了更为人性化的生存方式，他们依然可以和驯鹿生活在深山里，不定期下山补充给养。我侧面了解到，一些猎民点成为旅游热点，他们的经济状况开始改善。

二〇一二年我在参加伦敦书展时，参加了一场与英国作家的对谈。主持人问我为什么会想到写《额尔古纳河右岸》，我想一部作品诞生的因素有很多，这不是三言两语能解释清楚的。但我采取了最简单明了的回答，我打量着主持人穿的鞋子，打量着与我对谈的英国作家穿的鞋子，又看了看自己的鞋子，我说："在全球化背景下，我们穿的鞋子，很可能是同一品牌的，但是在中国的北方，有一个部落的人，他们生活在大森林中，他们穿的鞋子，是自己打制的，是那种朴拙而美丽的鹿皮靴子。我觉得这样的靴子留下的足迹，值得一个小说家去追踪，更值得人类铭记。"这段话依然是我今天特别想说的。

在我眼里，破坏自然，远离自然，无视人类历史进程中我们不该遗忘的文明，就是跟万千生灵告别，人类会不知不觉被孤立起来，我们的心灵会走向黑夜。

二〇一八年过世的英国著名物理学家霍金在二〇一〇年接受采访时预言，地球将在二六〇〇年前毁灭，他说人类已步入越来越危险的时期，我们已经历了多次事关生死的时刻。由于一天天掠夺地球资源，人类不能将赌注放在一个星球上，应该考虑移民火星或其他星球。这些论断，并非危言耸听，因为灾难是冷面杀手，它的降临通常是悄无声息的。

但我对地球上智慧的人类还是抱有信心，因为人类已经从历史上的各类战争、重大传染性疾病、应对生态危机等泥泞中跋涉而出，积累了丰富的经验，只要我们还有慈心和爱心，有反躬自省的勇气，有科学的发展理念，那么我们头顶的阴霾，不会挥之不去。文学在这个过程中能做什么？我们在座的应该对美国作家梭罗的《瓦尔登湖》不陌生，对蕾切尔·卡森女士的《寂静的春天》不陌生，对苏联的艾特玛托夫的《死刑台》不陌生，这些作品通常被划归到自然文学或生态文学的行列。它们从不同侧面，指出了我们面临的问题——自然危机、生态危机、道德危机等，提醒我们摆脱贪婪，免于灾难。这些作品，无疑是这个趋向的典范文本。

近些年玄幻穿越类小说格外受宠，中国的穿越小说，穿越过去时，很多是回到汉唐时期，而穿越未来时，常常是外星系。其实这也反向证明了作家们对复杂现实是有深入思索的，他们看似以逃逸的方式，进入另一块文学区域，其实表达的还是对现实世界的忧虑。因为没有哪个时空是尘埃不染的。

但我们必须承认的是，文学还有比我今天谈的话题更为普遍的精神价值、社会价值和文化价值，如果作品都是一个倾向和调子的，那也是悲哀。一个不争的事实是，文学在全球化过程中，越来越边缘化，越来越小众，所以不断有人宣告文学死了，可纵观这些年的文学发展，它依然顽强活着，哪怕活在角落。我曾说过，只要人类存在，我们对万事万物还渴望着表达的话，文学依然是最佳途径，不会消亡。

再回到开篇的题目上吧，用文字收拢时代速度的缰绳，其实这也只是一种形容，或是一种希冀。单纯的文字本身，是没有温度和情感的，可作家将文字组织起来，当文字变成文学的时候，它就有非凡的气韵了，能与人的心灵世界沟通，安抚着尘世的我们。茶后诵读一首诗或散文，夜晚读几页动人的小说，依然会给奔波劳碌的我们，带来艺术的享受。所以说文学在这个时代，因为是开启心灵之门的一把隐秘钥匙，依然不可或缺。

我说以文字收拢时代速度的缰绳，并没有拉历史倒车的企图。更加开放和包容的世界，是每一个人心中都呼唤的。我只是想说，我们以文字收拢一下时代速度的缰绳，就不会因过松，而纵容它脱缰；也不会因过紧，使它裹足不前。我希望我们手握的缰绳张弛有度、不疾不徐，这样我们才能走出优雅的步伐。在这个旅程上，选择文学，无比美好。

2018年5月在新加坡华族文化中心的演讲